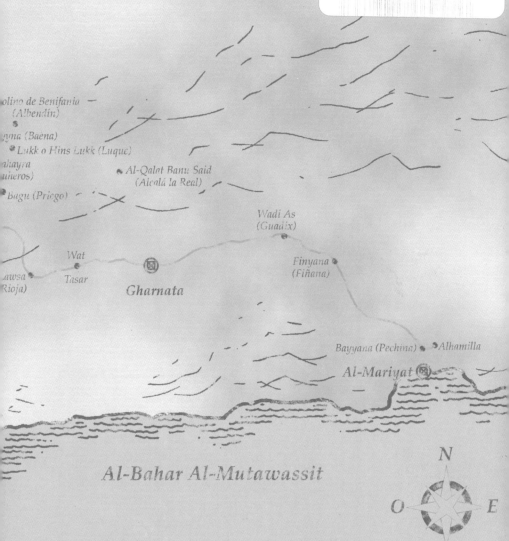

olino de Benifania —
(Albendín)

gyna (Baena)

Lukk o Hins Lukk (Luque)

ahayra
uñeros)

Al-Qalat Banu Said
(Alcalá la Real)

Bugu (Priego)

Wadi As
(Guadix)

Wat

Finyana
(Fiñana)

awsa
Rioja)

Tasar

Gharnata

Bayyana (Pechina)   Alhamilla

Al-Mariyat

Al-Bahar Al-Mutawassit

N

O   E

S

Azafrán

© José Manuel García Marín, 2005

Primera edición: febrero de 2005
Segunda edición: marzo de 2005
Tercera edición: mayo de 2005

© de esta edición: Roca Editorial de Libros, S.L.
Marquès de l'Argentera, 17. Pral. 1.ª
08003 Barcelona
correo@rocaeditorial.com
www.rocaeditorial.com

Impreso por Industria Gráfica Domingo, S.A.
Industria, 1
Sant Joan Despí (Barcelona)

ISBN: 84-96284-51-4
Depósito legal: B. 21.247-2005

Índice

«Exhalo amor de mí como el aliento y doy las riendas del alma a mis ojos enamorados.»

IBN HAZM

Capítulo I
Huida. Ishbiliya

Asoma a mi mente el recuerdo cercano de los años en que, ocupado en la enseñanza del Corán a los hijos de mis perdidos vecinos, sentado en el patio de la pequeña mezquita, los días se me antojaban rutinarios, marcada mi vida para siempre por la monotonía de las clases, sólo interrumpida por el bullicio de los niños que convertían —ahora lo sé—, sólo ellos, un día diferente a otro. ¿Qué ha sido de ellos y de sus padres? ¿Qué ha sido de mi tranquila vida en ese patio con aromas de azahar? ¡Cuántas huidas, cuánto dolor, cuánta sangre derramada, disfrazadas las intenciones de invasión y de saqueo bajo la piadosa excusa de las religiones!

Ahora el poder es de los cristianos y, rotas sus promesas a sangre y fuego, han acabado con todo, incluso con el sentido de mi vida. Otros, más valientes y más dignos, han sabido huir a tiempo aun a riesgo de su aliento, repugnándoles la idea de quedarse y convertirse a la cruz, como cobardemente he hecho yo, el maestro de sus hijos. Pero qué puede hacer un hombre pacífico ante enemigo tan poderoso. Yo no soy un guerrero, nunca supe reaccionar a la violencia; por eso, a veces, cuando pienso en ello, justifico mi rendición en la de todos, en la incapacidad de oposición que provoca el miedo, el estupor. Debe de ser esa misma violencia la que me ha despertado de este maldito sueño lleno de indolencias, adormilado el espíritu para poder aceptar las humillaciones y los abusos, que he visto, sobre los que se quedaron negándose a abjurar de su doctrina. Tarde, muy tarde, hoy he comenzado el camino hacia el esperanzado reino de Gharnata. Abandono mi pueblo, que no mis pertenencias, que nunca tuve, y quizás no tener de qué despojarme me lo haga más fácil. Huyo, huyo como un fugitivo en la noche que, debiendo ser tenebrosa, fría y acaso tempestuosa para corresponder a mi alma, es, en cambio, serena y cálida, y las estrellas brillan más que nunca en el cielo de mi Aljarafe sevillano. Tengo miedo de que me delate la luna.

Al inicio del camino, acabado el trecho mal empedrado que marcaba la salida del pueblo, bien rebasados los restos de muralla, Mukhtar ben Saleh se volvió para recorrer con su húmeda mirada las viejas casas, humildes, pero que tanto le habían reconfortado al regreso de sus cortos y escasos viajes, motivados únicamente por aquellos acontecimientos familiares que lo habían requerido, a pueblos o aldeas a no más de dos días de distancia. Jamás volvería a contemplarlas.

Con un suspiro de resignación emprendió la marcha abrigado con su albornoz de lana, encima de la camisa y los zaragüelles, suficiente para aquella suave noche de marzo de 1252[1]. Al hombro, un hatillo con apenas dos mudas, un Corán, la pequeña alfombra de rezos, tinta y el cálamo que una vez le regaló el imán, y por todo capital unas cuantas doblas para resistir con privaciones, a lo sumo, un mes.

A medida que avanzaba por la vereda, entre viejos olivos, se adentraba en su propia infancia, cuando corría entre ellos junto a los otros niños. A menudo el leve rasguño de la áspera corteza sobre la piel infantil, al agarrarse al árbol para describir un giro inesperado, burlando a su perseguidor, entre risas y alborotos.

O cuando trepaban a las ramas, para desesperación de Abdel Tawwâb, que llegaba corriendo para ahuyentarlos,

---

1. 649 de la hégira

como si de pajarillos, de zorzales, se tratara; hecho una furia y, en el fondo, la risa contenida. Sí, Abdel formaba parte del juego, como recoger collejas a los pies de los olivos, bajo su mirada divertida, en aquellas mañanas de invierno, frías y luminosas, pisando la tierra enfangada hasta no poder andar del peso del barro, pegado a las suelas, que había que arrancar con las manos para, a los pocos pasos, repetir la operación. ¡Cómo olía la hierba, la tierra mojada! Más allá, junto a las piedras aisladas llenas de musgo, esas flores violáceas de las que nunca supo el nombre, pero que ellos llamaban «candilitos» por el parecido con los auténticos. Se las llevaban y con un poco de aceite y unas hebras para hacer una torcida, les prendían fuego, cogidas por el tallo. Había que hacerlo pronto porque enseguida quedaban mustias.

No había tenido más hermanos, pero el padre, orgulloso de lo rápido que aprendía el Corán, había albergado esperanzas de verlo un día como un respetado ulema. Su prematura muerte, seguida un año después por la de su madre, había malogrado esos anhelos que, por otra parte, no eran más que ilusiones de un alfarero cuya economía no daba para enviarlo a estudiar a Qurtuba. Hasta entonces había tenido una infancia despreocupada y alegre, donde el calor del hogar era una extensión de ese otro calor que sólo se siente bajo la protección del cariño incondicional. Los vecinos, conmovidos por la temprana orfandad a sus dieciséis años, habían logrado que entrara en la mezquita como ayudante para todo, y le encomendaban recados para que, con el apoyo de unos y de otros, pudiera ir viviendo. Pero su otrora expresión feliz se trocaría en adelante en un aire apesadumbrado, con ciertos ribetes de desamparo que, sin embargo, no lo dotaban de apariencia hosca ni agria, sino tierna y como deseosa de hallar migajas de caricias. Sólo estando entre los niños afloraba a sus ojos negros la luz de juegos pasados.

13

Los ruidos de la noche entibiaban su soledad de caminante, en lugar de atemorizarlo. Volvían a él otros crujidos, otros murmullos; sonidos tranquilizadores de ladridos lejanos, de grillos y de cucos en las noches de verano; el leve ajetreo de su madre en las mañanas o la sorda cadencia del torno de su padre que, ya en el minúsculo taller, en la planta baja, comenzaba la jornada. Le gustaba bajar saltando los escalones, apareciendo de improviso, lo que había provocado algún que otro estropicio de cacharros y la justa irritación de su padre junto con las burlas de Omar, el barbero, que parecía estar más tiempo en el taller que en su vecino local. Pero, una vez allí, solía estarse quieto o ayudar remojando el barro. Lo que más llamaba su atención era el cambio producido en los colores tras su paso por el horno, al que se acercaba con respeto desde que se chamuscó las yemas de los dedos.

Como ceramista, Saleh ben Muhammad, no era el único de la comarca, pero sí uno de los que mejores reflejos metálicos sabían imprimir a sus vasijas. Había probado otras técnicas, como la llamada «cuerda seca», más de la cora de Rayya, pero a pesar de la belleza de sus colores y la fina línea que los separaba, no era del pleno gusto de los aljarafeños.

Saleh era apreciado por todos y así se manifestaba en los saludos que recibía camino de la mezquita, todos los viernes, con Mukhtar siempre de su fuerte y acogedora mano, transmisora de la más dichosa de las seguridades. Juntos hacían el salat, no sin antes haber pasado por el hammam, donde era enjabonado y frotado vigorosamente por su padre desde que tuvo la edad de acompañarlo. Hasta entonces era su madre, Jadicha, la encargada de llevarlo en el turno de mujeres. Más tarde, él y su padre se bañarían recíprocamente, como es costumbre.

Tal vez abundaban más las risas en el de ellas y corrían más fluidos los rumores entre bisbiseos y se hacían más patentes los perfumes. Era curioso ver cómo se untaban con esencias o cómo se aplicaban el kuhl a los ojos, con la delgada varita, sin jamás arañarse el cristalino, quedando entre azul y oleaginosa la mirada. Pero para él fue más placentero sentirse un adulto, cuando fue admitido en el de los hombres. Allí, aunque más semejantes en la desnudez, funcionaban igual los respetos y corrían las ideas, y también parecidos rumores, con la misma intensidad que en la mezquita. Las charlas se tornaban largas y perezosas por efecto de la relajación propiciada por el baño, herencia romana de la que no disfrutaban los cristianos, que incluso temían bañarse creyéndolo perjudicial para la piel. Así olían. La disposición de las salas era idéntica a la de los antiguos: *frigidarium, tepidarium* y *caldarium*[2].

Ya clareaba el cielo, el momento de Sobh, la primera oración del día, justo antes de que aparezca el sol. Sacó su alfombrilla y, apartándose ligeramente del camino, se dispuso a orar en dirección sureste, hacia La Meca. No trataba de disimular su fe, se había prometido a sí mismo no volverlo a hacer aunque peligrara su vida. Mientras rezaba, un airecillo frío lo hizo estremecerse. Al finalizar volvió al sendero para continuar su viaje. Ahora sí asomaba al frente el disco solar. Los cristianos, ignorantes de casi todo, estaban convencidos de que los musulmanes adoraban al astro rey, sin observar siquiera que en sus plegarias, tanto a la salida como al ocaso, el sol nunca estaba presente, precisamente para evitar que el creyente asociara la estrella con el objeto de sus rezos. En cambio, a ellos, los había visto confundir al santo con la peana. Una sonrisa despectiva asomó a sus labios.

—¡Assalam aleyka! —sonó a su espalda. Abstraído en sus pensamientos, no había oído ruido alguno. Se volvió para saludar.

2. En el siglo XIV, se añadió el *apodyterium*.

—¡Wa aleyka assalam! —Un viejo campesino, junto con su borrico y su carga de verduras, se colocaba a su altura. Debía de haber madrugado mucho y por lo rápido que caminaba se le notaba acostumbrado a andar.

—¿Vienes de muy lejos? —preguntó el viejo.

—De Sanlúcar del Alpechín —respondió Mukhtar—. ¿Y tú, anciano?

—Yo vivo en una alquería cercana y me dirijo al mercado de Ishbiliya a probar suerte con mis verduras. ¿Sabes adónde vas? —preguntó a su vez.

—Sí, claro —repuso Ibn Saleh—. Voy hasta Gharnata. Soy maestro y espero trabajar allí. Me han contado que la población es cada día mayor y nunca está de más un maestro que eduque a sus hijos.

—Confío en que así sea —dijo el viejo con una sonrisa—. Yo tengo que avivar el paso si quiero llegar a buena hora. ¡Que Alá te guíe!

—¡Que Él te acompañe! —acertó a responder, mientras veía cómo se adelantaba con su burro y a los pocos minutos desaparecía.

Una pequeña punzada en el oído derecho le hizo llevar la mano hasta él, pero sólo duró unos instantes. Tenía las orejas casi doloridas del frío, pero no le concedió ninguna importancia.

Hacía rato que había rodeado la población de Espartinas. A la vuelta de un recodo, a lo lejos, aún vio al campesino con su pequeña bestia de carga. La extraña pregunta todavía estaba en el aire: «¿Sabes adónde vas?». Hay gente que habla de forma enigmática, pensó.

No llevaba mucha carga, cuida bien al animal. Seguramente debía de poseer un terreno muy pequeño. Bueno, mejor para él; si hubiera sido grande, Fernando III se lo habría entregado a uno de sus nobles y ahora no tendría nada, como les había ocurrido a los más ricos de su pueblo.

¡Cuántas veces había visto las largas reatas de mulas cargadas de sacos con aceitunas atravesando el arroyo, camino del molino! Los niños tiraban piedras al río, él entre ellos, para salpicar a los animales, y los adultos vociferaban reconviniéndoles para evitar que las bestias se asustaran, tirando la carga, como ya había sucedido en alguna ocasión. Los perros se sumaban al jolgorio con sus ladridos. Una verdadera fiesta con carreras, gritos, persecuciones, risas, coscorrones, alguna coz y el inevitable llanto del más inocente que solía ser, además, el menos rápido; en resumen: Ahmad.

En el trayecto se fueron sumando campesinos llegados de aldeas no muy distantes con sus respectivos animales. Saludaban al encontrarse, pero sin incómodas preguntas. En la lejanía se iba dibujando la ciudad. Al poco rato ya se distinguía la muralla y el sobresaliente minarete de la mezquita mayor. Una hora cuesta abajo. Las punzadas en el oído se intensificaron haciéndose más dolorosas. No le quedaría más remedio que acudir a un médico, con el consiguiente gasto.

El arrabal de Triana ocultaba parte del río, el wadi al-Quebir. Atravesó las calles, ya bien despiertas, y cruzó el puente de barcazas rehecho por el monarca cristiano tras haberlo destruido, para evitar el abastecimiento de víveres, en la toma de la ciudad. A su derecha, a buena distancia, destellaba la dorada cúpula de la torre del Oro. Los guardias de la puerta de Triana lo miraron indiferentes y soñolientos. Tenía hambre pero era más urgente mitigar el dolor.

Se había internado en la ciudad a la búsqueda de alguna señal que le indicara la presencia de un galeno pero, visto que no la había, se decidió a abordar a un hombre de mediana edad que descansaba sentado en el suelo, junto a un bulto de pieles; seguramente un curtidor.

—La paz sea contigo —saludó Mukhtar—. ¿Conoces algún médico que pueda aliviar mi oído?

—Y contigo, forastero —contestó el hombre—. Conozco al mejor. Sigue la dirección que llevas, pregunta por Bab Alfar y, para que no te enredes entre callejones, sal por ella, sigue la muralla a tu derecha y entra por la siguiente: Bab Karmonch. A unos cuarenta pasos verás una casa con una puerta ancha, ésa es.

Con las instrucciones recibidas, Ibn Saleh tardó poco más de media hora en encontrar la casa. El aspecto de ésta no llamaba la atención a excepción de la puerta que, efectivamente, era de mayores proporciones que las de las casas vecinas.

Enseguida contestaron a su llamada. Una joven sirvienta le atendió. Mukhtar, tras los saludos de rigor, explicó:

—Soy un viajero recién llegado a Ishbiliya y necesito ver al médico. ¿Está en casa?

—Has tenido suerte, el hakim no saldrá hoy. Pasa y espera aquí, no tardará mucho.

18   Al instante salió el médico. Se saludaron y éste le hizo entrar en una estancia contigua donde solía practicar los reconocimientos.

—Bien, forastero, por si lo ignoras, mi nombre es Târek ben Karim. Cuéntame qué te ocurre.

—Yo me llamo Mukhtar ben Saleh. He venido andando gran parte de la noche, desde Sanlúcar del Alpechín, de donde soy. Al amanecer comenzó a dolerme el oído derecho; al principio levemente, pero ahora se me hace insufrible.

—Habrá sido el frío de la mañana. Déjame ver —dijo, disponiéndose a introducir el instrumento que había elegido mientras hablaban, en el oído de Mukhtar.

—Es sólo un enfriamiento —concluyó—. Herviré un dirham de áloe socotrino en dos dirhames de aceite de rosa, y ya tibio lo verteré en tu oído. No temas, no te hará daño. Esto te calmará y, si Alá lo quiere, mañana habrá desaparecido el dolor. Mientras se hierve podemos desayunar, si no lo has hecho ya.

El médico, a la vez que iniciaba los preparativos, llamó a la sirvienta. Antes de que ésta reapareciera con sendas bandejas con té, rosquillas, queso, pan de trigo, miel y fruta, Târek ya había instilado la medicina en el oído de Mukhtar. Ambos se entregaron al copioso desayuno.

—Si te preocupa el precio de mis servicios, puedes olvidarlo, nunca cobro a los viajeros. Pero, permíteme una pregunta. ¿Huyes de algo o de alguien? En mi casa no has de tener miedo —aclaró finalmente Târek.

La clara y profunda mirada del médico ganó su confianza. Ibn Saleh contó a su anfitrión la historia de su huida. Cómo los vencedores se habían apoderado y repartido las tierras, los bienes del pueblo. Su conducta arbitraria, sus iniquidades, el atropello indiscriminado con los no cristianos, el despotismo aun con los conversos y cómo habían impuesto su dudosa moral y su autoridad basada en el miedo, por el cual él mismo, confesó, había terminado renegando de su fe, sintiéndose humillado y avergonzado por ello. Deseaba llegar a Gharnata para vivir en paz con sus hermanos musulmanes, trabajando como maestro o lo que fuese necesario, con tal de no convivir entre cristianos. Entre tanto, Ibn Karim asentía silenciosamente con la cabeza.

19

Durante unos minutos quedaron en silencio. El médico parecía reflexionar. Al cabo, dijo:

—Puesto que has sido sincero conmigo confesando, incluso aquello de lo que te avergüenzas, te brindaré mi ayuda. Permanecerás en mi casa unos días. Así seguiré la evolución de tu oído, a la par que procuraré que te acompañen en tu camino con el fin de que avances más rápidamente y que pases desapercibido. Te repito que, a mi casa, nadie vendrá a molestarte. Todavía tengo algunos recursos a pesar de no ser ya el médico del rey, pero sí de la corte. Mis colegas cristianos me respetan, siquiera porque mis conocimientos son más amplios que los suyos y aunque no siempre aceptan mis diagnósticos y mucho menos mis recetas —ellos lo arreglan casi todo con sangrías—, han debido aceptar, en el fondo, lo acertado de muchas de mis deducciones y no soy objeto de burlas; pero, claro, tampoco de confianza como para estar junto a su soberano. Grave error, porque si así fuera ya habría puesto remedio a su incipiente hidropesía. Allá ellos, veremos qué nos depara Alá —ensalzado sea— con su hijo Alfonso. Naturalmente eres libre de aceptar mi ofrecimiento.

—Tu hospitalidad me admira, habida cuenta de que podría estar engañándote, pero Alá sabe que no es así. No puedo rechazar una proposición tan generosa, pero ¿cómo puedo corresponder a ella? —preguntó Mukhtar.

—Es suficiente para mí el placer de tener un invitado al que agasajar, pero ya que lo deseas, me sentiría recompensado en exceso si pusieras a mi servicio tu caligrafía, que como maestro supongo buena. Han llegado a mí unas recetas del *Kitab al-wisad* de Ibn Wafid de Tulaytula, discípulo del gran al-Zahrawi de Qurtuba, y antes de devolverlas quisiera tener una copia de ellas. Como no son muchas te bastarán las mañanas; así podré disfrutar de tu compañía por las tardes —respondió Ibn Karim.

—Me llena de gozo responder a tu generosidad con mi humilde cálamo, aunque sé que con ello no pago ni una exigua parte, mas así lo haré si lo deseas —afirmó Ibn Saleh.

El remedio iba surtiendo sus efectos calmantes. Mukhtar, liberado del agudo dolor, observó a su nuevo amigo.

De estatura algo más alta de lo habitual, delgado, calvo y discreto en el vestir, su aspecto estaba revestido de la autoridad que le había conferido su rango como médico del rey. Había sido obligado a cambiar su anterior residencia, mucho más lujosa, por esta otra bastante más sobria pero suficientemente amplia y decorosa. A veces, en reunión con los

20

médicos cristianos había visto al rey, pero su función ahora se limitaba a atender a los nobles, generalmente aquejados de dolencias propias de sus excesos en el yantar y en el beber.

Debía de sobrepasar ampliamente los cincuenta años y estar en plenitud de sus facultades. Su mirada desprendía honestidad y firmeza y una agudeza poco común. Era clara pero, paradójicamente, también revelaba que sus comentarios eran una insignificante muestra de sus pensamientos, lo que en cierta forma la hacía, a su vez, indescifrable.

Târek lo invitó a bañarse, con la prevención de no mojarse el oído. Le facilitó ropa limpia y calzado y se volvió a sus quehaceres.

Mukhtar, al contacto con el agua tibia, recuperó la vieja sensación de bienestar. Sólo había recorrido la distancia de una jornada, pero creía encontrarse a mucha más, tal había sido la corta aventura para él.

Del patio interior llegaba el suave murmullo de una fuentecilla. El fresco rumor ahuyentó el inquietante pensamiento sobre el resto del viaje hasta Gharnata y prefirió terminar el baño para examinar el trabajo solicitado por el médico. Lleno de gratitud, quería complacerle.

En cuanto sonaron sus pasos acudió Zaynab, la sirvienta, para guiarle hasta la que sería su habitación. Estaba en la misma planta. Era espaciosa y cómoda y también daba al patio de la fuente. Ya habían dejado allí las recetas, junto con papel de lino y tinta. Estuvo inspeccionándolas con una mezcla de respeto y reverencia. Respeto, por haberle sido confiadas por su anfitrión; y reverencia, por ser el resultado de los estudios e investigaciones de un sabio muerto hacía casi dos siglos. De todas formas no eran las auténticas, sino unas copias del libro original y no eran demasiadas. Calculó que en cuatro o cinco mañanas, como muy tarde, podía terminarlas y con mejor caligrafía que éstas.

21

Llamaron a la puerta. Era de nuevo Zaynab, que le traía jugo de naranja. Ahora reparó en sus ojos. Eran verdes y también brillaban risueños, como aquellos otros que prendieran su alma. En casa llevaba libre el pelo. También Mûnah dejaba asomar el suyo bajo el pañuelo cuando acompañaba al padre en su recorrido al molino. La había visto desde niña, como a tantas en el pueblo. Pero un día, algo, un destello, una brizna de luz en las pupilas de la muchacha, cambió la visión que tenía de ella y la convirtió en la mujer a la que amaría, pero que nunca tuvo. Sus padres tenían mejores planes que casarla con un huérfano, simple auxiliar en la mezquita. A partir de entonces, cuando sus miradas se encontraban, él presentía connivencias, ternuras, sonrisas; sobre todo en las ocasiones en que la de ella se posaba sobre él un segundo más de lo esperado. Dormido o despierto, había quedado colgada de los sueños de Ibn Saleh. Si veía flores, elegía las más bellas, sin cortarlas, para Mûnah; si mariposas, quería obsequiarle los colores más exquisitos, más delicados, como si de ellas pudieran, sin daño, desprenderse. Permaneció así, feliz y esperanzado poco más de un año, hasta que le llegó la noticia: Mûnah se casa. Todos corrieron a ver a la novia. Mukhtar se quedó rezagado. Rezagado eternamente. Por fin, se refugió en la mezquita. El dardo helado del dolor y la impotencia lo había atravesado de nuevo. Estuvo tres o cuatro días como perdido, y se ganó varias veces las riñas del imán, que no acertaba a comprender el motivo del cambio del ayudante, antes atento y diligente. Era imposible averiguarlo, no había dicho nunca nada a nadie. Pero resolvió que, aunque en la realidad Mûnah pertenecía a otro, de su interior no se la quitaría nadie. Y así fue como tuvo compañera para siempre. Era su esposa, la madre de sus imaginarios hijos, su amante, la cómplice de sus secretos, y ya no necesitaría a ninguna otra. Solucionada su angustia, volvió a ser el de siempre; más trabajador, si cabe, más estudioso, para satisfacción del imán, que atribuyó el incidente a algún descontrol transitorio de la adolescencia. Los pétalos volvieron a tener luz... los pájaros, importancia.

Terminado el almuerzo en la habitación de Târek, a la que Mukhtar fue invitado, tomaron té verde con hierbabuena.

—¿Cuál es la situación de los musulmanes aquí? —preguntó Mukhtar.

—Al principio la huida fue general, la ciudad casi quedó despoblada y el rey trajo a cristianos, pero se están marchando y dicen que se irán más, y algunos musulmanes han regresado, reactivándose la cotidianidad, o casi. Fernando III antepone a su gente, pero por su parte, una vez expropiadas las posesiones más importantes, no nos hace la vida demasiado difícil ni a nosotros ni a los judíos, a quienes utiliza en lo relacionado con las arcas. Son los cristianos los que, aprovechando la situación de superioridad, pretenden abusar, y lo logran. Imponen sus costumbres en todos los aspectos, que ya sabes que son más bárbaras, y el consumo del vino se ha disparado con las consecuencias que ello tiene en unos y otros. Nuestros hermanos bebían, pero mientras que para nosotros es una relajación de las normas y su uso nunca ha terminado de estar bien visto —lo que se traduce en un cierto recato—, para ellos es poco menos que un elemento sacralizado al formar parte de su ritual de fe, de sus misas. De esta manera, ha sido mucho más popularizado y se vende en todas las tabernas, con reglamentación propia. Esto anima a todos a consumirlo y ya se han dado muchos casos de reyertas, para perjuicio de los musulmanes. Todos sabemos que el vino, tomado con moderación es saludable. Yo mismo lo recomiendo a los enfermos, pero en exceso sólo tiene inconvenientes.

23

»En cualquier caso, de lo que estoy amargamente convencido es de que Ishbiliya no volverá a ser musulmana. He tenido tentaciones de irme, como tú, pero mi influencia, a pesar de ser decreciente, ha amortiguado en ocasiones represalias o castigos a nuestros hermanos. Me siento obligado a continuar hasta que no quede ninguno, o llegue mi hora —declaró Târek.

—Eres un hombre bueno y generoso. Alá te colmará de satisfacciones. Yo rogaré por que así sea —dijo Mukhtar.

—Esta tarde te dejaré descansar. Quédate aquí o pasea por la ciudad, pero sin llamar demasiado la atención de los soldados; no discutas o te enfrentes a ellos y, en caso necesario, di que eres un invitado mío, que has venido a hacer las copias para mí. Si sales, vuelve al ponerse el sol, a la hora de la oración de Magreb, y rezaremos juntos. Mañana por la tarde me acompañarás al Kasr al-Muwarak. Te enseñaré algunas cosas y hablaremos mientras recorremos los jardines, que invitan a la paz y a la reflexión —dijo, despidiéndose, Târek.

Ibn Saleh decidió conocer la ciudad, que nunca había visto. Anduvo por sus callejas deteniéndose curioso ante las faenas de los diferentes oficios aunque, como le había contado el médico, no quedaban muchos de cada gremio. Se fue dejando llevar detrás de sus propios pasos. La población había menguado pero, comparada con la de su pueblo, la cantidad de personas con las que se cruzaba constituía una multitud para él. Gente de lo más variopinta: judíos, cristianos, mujeres, niños, soldados, de los que había que apartarse para no ser arrollado, especialmente si iban a caballo; hombres, cuyo oficio se adivinaba en las manos, su tez curtida, el olor que desprendían o la mercancía que portaban, y otros de ocupación imprecisa o inquietante.

Pendiente de todo, sin perder de vista el suelo, sorteaba las boñigas de las caballerías y las sucias humedades que salpicaban el pavimento. El aire, si libre de hedores, auguraba ya aromas de primavera surgidos de recónditos jardines, bien ocultos tras celosas tapias, firmes guardianas de íntimas delicadezas, de discretas tonadas, de menudos surtidores o del aterciopelado enigma de las flores. Las apretadas calles se sucedían con la estrechez necesaria para provocar las sombras en el caluroso estío, atenuándolo de esta ingeniosa forma. A la salida de una de ellas, en el colmo de la tarde, se encontró de frente con la mezquita mayor y el imponente minarete, rematado por el yamur de esferas doradas. Quedó sobrecogido ante la esbeltez de la alta torre, símbolo del poder almohade. Cuando pudo dejar de admirarla, observó a dos viejos que charlaban sosegadamente, arrimados a la pared, y no dudó en pedirles que le hablaran de ella. Entre tanto uno le sonreía, el de más avanzada edad le contó todo lo que sabía:

—Pocos la conocen mejor que yo; nacimos al mismo tiempo y crecimos juntos, así que tenemos la misma edad. La mandó construir el califa Abú Yakub y se tardaron catorce años en acabarla[3]. Es tan alta que el muecín subía a caballo los treinta y cinco tramos de la rampa que tiene dentro, para llamar a oración. El yamur, como ves, es de bronce y la cúpula sobre la que está colocado es de azulejos dorados. Cuentan viajeros que hay dos más en África, pero que ésta es la más bella y que supera en altura al minarete de la mezquita de Qurtuba. La mezquita fue convertida en Iglesia Mayor por el arzobispo don Ramón, que venía con Fernando III. Lo primero que hago cada mañana es mirarla, temiendo que la hayan destruido, y agradezco a Alá en mi oración nocturna que haya sobrevivido un día más. Confío en que no muera conmigo, que perdure durante siglos asombrando a muchas generaciones. Me alienta saber que, por lo

25

3. 1184 - 1198

que dicen, el príncipe Alfonso es un defensor de ella y que sube en las noches claras a observar las estrellas.

Dos palomas alzaron el vuelo en el instante en que abandonaba a los dos hombres. Restallaron rápidos aleteos, que produjeron ecos, para luego elevarse perezosamente en dirección al minarete; hasta ese punto del cielo en que ya no parecen criaturas sometidas a la tierra y flotan sin esfuerzo, sumidas en una armonía prodigiosa. Mukhtar las siguió hasta verlas posarse en la cupulina.

El recién llegado continuó su tranquila marcha. Superada la muralla, el resto de la tarde anduvo por la ribera para, por último, sentarse en un cascote, un resto de almena seguramente, y allí estuvo observando el río y a la gente que iba y venía, mientras acariciaba descuidadamente su barba entrecana y dejaba fluir pensamientos ambiguos, entre la ansiedad de su futuro incierto y la seguridad que le brindaba la protección del médico.

Las emociones y el cansancio del camino le facilitaron un sueño profundo. Lo despertó temprano el trajín de Zaynab por la casa y comprobó que las molestias del oído, que aún rebullían la tarde anterior, habían desaparecido totalmente. Desayunó solo, Târek había salido pronto, y se dispuso a su nueva labor de copista. El papel estaba cortado en trozos semejantes, como para conformar un libro. Su destreza hubiera sido suficiente, pero quiso asegurarse y trazó, mediante raspaduras y a igual distancia, finas líneas horizontales sobre las que apoyarse para evitar inclinaciones de mal efecto.

Con buen pulso, su cálamo se deslizó suavemente por el papel dibujando caracteres en hileras regulares, perfectas. Los márgenes laterales meticulosamente respetados y las letras verticales del mismo grosor y altura. Algunos signos embellecidos con rasgos singulares que, de vez en cuando, simulaban abrazar palabras enteras o sostenerlas con gracia de pecíolos o de estambres de refinadas flores.

Escribía concentrado en la caligrafía de cada letra, pero sin dejar de apreciar la minuciosidad de las recetas: los pesos, las medidas, el vasto conocimiento sobre la utilidad de plantas autóctonas y también de las de otros países, traídas en naves desde remotos lugares al puerto de Ishbiliya, junto con una gran variedad de productos, para ser distribuidas a otros puntos de la península; o el ingenio de administrar agua con limaduras de imán, a quien se ha tragado una aguja, para impedir que quede clavada en el estómago. Todo bajo la respetuosa invocación de Dios o la petición de Su beneplácito para curar «con el permiso de Dios».

A ratos, para desentumecerse, se aproximaba a la ventana que daba al patio interior y dejaba descansar la vista sobre el verde del macizo de arrayanes, como le habían enseñado y como él mismo aconsejaba a sus alumnos cuando copiaban el Corán. Apoyado sobre el alféizar, oyó entrar a Zaynab con su almuerzo.

27

Justo cuando terminaba de comer, asomó la figura de Ibn Karim.

—¿Cómo ha ido tu mañana? —preguntó éste.

Por toda respuesta, Ibn Saleh le mostró las nuevas copias. El médico las inspeccionó visiblemente satisfecho.

—Has superado mis esperanzas —dijo al fin—. Confieso que no esperaba tanto y que me hubiera conformado con que fueran legibles, pero ya veo que te has esmerado y que no perdiste tu tiempo de aprendizaje. Tu trabajo está a la altura de cualquier buen copista. Como acordamos, seguirás mañana y esta tarde vendrás conmigo. Pero aún es temprano. He pedido a Zaynab que nos suba un té.

Diciendo esto se presentaba de nuevo la muchacha con la tetera. Al oírla bajar la escalera, preguntó Mukhtar:

—¿Cuánto tiempo lleva contigo?

—Aproximadamente cuatro años. La trajeron aquí el día que se rindió Ishbiliya[4]. Su familia entera había muerto. A ella la ultrajaron los soldados entre risotadas e insultos y, no contentos con eso, la apalearon después. Venía en muy mal estado, casi inconsciente. Unas mujeres que se apiadaron de ella, aprovecharon la oscuridad de la noche para traerla. Estuve a su lado durante tres días. Se la veía muy débil, pensé que moriría, pero es más fuerte de lo que yo creía y se fue recuperando poco a poco. Tardó mucho más en hablar y sobre todo en contarme los horrores por los que había pasado. Ella no tenía a nadie y por mi parte, necesitaba de alguien que se ocupara de la casa, y convinimos en eso. Desde entonces está conmigo. Es muy trabajadora y, como habrás comprobado, cocina muy bien. Nos hemos tomado afecto y es para mí más una hija que un sirviente. La brutalidad de aquellos hombres ha quedado grabada en su mente. La ha dejado marcada y desconfía de todos, salvo de mí. Sin embargo, tampoco la he visto preocupada por quedarse a solas en casa contigo, quizás te considere otro herido. En estos cuatro años ha ido superando muchas cosas. Al principio, ir al mercado suponía un suplicio para ella. Solamente ver los uniformes de la guardia, la hacía volver a casa temblorosa y con el corazón agitado. Hemos tenido largas conversaciones en las que me contaba cómo se sentía de despreciable y sucia, ¡qué ironía!, y ha dado rienda suelta al llanto que necesitaba para liberar su rabia y su tristeza. Lentamente ha ido volviendo la sonrisa a sus labios, pero todavía le queda mucho camino por recorrer.

—¡Malditos salvajes! —exclamó Mukhtar.

4. 23 de noviembre 1248

—Esto sucede en ambos bandos; no creas que los nuestros han tenido mucho mejor comportamiento cuando han sido vencedores. También han cometido atropellos y han aterrorizado a la población, si bien es cierto que no por costumbre. No olvides que si Fernando III ha obligado a llevar las campanas a Santiago a hombros de musulmanes, Almanzor las hizo traer a hombros de cristianos.

—¿Cuándo llegará el día en que el hombre deje de hacer daño a sus hermanos? —reflexionó Mukhtar.

—El día que comprendamos que somos mucho más que hermanos —repuso sin dudarlo Târek—; el día que seamos conscientes de que sólo somos uno. Pero ese día todavía queda muy lejos y solamente una ínfima minoría ha alcanzado ese grado de conciencia. Y únicamente podemos colaborar en esa evolución en la misma medida en que evolucionemos nosotros. Pero, también para eso, tenemos que saber que es obligación nuestra. Lo primero es saberlo y después actuar en consecuencia. Aprender, enseñar y dar ejemplo, para que los hombres elijan ese camino en lugar del de la barbarie, que no conduce más que al dolor.

—¿Quieres decir cumpliendo escrupulosamente con los libros sagrados, en nuestro caso el Corán?

—Algo más que eso. El Corán es un libro revelado y por tanto una guía infalible para situarnos en el principio del camino correcto, si practicamos fielmente sus normas tal y como están escritas; pero tú, que lo has estudiado, deberías saber que, como dijeron Ibn Rush, Ibn al-Arabí y otros muchos antes y después de ellos, contiene más de una lectura. Nuestro profeta no se dirigió solamente a hombres de un determinado nivel de crecimiento espiritual, sino a muchos. A él no se le podía ocultar que cada ser humano tiene el suyo propio. ¿Estás de acuerdo conmigo?

Mukhtar quedó pensativo. En todos sus años de vida y aprendizaje, si bien tenía noticias sobre la interpretación li-

29

beral del Corán de Ibn Rush, lo que motivó su persecución por los almohades, nadie había tocado este punto que para él había supuesto simplemente una extravagancia del filósofo, quizás tentado por las herejías masarríes o mutazilíes; algo puramente anecdótico.

—Nunca pensé que el Corán fuera objeto de más lecturas que la literal —dijo—. La verdad es que me suena a herejía porque ¿quién puede interpretarlo sin correr el riesgo de equivocarse y con ello torcer el mensaje?

—Tan sólo tu corazón, ayudado del conocimiento que debes adquirir. ¿Qué edad tienes? —preguntó Târek.

—Cuarenta y dos años —respondió Mukhtar—. Pero ¿cómo es esa nueva obligación y de quién debo aprender?

—Justamente estás en el sexto ciclo de tu vida. El momento de la madurez. El idóneo para el aprendizaje de conocimientos elevados. Los judíos coinciden en esta cuestión cuando indican que es la edad adecuada para adentrarse en el complicado terreno del misticismo, excepto para algunos privilegiados. Mañana es uno de Muharram del nuevo año, el 650 de la hégira. Un nuevo año y una nueva vida para ti, que supongo que te compensará por los sinsabores que has sufrido y que espero que seas capaz de asumir con la dignidad que exige ésta. Por quiénes te han de enseñar no te preocupes nunca. Todo llegará como has llegado tú hasta aquí. Nada es casual.

Mukhtar permanecía estupefacto, mudo ante las declaraciones del médico. ¿De qué hablaba y qué tenía que ver él en todo eso? ¿Fantaseaba, desvariaba Ibn Karim? Algo, a pesar de sus dudas, le decía desde su interior que su hora había llegado, para añadirle más asombro. Cuando pudo reunir algunas palabras dijo:

—Me has abrumado con todo lo que me expones y mal puedo comenzar una nueva vida, cuando ignoro el alcance de todo lo que me estás diciendo.

—Lo entiendo Mukhtar. Pero ¿acaso tu nombre no significa «elegido»? El mío es el nombre de una estrella. A mí me corresponde iluminar el inicio de tu camino. Aunque eres libre, y siempre lo serás, de abandonarlo o de empezarlo siquiera. Ahora vámonos, seguiremos hablando en los jardines, si quieres continuar.

Siguió obedientemente a Târek. La cabeza bullía con dudas y reticencias; sin embargo, el espíritu se dejaba guiar dócilmente, casi por propia iniciativa. Donde la mente encontraba escabrosidades, su interior parecía haber hallado un sendero buscado con ansia desde una inconsciencia que ahora se manifestaba, que era latente desde un tiempo insospechado, que lo desbordaba, desde el principio de los siglos. Se abría la boca de un volcán inesperado.

Nuevamente recorrieron las viejas calles ciñéndose a la muralla. Al aproximarse a Bab Ahoar giraron en dirección al gran minarete, pasando delante de una de las sinagogas que, por ser temprano y martes, se hallaba cerrada. Ibn Saleh se atrevió a preguntar:

—Antes, cuando te dije mi edad, me hablaste de los ciclos haciendo referencia a los judíos. Yo, aunque no sé nada, he oído hablar de los sufíes como los místicos del Islam. ¿Qué relación pueden tener los judíos con las enseñanzas de los sufíes?

Târek sonrió antes de responderle:

—Así como las religiones tienen sus divergencias, que en lo esencial no son tantas, y pugnan las unas con las otras tratando de demostrar que sólo la propia es la verdadera, cada tradición mística respeta a las demás y las considera tan válidas como la suya. Es una cuestión de elección de caminos, pero lo importante no es el camino, sino el objetivo final, que es convergente. El mismo en todas. Si es necesario para facilitar la comprensión de un concepto podemos utilizar el sistema de otra tradición. No hay discrepancias porque todas dicen lo mismo. Lo irás descubriendo conforme vayas avanzando. Pero ¿he de suponer que ya no te duele el oído o que con todo esto lo has olvidado? No me has dicho nada.

—Ambas cosas, Târek. Esta mañana me quedaba como un eco del dolor, pero ahora me siento perfectamente y, como tú dices, más preocupado por lo que me cuentas que por el oído. Es un mundo nuevo para mí y, aunque confío en ti, temo apartarme del Corán.

—No tengas miedo, no es así. Al contrario, no harás otra cosa que abundar en él. Pero imagina por un instante que así fuera. Si eso sirviera para acercarte más a Alá, ¿no merecería la pena? ¿No es la palabra escrita sólo un instrumento para alcanzarlo? ¿Qué es más importante, pues, el medio o el Ser Divino? Ya sé que esto que digo es en sí una herejía, pero no lo tomes como tal; simplemente quiero decirte con ello que si hay que romper con ideas preconcebidas, que además no suelen provenir del Libro sino que sólo lo aparentan, tendrás que hacer ese esfuerzo. Ya te dije que todo esto representa una nueva vida para ti, lo que implica una sucesión de cambios muy fuerte, pero la vida lo es también. Sólo que tú, al elegir un sendero de evolución consciente, tendrás que enfrentarte a mayor número de cambios en menor tiempo que los demás.

Mukhtar se mantuvo en silencio intentando asimilar la respuesta de Ibn Karim. Mientras tanto, habían llegado a la altura de la mezquita mayor. La vista de la torre se imponía en el espacio.

—¿Te has preguntado alguna vez por qué se le llama alminar? —dijo Târek, refiriéndose al minarete, en una pregunta a la que no pensaba dar solución alguna.

—Nunca me detuve en ello —contestó Mukhtar.

—Claro, la costumbre impide que reflexiones sobre su significado. Eso pasa con todo aquello sobre lo que hemos ido elaborando un hábito. De este modo, algo que oímos o que vemos diariamente y que contiene por su nombre o por su forma un importante mensaje, pasa desapercibido para nosotros. He ahí por qué insisto en demoler conceptos adquiridos, para rehacerlos luego con el conocimiento renovado.

Los soldados de guardia del palacio saludaron al médico, franqueándoles la entrada. Târek condujo a su invitado hacia los jardines.

—Espérame por aquí, no te alejes. He de examinar la evolución de una herida y volver a colocar las vendas. Si todo va como espero, no tardaré.

Mukhtar quedó solo en los jardines. Siguió la amable figura del médico hasta verla desaparecer. Sólo entonces se decidió a curiosear a su alrededor. Era una buena tarde. Los árboles y las plantas estaban dispuestos, a primera vista, al azar, en un desorden que la armonía del conjunto revelaba inexistente. De vez en cuando cruzaba algún personaje. Avanzó unos pasos hacia los macizos de flores y se distrajo plácidamente observando las diferentes formas, los pétalos, los colores, mientras pugnaba por alojarse en su oído el susurro de una cercana pero oculta fuente. Se encorvó para ver más de cerca una flor amarilla que destacaba entre las otras. En ese momento un alarido le hizo saltar, volviéndose como un resorte.

—¡Ni te atrevas a tocar mis plantas! ¿Acaso alguna de ellas puede compararse a tu zafiedad? ¿Crees que tu espíritu es tan sutil como el de una flor? ¡Oh, eres la criatura elegida de Alá! ¿No desprenden ellas aromas mientras tú exhalas olor a podredumbre y miseria? ¿No embellecen la nuestra, con su efímera vida, mientras que tú sólo eres una carga a la espalda de cualquiera? ¡Manténte alejado, pestilente gusano!

33

El corazón de Mukhtar palpitaba a toda velocidad. Sus ojos miraban desencajados aquel rostro furibundo que le increpaba, sin ninguna duda, a él. Estaba allí plantado a escasa distancia de su cuerpo. Era un hombre viejo, de corta estatura y desaliñado, pero con una mirada desafiante que atravesaba la suya.

Un soldado que acudió a los gritos, le hizo señales tocándose la sien, al tiempo que reía, para hacerle saber que se trataba de un loco inofensivo.

El viejo, ante el silencio de Mukhtar, se dio la vuelta y se marchó con paso decidido.

A Mukhtar le temblaban las piernas de la impresión cuando volvió Târek.

—¿Qué te pasa? ¡Estás lívido! —preguntó éste.

Ibn Saleh, todavía afectado y con la respiración entrecortada, explicó al médico el violento encuentro con el hombrecillo.

—¡Ah, sí! No hagas caso, es Hamza, el jardinero —repuso, dando por terminado el asunto, sin concederle importancia—. Ahora dime, ¿qué piensas? —añadió.

—Ya estaba un poco confundido, pero la regañina tan violenta del jardinero ha colaborado a que lo esté más. Me ha dicho cosas que me han hecho sentir como el más despreciable de los seres y creo que tenía razón, su locura le ha llevado a acertar conmigo. Ahora me doy cuenta de que jamás profundicé en nada. Si afloró accidentalmente alguna idea, la dejé pasar porque mi comodidad la superó. Es más confortable mantenerse dentro de las líneas aprendidas que esforzarse en ver un poco más. Enseñé lo que me enseñaron a mí, simplemente. Como ya te conté, no tuve coraje frente a los cristianos y preferí claudicar. Me enamoré una vez y tampoco supe luchar. Me he quedado donde se me colocó y de ahí no me he movido, excepto para este viaje que ni sé cómo he sido capaz de iniciarlo y del que he recorrido, con miedo, nada más que una jornada, para terminar en tu casa, colgado a tu espalda, como bien ha dicho el tal Hamza. Visto así, ¿a qué puedo aspirar yo?, ¿de qué soy digno?, ¿cómo se te ha podido ocurrir que puedo aprender algo?, ¿qué conceptos podría romper sin volver luego a ellos, como el niño asustado que regresa a los brazos de su madre? Perdóname, pero pienso que te has equivocado.

La música de un laúd los envolvió desde una de las glorietas. Un músico se ejercitaba bajo la sombra.

—¿Oyes a ese músico? —preguntó de nuevo Târek—. Es un músico de la corte. Con toda certidumbre fue seleccionado entre muchos que, a su vez, destacaban. Advierte su maestría, no yerra en ninguna nota. Sus dedos no vacilan entre las cuerdas, presiona cada una con la firmeza justa y las notas se suceden con la armonía necesaria para componer una melodía con total perfección. Es el resultado de haber cometido innumerables errores. Cuando aprendía, hace ya muchos años, no le faltaron ocasiones en que creyó no servir. Pasaban los días y no hacía progresos. No conseguía aunar los tiempos con las notas o se le trababan los dedos. Descorazonado, todas las noches pensó abandonar, pero al día siguiente volvía a aferrarse al laúd. La esperanza le mantuvo, salvando la diferencia entre un ser que ignora, alguien que jamás sospechó que pudiera ser músico, al consumado maestro que es hoy. Fíjate en él, ya no aprieta el instrumento contra sí. Lo mantiene sobre las piernas con soltura, con gracia; la madera de sicomoro de la parte posterior acaricia levemente su cuerpo y rasga las cuerdas con absoluta precisión. Ahora es una prolongación de sí mismo y cuando lo tañe, el laúd responde obedientemente a sus deseos.

»En la actualidad no sólo nos deleita con su laúd, sino que sabe que las primeras cuatro cuerdas de que constaba son armónicas con los cuatro humores del cuerpo: la sangre,

35

la linfa, la bilis negra y la bilis amarilla, y la quinta, añadida por Ziryab, el músico de Abderrahmán II, lo está con la respiración, el aliento vital. Tocando, por tanto, de un determinado modo, estimula aquello que precisamos, colaborando al restablecimiento del enfermo.

»Todo esto es ahora, pero no pases por alto que, un día, él también se sintió como tú. Recuerda que en la humilde semilla se asienta la promesa de la rosa.

Alentado por las palabras del médico, Mukhtar fue calmándose y recuperando algo de confianza en sí mismo. Sin embargo, se sentía como un péndulo que tan pronto está en un extremo como en el otro, movido por una mano invisible.

Târek sonreía, quizás comprendiendo las dificultades por las que atravesaba la razón de Ibn Saleh y los sentimientos contradictorios que tendría.

—No atormentes tu espíritu, Mukhtar. No sirve de nada; si has tomado la decisión de seguir, sencillamente déjate llevar. Gran parte de tu aprendizaje consiste en disfrutar de lo que no alcanzan los demás, motivado por su falta de observación, no por otra cosa. Están tan sometidos a sus preocupaciones que no ven lo que les rodea. Ven, sentémonos. Respira profundamente y pasea tu vista. Escucha el sonido del agua, a veces apagado por las plantas, otras chapaleando en una pila o recorriendo estrechos caminos por los arriates. Mira el verdor de las hojas de los árboles, refréscate en sus sombras, oye a los pájaros y no me digas qué ves, sino qué sientes.

—Lo único que siento es paz —declaró Mukhtar.

—Muy bien, la naturaleza ha sido tu cómplice amansando la agitación de tu mente. Eso es un estado. El que te permite percibir cosas que, de otra manera, no captarías. Sentir esa paz implica ser inundado por una cierta dosis de felicidad; depende del grado de quietud de ideas que hayas conseguido. A menor actividad mental, mayor percepción, mayor protagonismo de tu ser interior y, por ende, mayor concordancia con el universo. En la permanencia de ese estado se encuentra la sabiduría.

La sonrisa continuaba en la cara de Târek, cuando añadió:

—Por hoy creo que has recibido las suficientes emociones. Si te parece dejamos el tema y nos dedicamos únicamente a pasear y charlar sobre cosas más intrascendentes. Esta noche cenaremos cordero, como despedida del año 649, en mi habitación. Zaynab abandonará la cocina y nos acompañará.

—¿Cenará con nosotros? —preguntó Mukhtar.

—Sí, naturalmente. Ya te dije que para mí es como una hija. Muchas veces cenamos juntos. Ya sé que no es lo habitual, pero la costumbre de comer los hombres separadamente de las mujeres está fundamentada en un concepto del que yo no soy partidario. El hombre y la mujer son diferentes. Eso se nota a simple vista, pero también lo son el día y la noche y nadie piensa que uno de los dos ciclos sea más importante o más estimable que el otro, sino complementarios. La mujer es un ser humano con igual dignidad que el hombre. Tampoco soy ni el primero ni el único que piensa así. Ibn Rush opinaba lo mismo y, en cualquier caso, todos los místicos que han comprendido la naturaleza dual de este mundo han llegado a la misma conclusión. Así que, ¿por qué establecer diferencias innecesarias?

Al regresar a la casa fueron directamente a la cocina, en la planta baja, al otro lado del patio. Zaynab ya estaba ocupada con la cena. Se encontraba en el almacén, que también hacía las veces de despensa. Era la única habitación de la casa con dos puertas, una daba al patio y otra al interior de la cocina, para mayor comodidad. La muchacha recogía especias para el cordero. Como ya había observado Mukhtar, la casa, sin ser de grandes proporciones, como habría sido la expropiada a Târek, era acogedora y amplia, con un buen número de habitaciones. De planta cuadrada, a la entrada a la derecha estaba la estancia que se usaba como consulta en caso necesario y junto a ella los servicios, conectados al pozo ciego de la calle. A la izquierda, frente a la anterior, la cuadra y el almacén, lindante y comunicado con la cocina. En el centro, el patio con el viejo pozo, la fuente en medio del arriate de arrayanes, un olivo y varios arbustos que emergían de entre el empedrado. En la esquina de la planta, entre el retrete y la cocina, la escalera. Al subirla, la primera habitación a la derecha era la de Zaynab, justo encima de la cocina. A su lado, la alcoba de Mukhtar, pegada a la de Târek. El aseo a continuación de ésta y por último, la que Mukhtar imaginó que sería el salón, quedando la escalera entre éste y la habitación de Zaynab. Una balaustrada de madera permitía asomarse al patio, sin peligro.

38

—Zaynab, había pensado en que cenáramos en mi habitación pero, ya que tenemos un huésped, en su honor lo haremos en el salón —dijo Târek.

—Como dispongas —contestó la joven.

—Tú ven conmigo Mukhtar, esta noche será de gala.

Entraron en el cuarto de Târek y éste sacó de un arca guarnecida de metal y remachada con gruesos clavos, dos túnicas de seda. Le entregó una a Ibn Saleh y se quedó él la otra. Una franja de cuero repujado envolvía el centro del cofre hasta su base. En el cuero, adornos de atauriques y caracteres árabes en los que podía leerse: «Recuerda que Alá guarda tesoros más valiosos para ti».

La de Mukhtar era de tonos verdes con hilos de plata, mientras que la del médico era azul con hilos de oro y plata; ambas especialmente ornamentadas alrededor del cuello y las bocas de las amplias mangas. Por su delicada factura se adivinaban regalos de algún soberano o príncipe musulmán, en consecuencia provenientes del famoso tiraz de al-Mariyya. Anchas y cómodas, se colocaban sobre la camisa y los calzones, cubriendo todo el cuerpo. Por haber sido guardadas junto a maderas aromáticas, desprendían ese agradable olor.

—Cuando estés listo, ven al salón. Allí te espero.

Mukhtar agradeció la generosidad a su anfitrión. Luego entró en su alcoba y depositó la túnica sobre la colcha de la cama. Dada la celebración y la riqueza del atavío prestado, se desnudó de medio cuerpo y vertió agua del cántaro sobre la palangana, para lavarse a conciencia. El agua fría sobre su piel produjo sensaciones estimulantes que hicieron desaparecer la fatiga del día. Terminó de vestirse y se dirigió al salón al tiempo que escuchaba, al andar, el suave crujido de la seda.

La puerta del recibidor estaba abierta. Ésta era la habitación más decorada de la casa. De las paredes colgaban tapices y las alfombras, cuajadas de arabescos, cubrían el suelo. Sobre ellas, infinidad de cojines y almohadones de mil colores. En un lateral, un buen número de libros cuya piel se notaba bien cuidada y sobre un atril de dura madera de olivo, un Corán iluminado.

—Pasa y siéntate, Mukhtar.

Ibn Saleh examinó de una ojeada la disposición del salón. Sobre una tarima igualmente alfombrada y junto a una pequeña mesita, se encontraba el médico con un libro entre sus manos. Algo más elevado éste, era el lugar del anfitrión. Delante de él había otras dos mesas individuales, sin duda una para Zaynab y otra para él. Eligió la que se encontraba a la izquierda de Târek y se sentó sobre un cojín. El cuarto estaba más recargado de lo habitual, pero él supuso que ocurría así porque todos aquellos objetos procederían del salón de la casa anterior, mayor que éste. Târek abandonó el libro para ofrecerle, de una bandeja, agua con esencia de rosas.

39

Mukhtar, al extender el brazo, estuvo a punto de tirar uno de los candiles de aceite que mantenían la estancia perfectamente alumbrada.

La esencia de rosas se extendía por el paladar, refrescando su garganta. Târek rompió el silencio, diciéndole:

—Estás muy elegante, Mukhtar, como corresponde a un invitado de honor.

—Gracias, te lo debo a ti. Por cierto, no había reparado antes en el arcón donde guardabas las túnicas. No había visto ninguno forrado de cuero y con esas labores.

—Fue un obsequio de alguien importante para mí. En cuanto al cuero trabajado de esta forma, supongo que sabes que fue otra de las aportaciones de Ziryab, del que ya hicimos mención antes. Él lo ideó como mantel para la mesa, pero tiene muchas más aplicaciones decorativas, como tapiz o revistiendo casi cualquier objeto digno.

—Sí, había oído hablar de los cueros así embellecidos y sé que se llaman «cordobanes», por su procedencia, pero no había tenido ocasión de verlos.

—La persona que me lo regaló compró el arcón y pidió a artesanos de Qurtuba que hicieran uno adaptado a las medidas de éste y con esa frase que habrás podido leer. Fue mi maestro. Ya murió, por lo que se ha hecho doblemente especial para mí.

—Por la profundidad de la frase, que contiene claramente una advertencia sobre los bienes materiales y anima hacia el desapego de ellos, deduzco que fue tu maestro en el «sendero» y no en la ciencia de la medicina quien te hizo el presente.

—Acertada deducción. Eres muy perspicaz. Efectivamente no fue mi maestro de medicina; sin embargo, te sorprendería el conocimiento que poseía de ella. Hace años se marchó a Alejandría, de donde era originario; no habían pasado dos años cuando recibí la noticia de su muerte.

Mientras Târek hablaba, Zaynab entró con una gran bandeja y la depositó sobre una mesa, al fondo del salón. También vestía para la ocasión; llevaba una túnica rosa que realzaba el color de sus mejillas y contrastaba con sus ojos, y unas chinelas de tiras finas de cuero, de las que no se descalzó como, en cambio, habían hecho ellos con sus babuchas. Se arrodilló para encender cómodamente un incensario y sirvió los entremeses colocando los platos que los contenían en las mesitas individuales. Tres platitos para cada uno con aceitunas y otros encurtidos, berenjenas y una pasta picante de garbanzos.

Repartidos los entremeses fue hacia la puerta, se quitó el calzado, lo dejó cuidadosamente alineado junto al de ellos y recogió, como de pasada, un aguamanil de plata labrada con su jofaina a juego y un paño limpio. Del centro de la aljafana surgía, hasta más o menos la altura de una cuarta, la garra abierta de un águila entre cuyos dedos había depositado un trozo de jabón de aceite fino. Se acercó a Târek y derramó agua sobre las manos extendidas de éste, al tiempo que se enjabonaba. Por último, cuando se enjuagó el médico, le entregó el paño para secarse. Con Mukhtar llevó a cabo el mismo ritual y seguidamente hizo lo propio ella misma. Al concluir se sentó al lado de su mesita, esperando alguna señal de Ibn Karim para cenar.

Entretanto, una nubecilla de incienso se había distribuido, avanzando con lentitud por la quieta atmósfera de la habitación, sólo alterada levemente por los movimientos de Zaynab seguida por el humo azulado. Mukhtar aspiró el aroma con deleite cerrando los ojos hasta quedar embelesado. Una oleada de calma y de placer recorrió sus nervios. La memoria se impuso y le trasladó a la infancia. Evocó, con ternura, a su madre esparciendo alhucema sobre las ascuas del anafe, cercano a la ropa puesta a secar en los días de lluvia, para que ésta se impregnara de la fragancia. Antes de ponérsela, recién bañado, cogía en un montón la ropa calien-

41

te y seca con las dos manos y hundía su cara en ella. Al inhalar, se percibía primero el fresco olor a limpio para, momentos antes de saturar el pecho, acudir la alhucema ya atenuada, como un rescoldo de perfume. Lo repetía una y otra vez, intentando captar cuanto antes el segundo aroma, como en un juego, hasta que el frío lo erizaba o era descubierto por la madre, siempre temerosa del enfriamiento.

La voz de Târek lo devolvió a la realidad:

—Alá nos ha permitido terminar un año sin penalidades. Hemos sido privilegiados, puesto que no ha sucedido lo mismo con otros hermanos y la clemencia del Misericordioso nos ha concedido la gracia de auxiliarlos. Roguemos al Indulgente por un nuevo año más benigno para ellos y que los malos momentos queden como un borroso recuerdo, del que nuestra memoria sólo tenga presente las enseñanzas que hayamos podido extraer.

—Que así sea —respondieron.

Los tres se entregaron a la cena. Al cabo de unos instantes, Mukhtar no pudo evitar el elogio:

—Cocinas muy bien, Zaynab.

—Gracias, Mukhtar —contestó.

—No sólo cocina muy bien —intervino Târek—, lleva la casa con total eficacia y aún tiene tiempo para asistirme con los enfermos. Pero, además, ha aprendido a leer y a escribir correctamente. Cuando acaba sus faenas, viene aquí a hojear alguno de estos libros. ¿Cuál lees ahora, Zaynab? —preguntó, con cierta nota de orgullo.

—El *Mekor hayim*, de Salomón ben Gabirol, el llamado Avicebrón por los cristianos.

—¿Sabes hebreo? —preguntó asombrado Mukhtar.

—No fue escrito en hebreo, sino en árabe. Los traductores Juan Hispalense y Domingo Gundisalvo, de la Escuela de Traductores de Tulaytula, lo tradujeron al latín como *Fons Vitae*. Este ejemplar está en árabe.

—¿De qué trata? —quiso saber, con modestia, Mukhtar.

—Bueno, el título del libro ya es revelador. Como resumen, puedo decirte que es una obra filosófica en la que por medio de preguntas y respuestas de un maestro a su discípulo, se profundiza en el conocimiento sobre la materia y las formas universales —respondió Zaynab.

—Sí, de momento baste con eso —dijo Târek—. No es bueno para los procesos digestivos penetrar en cuestiones complicadas para el intelecto durante las comidas.

Zaynab había abandonado su actitud, ligeramente recelosa, al advertir la humildad de Ibn Saleh. Se la notaba a sus anchas. El médico se dirigió a ella:

—Nuestro amigo estará entre nosotros unos días, al menos hasta que acabe de hacer las copias que le he encomendado y, por mi parte, el tiempo que desee. Después continuará su viaje hasta el reino de Gharnata. Como maestro, allí intentará ser admitido en alguna mezquita de la ciudad para dar clases a los niños, que es lo que venía haciendo hasta ahora. Él pensaba que se limitaría a esta aventura, de por sí dura y peligrosa, pero, paralelamente, los pasos de su espíritu le encaminan hacia otra más intensa. Un viaje interior, más difícil que el primero. El año que comienza coincide con su renacimiento a una nueva vida. Ésta es su primera etapa, en la que necesita adquirir enseñanzas para enfrentarse a sí mismo. En mi ausencia, os ruego que habléis, sin reparos, entre vosotros. Tú, Mukhtar, comprobarás y te será de buena ayuda su cultura y su fina intuición —dijo, señalando a Zaynab—. Y tú, Zaynab, tendrás la oportunidad de observar la ansiedad de conocimientos que ocasionan las inquietudes del alma.

—Para mí será un placer y seguro que obtendré provecho de ello —replicó Mukhtar.

—Mayor lo será en mi caso —declaró Zaynab, sonriendo—, puesto que, aparte de ti, Târek, no tengo posibilidad de

43

mantener estas conversaciones con nadie más; con lo que al gusto de la charla se añade el de la novedad.

La joven se levantó para sustituir los platos y sirvió el cordero ya troceado. Había sido bien untado con aceite de la tinaja grande de la despensa y espolvoreado con tomillo y un poco de romero. Se veía uniformemente dorado y, al ser cortado, aparecían pequeñas zonas rosáceas, pero no crudas, como procede en un cordero mayor que el lechal. Las mujeres los preparaban y los llevaban al horno del panadero, para ser asados; pero en las zonas rurales o en los hogares más ricos tenían horno propio, razón por la que Zaynab había estado alimentándolo con leña de olivo gran parte de la mañana, hasta conseguir la temperatura deseada, cuando las paredes interiores del horno se vuelven blancas y al introducir un trozo de retama ésta se oscurece rápidamente.

Conforme se sentaba, Zaynab confesó a Mukhtar:

44

—He visto tu caligrafía, me parece bellísima, rebosante de delicadeza. Sólo alguien sensible puede escribir así. —Y espetó a continuación—. ¿Has tenido hijos?

—Gracias, sólo alguien sensible puede valorarla. No, no soy casado ni lo he estado nunca. Me enamoré, eso sí, pero ella nunca lo supo —dijo, encogiéndose de hombros—, y se casó con otro. Quedó grabada en mí para siempre y me refugié en el estudio y la enseñanza, descuidando esa otra faceta de la vida. Ya pienso que es un poco tarde, pero nunca se sabe, quizás algún día...

—¿Qué condición crees más adecuada para la realización del ser humano: la vida en pareja o en soledad?

Târek comía, pero sin perder palabra de la conversación. Le divertía ver el nuevo aire de desembarazo con que se expresaba Zaynab y su insaciable curiosidad, así como la prontitud con que Mukhtar se habituaba a la situación.

—Es complejo contestar a eso. Tiendo a pensar que casado, porque el hombre unido a la mujer cumple el objetivo para el que fue creado y, como me decía esta tarde Târek, se complementan uno al otro. Sin embargo, ahí tienes a los cristianos, cuyos sacerdotes se abrazan al celibato afirmando que así tienen menos cargas y más tiempo para ofrecer a su religión. También es el caso de los anacoretas, que se dan en las dos religiones. Pero ¿y tú, ya no piensas casarte?

A Zaynab se le ensombreció el rostro, pero estimó que era justo esforzarse en responder con la misma sinceridad que había tenido él.

—Fui herida, humillada y mancillada en la toma de la ciudad. Târek me salvó la vida. Es muy difícil que nadie me quiera ahora, y yo misma soy el primer obstáculo; los hombres me infunden temor. Târek, al tomarme a su servicio, me abrió una senda nueva: la de la cultura. Eso me gusta y me absorbe, pero añade una nueva dificultad; cada día pertenezco más a la extraña especie de mujeres cultas. Sé que las hay y que las ha habido. He ahí el caso de la poetisa Wallada, la princesa Omeya, y de muchas otras, pero suelen ser de clase alta, cultivadas desde pequeñas, y yo no lo soy. De todas formas, las mujeres cultas son temidas por los hombres, sean de la clase social que sean. Fíjate qué venganza más paradójica: yo les temo a ellos y ahora, sin violencias, he conseguido que ellos me teman a mí.

Los dos hombres celebraron la ocurrencia de Zaynab con una espontánea carcajada, a la que se sumó finalmente ella misma. El clima de franqueza y las risas habían convertido la cena en una fiesta familiar y amena.

Acabado el cordero, la muchacha acercó los postres: higos y pasas de la Ajarquía y dátiles de Túnez.

Mukhtar mordió una pasa y la presionó contra el cielo de la boca, para saborear el dulzor, cuando preguntó:

—Tú, Târek, ya veo que no estás emparejado con ninguna mujer, pero ¿lo has estado alguna vez?

—A mí me ocurrió algo parecido a lo tuyo. Los estudios ocuparon mi tiempo. Yo soy de Bagu, hijo de un médico. Mi padre pronto me envió a estudiar a Qurtuba, donde me instruí en leyes, medicina, filosofía y matemáticas. De aquí fui a Alejandría para contrastar y perfeccionar conocimientos. A continuación viajé hasta Fez y practiqué la medicina unos cinco años. Allí conocí al maestro de quien te hablé y me aceptó como discípulo suyo. Gracias a él me familiaricé con la sabiduría de Ibn al-'Arif, Rumí, el gran Ibn al-Arabí y muchos otros, sin desdeñar a los maestros judíos. Más tarde, compañeros míos hablaron de mí en Ishbiliya y fui reclamado a la Corte. Desde entonces estoy aquí. Entre mis ocupaciones, estudios y los últimos sucesos, únicamente he tenido alguna relación ocasional que no halló el momento de cuajar. A veces he pensado en tener familia, pero se ha quedado sólo en eso, en un pensamiento, en un deseo. Me hubiera gustado tener una compañera que compartiera mi vida y que me diera hijos, pero el destino no lo ha querido, aunque me ha hecho el regalo de una hija como Zaynab.

—No sé si la pregunta que voy a hacer rebasa los límites de la corrección —dijo Mukhtar, dirigiéndose a Târek—; si es así, te ruego que me disculpes, pero me gustaría saber si Zaynab está en lo que hemos denominado como «sendero».

—No te preocupes —respondió Târek—, entre nosotros no debe caber la indiscreción. Ella es muy joven todavía. Por ahora está estudiando, con cuidado de no caer en la erudición. Está advertida de la existencia de otras vías y será preparada, pero más adelante. Como te dije antes, goza de una natural intuición que apunta en esa dirección. Si cuando esté lista lo desea, entraremos en ello; si no, lo abandonaremos, pues que viva conmigo no la obliga a seguirme.

—Has mencionado la erudición como algo a evitar. ¿No es buena la sabiduría?

—No hay que confundir erudición con sabiduría. La cultura es necesaria porque nos hace libres abriéndonos nuevos horizontes, a los que no tendríamos acceso ignorantes. Pero la erudición es una acumulación de conocimientos, generalmente en un único sentido; en cambio, la sabiduría es la interiorización, la asunción de esos conocimientos, de forma que modifica nuestra actitud ante la vida y los demás, porque nos crea consciencia. Debemos racionarla; si nos inclinamos demasiado hacia ella, corremos el riesgo de ahogar nuestro corazón o, dicho de otro modo, nuestro ser interior. El hombre tiene las capacidades de pensar y de memorizar a su servicio y debe saber usarlas, pero si sólo desarrolla esos atributos, será un erudito; mas nunca un sabio.

Mukhtar se removió, tal vez incómodo por la postura, tanto rato mantenida, pero quizás más de pensar en el esfuerzo que le esperaba.

—A mí también me inquieta —dijo Zaynab, descifrando sus pensamientos y sonriendo.

Los tres volvieron a reír de buena gana. Ibn Saleh comprendía que ella estaba destinada, probablemente, a seguir sus mismos pasos. Al considerarla compañera, la simpatía que ya sentía por ella se transformó en afecto.

Enfrascados en la charla, se había deslizado la noche hasta bien entrada. El chisporroteo de un candil marcó la hora de retirarse.

En su alcoba, Mukhtar apartó la colcha de la que sobresalía la sábana primorosamente bordada, se introdujo con placidez en la cama y, apagado el pábilo de la lámpara, quedó profundamente dormido.

Apenas se habían despegado sus párpados, cuando escuchó cerrarse la puerta de la calle. Dedujo que el médico había empezado sus faenas y se preparó para las suyas. Al cabo de un rato oyó subir a Zaynab con el desayuno. Para entonces ya había terminado de copiar toda una línea.

—¡Buenos días!, ¿has descansado bien?

—Muy bien, Zaynab, se conoce que tu exquisito cordero me sentó estupendamente y esta mañana siento recuperadas mis fuerzas —dijo, mientras empezaba a comer con voracidad—. ¿Y tú?

—Tardé en quedarme dormida, seguramente por la agitación que me produjo el placer de la charla, pero no estoy cansada. Ibn Karim no pudo esperar a desayunar contigo, le esperaban temprano.

—Sí, oí la puerta cerrarse y pensé que sería él. ¿Tú has desayunado?

—Ahora lo haré —respondió Zaynab.

—¿Me harías el honor de acompañarme?

La joven le miró fijamente a los ojos tratando de hallar algún indicio de burla, ante comportamiento tan desacostumbrado en un hombre para con ella, pero leyendo la sinceridad de Mukhtar en ellos, se le iluminó la cara en una abierta sonrisa.

—Estaré encantada. Subiré una bandeja para mí. No tardo —dijo, a la par que salía.

Casi inmediatamente la vio entrar y acomodarse frente a él, con la misma expresión risueña con que había abandonado el cuarto.

Mukhtar aprovechó para preguntarle:

—¿Naciste aquí, Zaynab?

—No, soy de Istiyya, donde abunda el algodón. Mi padre era tejedor y decidió que nos trasladáramos aquí, hará unos quince años. Yo tenía diez y todavía recuerdo el largo camino en carreta, cargada con nuestros bártulos y los utensilios del taller. Mi padre iba andando con el carretero, que era un viejo conocido suyo, y mi madre, mis hermanos y yo subidos sobre los bultos. Yo era la mayor y la más inquieta.

Nabîl tenía ocho años y Jalîl seis. Salimos al amanecer, con mucho frío, pero yo iba muy contenta por lo que de novedad contenía la aventura. Mi madre no paraba de regañarme porque me bajaba constantemente para ir andando junto a mi padre o corretear alrededor de la carreta. Disfrutaba tocando a los bueyes y arreándolos, intentando inútilmente sacarlos de su paso, hasta que descubrí que uno de ellos era tuerto. Se lo dije a mi padre a gritos y entonces el carretero, Abdul, que así se llamaba, me dijo que había perdido el ojo en una pelea cuando era un buey joven pero que, a cambio, Alá le había concedido el don de hechizar, castigando a los que le molestaran, con la sola mirada del ojo vacío y que ya, hacía años, en una aldea, un niño le había tirado piedras hasta que, harto del zagal, fijó su ojo en él y ese mismo día se le quedó seca una pierna. En ese instante, por casualidad, claro, el animal volvió la cabeza hacia mí y yo salí despavorida, para no bajarme más del carro en toda la mañana. Abdul y mi padre estallaron en carcajadas y se estuvieron mofando de mí todo el camino.

Mientras reía Mukhtar, Zaynab continuó:

—Mi padre había escogido una casa cercana a Bab Qurtuba. Era vieja, pero la arreglamos. Vivíamos arriba. En la parte baja estaba el telar. Con mucho esfuerzo consiguió que sobreviviéramos. Mi madre le ayudaba cuanto podía, hasta que murió de unas fiebres tres años después. Yo tuve que ocupar su lugar, ponerme al frente de la casa y cuidar de mis hermanos; por eso nunca me casé, mi padre me necesitaba. Así fue hasta la entrada del rey cristiano. Sus soldados mataron a los tres mientras defendían valientemente la muralla. Luego formaron grupos y violentaron las casas, robándolo todo, incendiando y maltratando a ancianos y mujeres. A mí me encontraron en la mía y el resto ya lo conoces. Desde aquel día no he vuelto a pasar por allí. Sé que tendré que hacerlo, si quiero cicatrizar mis heridas.

—Estoy de acuerdo, pero no deberías ir sola. ¿Quieres que vayamos juntos? Tengo tiempo de sobra para terminar mi trabajo. Mañana mismo, si lo deseas.

Zaynab quedó muda ante la inminente propuesta.

—Me has cogido desprevenida —reconoció—, deja que me haga a la idea. Mañana sabré qué hacer, pero sí puedo decirte que agradezco tu buena intención.

—No tienes que agradecérmelo, a ti también debo el placer de considerarme aquí como en mi casa —dijo, y viendo que la sombra de la tristeza había prendido en la cara de su nueva amiga, quiso agregar una pizca de humor:

—Aunque es preciso que diga que hay algo de ti que no hace que me sienta cómodo.

—¿Qué es? —preguntó rápidamente Zaynab.

—¡Que alguien más cultivado que yo lave mi ropa interior!

La risa brotó libre en sus gargantas, despejando de oscuridades el semblante de la mujer.

—Bueno, te he distraído demasiado; si necesitas algo, estaré en la cocina. —Y dicho esto, cada uno volvió a sus tareas.

—¿Has entendido? —preguntó Târek al oficial—. Te repito: te untas bien con el jugo de la acacia en la parte más hinchada de la pierna y a continuación metes el pie en el agua donde has hervido previamente el contenido de este saquito. Ven a verme pasado mañana.

El hombre asintió obedientemente y se disponía a salir cuando se volvió en la puerta abierta.

—El capitán os espera, ¿le digo que pase?

—Sí, dile que entre.

La gallarda figura del capitán, de pie en el umbral, oscureció la sala.

—Pasad, Diego. ¿Os han remitido las fiebres?

—Sí, señor. Creo que definitivamente, porque han pasado diez días y no se repitieron ni después de los primeros cuatro, ni a los ocho. Sinceramente, estoy seguro de que los oficiales estamos mejor en sus manos que el rey en las de sus médicos.

La mirada de Târek se clavó en las pupilas de Diego, antes de preguntarle:

—¿Habéis venido aquí sólo para alabarme por haberos curado unas fiebres cuartanas?

—No, aunque os lo agradezco y es una buena excusa para explicar mi presencia en este lugar. En realidad me trae otra razón, de la que vengo a avisaros.

—¿De qué queréis avisarme? —preguntó Târek sorprendido.

—Manrique, el auxiliar del arzobispo, mandó arrestar ayer por la tarde a Yahyá, el mozo de cuadras, por negligencia en el cuidado de su caballo y como sospechoso de haber robado alfalfa. Por estos motivos le dio cuarenta azotes y lo envió a los calabozos, donde se encuentra todavía. No sé cuánto tiempo lo mantendrá en ellos ni si tiene pensado algún otro castigo para él, pero las acusaciones no me parecen otra cosa que caprichosas injurias que no son de mi agrado; pero no puedo erigirme en defensor suyo sin caer en las iras del monje.

—No os cae bien, ¿verdad? Si está en palacio, iré a hablar con él ahora. Estimo en lo que vale vuestra nobleza, Diego.

—¿Con él? —repuso el capitán, con preocupación—. Id con cuidado. A nadie cae bien y es temido por todos. Es capaz de urdir cualquier plan contra vuestra persona.

—No os alarméis. He conocido a muchos hombres ruines y sabré mantenerme a salvo de uno más. Marchaos ahora, yo esperaré un rato antes de salir a buscarlo.

51

El capitán volvió a recomendar al médico que actuara con cautela y salió de la sala procurando que en su cara no se reflejara la inquietud.

Ibn Karim se dirigía a la sala habilitada como capilla, cuando vio al benedictino salir de ella cojeando y entrar en la estancia contigua. Siguió sus pasos y entró decididamente. El monje estaba sentado tras una mesa, frente a la puerta, examinando unos documentos. Al oírle, levantó la cabeza y, frunciendo el ceño, le preguntó:

—¿Es que no sabéis llamar a la puerta?

—Os ruego que me perdonéis —contestó Târek—. Buscaba a vuestra merced para interesarme por el reuma de vuestra pierna.

El fraile esbozó una maliciosa sonrisa, al imaginar cuáles serían los motivos que habían movido al médico a visitarle.

—Sigue molestándome —dijo secamente—. Esta ciudad es más húmeda de lo que esperaba. Pero, decidme, ¿es ésa la única razón por la que venís a verme? ¿No será más bien para interceder por Yahyá, vuestro —y añadió con sorna, silabeando la palabra— correligionario?

—Desconozco el asunto —respondió Târek, con una amplia sonrisa—. ¿Qué ha ocurrido?

Manrique apretó las mandíbulas de rabia, por haber sido tan apresurado al hablar. Hubiera preferido que lo declarase el propio médico.

—Ese mozo de cuadras es un desvergonzado que descuida aposta mi caballo y además roba. He tenido mucha paciencia con él, pero ya era hora de darle una lección y lo mandé azotar. Ahora está en el calabozo. Lo tendré unos días encadenado y con la comida racionada, para que reflexione —dijo, y recuperó la sonrisa, esta vez desafiante.

—Será como decís, ya os digo que no sabía nada. Aunque sea correligionario mío, soy partidario de que las faltas sean castigadas independientemente de la religión que practique quien las cometa.

El benedictino, asombrado, no daba crédito a lo que oía ni a la postura de indiferencia de Târek.

—Me place que estéis de acuerdo conmigo. Y ahora dejadme, tengo asuntos que terminar.

—Perdonadme de nuevo —insistió Ibn Karim—, pero ya que estoy frente a un monje cristiano, quisiera aclarar alguna duda que tengo con respecto a vuestra fe. Quizás resolverla sea el principio del camino de mi conversión y la deberé a vuestra merced.

—Bien, preguntad —dijo Manrique con desconfianza, pero interesado.

—Tengo entendido que la lujuria es un pecado execrable, que aleja de la pureza de espíritu. Tanto es así, que vuestro clero ha optado por la castidad hasta el punto de no disfrutar voluntariamente de uno de los sacramentos: el matrimonio, lo que en sí es una contradicción, al no cumplir con uno de ellos. ¿No sería éste una forma eficaz de combatirla, un «remedium concupiscentiae»?

—Conocéis el cristianismo más de lo que sospechaba. Confío en que no os hayáis instruido para atacarlo —dijo Manrique con maldad—. Pues bien, el pecado carnal, que consideramos muy grave, porque transgrede el sexto mandamiento de la Ley de Dios, está duramente castigado y más severamente si se incurre en adulterio; siempre que los culpables sean sorprendidos durante el acto o las acusaciones tengan fundamento, casos para los que no debe haber piedad en el cumplimiento de la pena. Los sacerdotes cultivamos la templanza, para mayor agrado y gloria al Padre, recurriendo a la penitencia para fortalecer la voluntad y no dar lugar al debilitamiento, desde el que acecha tenazmen-

53

te el diablo. No nos casamos, siguiendo el modelo de perfección de Nuestro Señor Jesucristo, que no lo estuvo y, siendo el Hijo de Dios, ¿acaso pensáis que estaba equivocado y osáis enmendarlo? —dijo, inclinado hacia delante, para que no se le escapase el más leve error en las palabras del musulmán.

Târek sabía bien del peligroso terreno hacia el que se le quería llevar y de la malignidad del clérigo.

—No está entre mis dudas la figura de Jesucristo, a quien nosotros los musulmanes reverenciamos y llamamos Isa. Por el contrario, elogiamos todas sus virtudes, entre las que practicaba la compasión con los más débiles, porque, veamos, ¿si yo hubiera sido testigo de un acto obsceno, debería, sin más, erigirme en acusador implacable?

—Estaríais obligado; no hacerlo constituye una falta de omisión —contestó Manrique con su habitual sonrisa.

—Entonces debo acusarme a mí mismo de no haberlo hecho, pero para que veáis que quiero reparar mi falta y que con ello me sea perdonada, estoy dispuesto a contároslo.

—Hacedlo en buena hora.

—Veréis —dijo, sentándose sin autorización—, con el buen tiempo o simplemente con que haga una buena noche, gusto de pasear por los jardines de palacio. Después de presenciar el dolor de los enfermos, durante una larga jornada, me refresca mirar el firmamento, admirando la obra del Creador. A veces pierdo la noción del tiempo en ese estado de contemplación. Una noche me alargué demasiado en la madrugada y cuando resolví irme noté un extraño movimiento entre los árboles. Me acerqué más y pude ver a dos hombres entregados a la lascivia más aberrante; uno, por las vestiduras que le quedaban, era un musulmán pero, el otro, era un monje.

—¿Pudisteis ver sus rostros? —le interrumpió Manrique, alarmado y rojo de sofocación.

—Bien no, pero vi que, al marcharse, el monje cojeaba; casualmente, como vuestra merced, por lo que no os será difícil hallar al rijoso pervertido. Ahora, aconsejadme, os lo ruego, ¿quedará mi falta mejor cumplida si la confieso ante la alta autoridad del arzobispo?

—No es menester —acertó a balbucear, mientras se agitaba nervioso en su asiento, buscando una salida airosa—. Ya que habéis sabido imitar la piedad de Cristo, no seré yo menos y, si os parece, daremos el asunto por concluido aquí. Yo mismo os estaré reconocido.

—Soy yo quien os agradece que hayáis aliviado mi conciencia y dado muestras de tanta misericordia. Por cierto, también apreciaría vuestra bondad si mandarais liberar al mozo. Eso os enaltecerá aún más. ¿Lo haréis?

—Tomad —y con rapidez escribió la orden en un papel—. Hacedme la merced de entregarla al capitán.

Târek se levantó con la orden en la mano y dando la espalda salió sin saludar siquiera. Yahyá fue liberado antes de que Manrique recuperara el ritmo de sus latidos.

Por la tarde, cuando médico e invitado se acercaban al Kasr al-Muwarak, frente a la gran mezquita, Târek determinó torcer a la derecha, hacia la alcaicería. Mukhtar no preguntó y se limitó a seguirle. Fue una idea repentina. Allí compraría algún presente y se lo haría llegar a Manrique y, de este modo, simularía gratitud ante él y ante los demás, previniendo suspicacias; obrando como haría cualquiera con quien actúa movido por caridad y no por motivos ocultos, como había sido. Él ya sabía que la enemistad era inevitable y que el monje buscaría ardientemente el desquite, pero tendría que ser extremadamente hábil para no quedar desenmascarado. El regalo endulzaría la represalia, si es que ésta llegaba o, al menos, restaría crudeza al rencor.

Las tiendas estaban dispuestas a uno y otro lado de la calle. En ellas sólo se vendían las más costosas mercancías: sedas, piezas de plata y oro, paños de alta calidad, etc. Por esta razón gozaban de vigilancia nocturna.

La alcaicería era propiedad del califa o el sultán de cada ciudad, que la alquilaba a los mercaderes por un canon establecido, ahora en poder de Fernando.

A Mukhtar le causó impresión el colorido y la variedad de productos. La plata se amontonaba sin recato en las tiendas. El marfil tallado se repartía entre exquisitas cajas de todos los tamaños. Más allá, la seda de infinitos colores, orlas, encajes, brocados bordados de mil diferentes maneras y dibujos, azules, rojos, verdes suaves, intensos, hilos de oro y plata y un sinfín de objetos sabiamente mostrados para provocar el deseo y hacer las delicias del comprador.

56 Los ricos mercaderes sonreían y saludaban a los curiosos con el propósito de invitarles a ojear sus artículos, seduciéndolos mediante su cuidada apología, elevada al rango de arte, entremezclada con sugerentes elogios acerca del refinamiento y el buen gusto del cliente; fascinándolos, induciéndoles a creer que su dignidad estaba a la altura del más caro de sus productos y que esta joya o aquella pieza sólo estaría convenientemente exhibida en el, de por sí, elegante cuerpo o casa del comprador, favoreciendo su distinción.

Târek saludaba sin detenerse, hasta llegar a la tienda elegida. El comerciante, conocido de antiguo, dejó al cliente en manos de su empleado para atender al médico. Ibn Karim ya sabía lo que quería: una funda de seda para un cojín con bordados de lazos vegetales que no contuviera ninguna frase alusiva a la religión. Pidió que fuese rellenado de algodón y que se lo enviaran a Manrique, de su parte, a palacio, para que apoyase la pierna dolorida; y tras un breve pero obligado regateo, pagó lo acordado.

Finalizado el encargo, deshicieron el camino y continuaron hasta traspasar la puerta de palacio. El deseo del médico era buscar a Yahyá en las caballerizas para ver en qué estado se encontraba, pero uno de los guardias se aproximó a él con visibles muestras de dolor en el abdomen y hubo de atenderle, por lo que rogó a Mukhtar que visitara las cuadras en su lugar y le informara después. Él lo esperaría en la sala que hacía las veces de dispensario.

No fue fácil encontrarlas, atravesando multitud de patios y de salas en diferentes direcciones, pero al fin logró llegar hasta ellas. Un sucio muchacho que salía le indicó quién era el mozo al que buscaba.

—La paz sea contigo, Yahyá, me envía Ibn Karim para saber cómo te encuentras.

—Y contigo, quienquiera que seas —respondió, enderezándose de la postura a que le obligaba el trabajo con el rastrillo—. Gracias a él, nada más pasé una noche en el calabozo. Alá lo guarde. Me quedan señales de los grilletes y me duele la espalda de los latigazos, ya pasará. Pero fue injusto —añadió—, yo no he robado nada ni he cuidado mal el caballo del auxiliar, sino como al resto de animales, y lo sabe, pero pagó sus iras conmigo. Ojalá la ira del Más Grande se vuelva contra él.

—Seguramente así será —deseó Mukhtar en voz alta.

—Dile a Ibn Karim que tenga cuidado, él es nuestra única esperanza, y que todos rezamos por su suerte y su salud.

—Así se lo diré, pero empiezo a conocerlo y creo que vendrá, en cuanto pueda, a ver tu espalda. Ahora me voy a informarle.

Mukhtar dio media vuelta y se internó en los jardines. Cuando se encontraba en medio de ellos recordó el tropiezo con Hamza, el viejo loco, su vulnerabilidad frente a los insultos del hombre y el decaimiento que le supusieron. ¡Cuán frágiles somos —pensaba— ante cualquier ataque a

57

nuestra persona! Nuestra vanidad no soporta que la humi-
llen. Debería haber respondido con calma, eso hubiera hecho
Târek. Se habría mantenido frío y no le afectarían las alu-
siones, lo que posiblemente desarmaría al contrario y sobre
todo, lo más importante, no quedaría perturbado ni afligido.
«Si volviera a sucederme, estaré preparado», reflexionaba.

Ya veía a tres guardias junto a una de las puertas, éstos le
ayudarían a encontrar el dispensario. A menos de diez pasos
de ellos, de entre matorrales, emergió la estrafalaria figura
del jardinero, que se paró ante él. Mukhtar quedó consternado unos segundos, pero inmediatamente reaccionó recordando sus recientes propósitos y respiró hondo, para
adueñarse de sí mismo y hacer frente a lo que viniera. Invo-
luntariamente, sin embargo, había dejado de andar.

Ni una palabra salió de los labios del loco. Al principio
éstos se dilataron conformando una sonrisa, pero se fueron
separando hasta que rompió a reír ostentosamente, sin dejar
de mirarle. Mukhtar, atónito, buscaba entre sus ropas para
descubrir una mancha o lo que fuera que provocara las risas
de Hamza, sin ningún éxito. Los de la puerta prestaron atención. Las carcajadas habían ido en aumento, ya eran escan-
dalosas. Mukhtar se palpaba la cara, el cuello, la cabeza, se
miraba las manos en su afán de hallar el objeto de las burlas,
sin conseguir más que enmarañarse, cada vez más, el pelo.
Las lágrimas cubrían el rostro del jardinero que, a cada nueva y estrepitosa carcajada, llegaba a convulsionarse, sujetán-
dose con una mano el vientre mientras que con la otra no
dejaba de señalarle cruelmente. Los soldados se contagiaron,
sumándose a Hamza. A uno de ellos se le escapó de las manos la espada que enseñaba a sus compañeros y cayó al suelo, rebotando metálicamente contra las piedras, con una
nueva estridencia que hizo volver la mirada de Mukhtar hacia la puerta y descubrirles en tal estado. La escena se le hizo
insoportable y dándose a los nervios, salió corriendo ciega-

58

mente, empujando al pasar a un guardia que más se cayó por la risa que por el empellón.

Al final del siguiente patio, pese a que se oía el alboroto, Ibn Saleh dejó de correr, pero sin dejar de volver la cabeza. Así lo contempló, desde fuera del dispensario, el médico, que ya se impacientaba. Lo vio venir deprisa, despeinado y mirando compulsivamente hacia atrás e imaginó que había sido descubierto por Manrique interesándose por la salud del mozo.

—¿Qué te ha pasado? —preguntó.

—Nada, Târek —replicó nerviosamente Mukhtar—. Yahyá está dolorido, pero bien.

—Y, ¿por qué vienes tan excitado, como si alguien te persiguiera?

—Me he topado otra vez con Hamza. Yo me había preparado interiormente previniendo que sucediera, pero no me ha valido de nada. Creí que me insultaría y estaba bien dispuesto para hacerle frente con calma, pero no lo hizo. Me miró y se puso a reír sin descanso, hasta derramar lágrimas. No sabía qué hacer. Busqué alguna mancha entre mis ropas o en mi cara, pero cuanto más lo hacía más reía Hamza y también los guardias, que formaron coro con él. Mi desconcierto me llevó a huir corriendo tan alocadamente que he tirado a uno de ellos, pero ni así ha dejado de reír.

—Bueno, si el motivo es la risa no hay de qué preocuparse —contestó Târek, mirándole fijamente.

—Sí, pero me siento como un idiota.

—Y lo serás tanto como te sientas. La risa nunca ha matado a nadie y acabas de ganarte la simpatía de los soldados, que te recordarán con buen humor. Comprendo que te incomode —dijo, tocando la herida— pero, ¿es que te sientes ofendido por un loco?

—No estoy molesto con él, sino conmigo. Quise conservar la calma y no pude hacerlo a pesar de habérmelo pro-

59

puesto. Queda demostrado que no domino mis emociones en absoluto. Me sentí seguro un instante, para pasar al otro extremo inmediatamente, al desvalido que verdaderamente soy, al que le hostigan siempre más dudas que certezas.

—Y es amargo, ¿no? —Târek comenzó a hablar caminando hacia el interior del palacio—. Mukhtar, vivimos en un bosque de posibilidades y cada decisión engendra dudas. Eso es inevitable si las encaramos con el ánimo de vencerlas, porque en el calor de la lucha te olvidas de la única certeza, origen de todas las demás, tú. Pero el tú verdadero, el interno. Es el externo el que quiere hacerte creer que es fuerte, pero es imposible que lo sea porque el alimento que lo sustenta es irreal, un producto de tu propia mente, luego esa debilidad es la conclusión lógica. La reacción de los demás te hiere porque confundes la mente con tu auténtico ser, que es inatacable. Distánciate de ella y entonces comprobarás la belleza de ese bosque. Por el contrario, considera que los otros seres forman contigo una unidad y de nada tendrás que defenderte. En tanto no lo hagas así, hoy serás desconcertado por unos insultos, mañana por unas risas y pasado por no se sabe qué y así sucesivamente, pero no estarás dando sino vueltas al mismo humo que te asfixia.

Juntos penetraron en lo más antiguo del palacio, en la parte llamada Dar al-Imara. Se detuvieron ante una fachada con faja de azulejos y Târek continuó con la primera de las explicaciones que desvelarían significados ocultos:

—Desde la más remota antigüedad, los sabios han utilizado las construcciones para insertar en ellas, como si de libros se tratara, mensajes cargados de sabiduría mística usando el lenguaje de los símbolos. Desde luego que el Conocimiento se transmite de forma oral, y en eso estamos, pero las inscripciones hechas en los muros perdurarán durante siglos para poder ser admiradas por quienes las comprenden e incluso por los profanos, al haber sido elaboradas, muchas de ellas, como elementos que realzan la belleza de edificios, cúpulas, etcétera. Así, para aquellos que no saben, pero que tienen un espíritu inquieto, su contemplación puede producirles ciertos destellos intuitivos que les provocarán, como mínimo, actitudes de serenidad que les atraerán a otras nuevas, en dependencia de la voluntad del propio individuo. Cuando algo es excesivamente bello, contiene más de una lectura.

»Esta ornamentación de azulejos que vemos ahora obedece a lo dicho. En principio, los motivos geométricos acaparan nuestra atención, pues han sido trazados magistralmente, lo que implica un conocimiento profundo de la geometría, y ésta resulta de las matemáticas, la ciencia de los números, a la que consideraba esencial Pitágoras para comprender toda la Creación.

»Repara en que hay una estrella central de ocho puntas, un octógono, compuesto por dos cuadrados. El cuadrado es estable; prueba de ello es que la mayor parte de las edificaciones tienen su base cuadrada. Representa, pues, la estabilidad tanto terrenal como cósmica y, la unión con otro en forma de octógono, la armonía en ambos planos. De la prolongación hacia el infinito de las líneas de esta estrella van surgiendo otras de distintos tamaños que además configuran otros cuerpos, que podríamos juzgar de menor importancia, pero sin los cuales no se reproducirían periódicamente los principales. Ya esta perspectiva debe hacernos sospechar que nada carece de valor y que cumple un objetivo definido. Si trasladamos esta concepción de las cosas, por analogía, a la naturaleza, veremos que, si bien los animales son seres inferiores al hombre, no podríamos vivir sin ellos e igual pasa con los vegetales o con el agua. Es decir, todo es interdependiente. No hay nada en la naturaleza que no merezca ser respetado.

»Ahora demos un par de pasos hacia atrás. ¿Qué ves?

61

—Pues que, al tener una mayor visión de conjunto, aparecen otras estrellas mucho mayores formadas por la suma de un grupo de menores, y calculo que si el paño se ampliara el suficiente número de veces, se mostrarían otras aún más grandes que estarían constituidas por las anteriores, y así innumerables veces.

—Ésa es una buena apreciación, Mukhtar. No es tan difícil, ¿verdad? Pero eso querría decir que habría diferentes planos, cada uno con su significado correspondiente, ¿no te parece? Luego no basta con la observación superficial porque, profundizando, podemos aprender de cada cosa a varios niveles.

»Si volvemos a la distancia anterior —dijo Târek, avanzando dos pasos—, por distinguir mejor los detalles, y nos centramos en las líneas, tendremos que aceptar que hay cientos o miles entrecruzadas o, quizás, se trate de una única línea que lo recorre todo, con lo que no necesitamos seguirla para conjeturar que podemos llegar a cualquier estrella desde cualquier posición. ¿Quiere esto decir que se puede alcanzar un objetivo desde muy diversos puntos? ¿O que la verdad se esconde entre diferentes perspectivas? Muchos son los senderos.

»Considerándolo de otro modo, si el zócalo fuera un cuerpo, las líneas serían las venas que transportarían su fluido vital a los órganos. Por contraposición al universo, este cuerpo constituiría el microcosmos y si, como decía Hermes Trismegisto, «Como es arriba, es abajo; como es abajo, es arriba», el macrocosmos también debe tener las suyas, sean visibles o no, por donde circularía la fuerza que mantiene a los cuerpos celestes vivos y en equilibrio. Somos libres de llamar a esa energía por muchos nombres, Mukhtar, pero es posible que lo más apropiado sea llamarle «Amor».

»Es, pues, esta faja de azulejos un ornamento más del palacio o ése es el pretexto, pero también un espejo donde se refleja lo que es y lo que no es.

Târek se volvió hacia Mukhtar y lo miró detenidamente. En ese momento le hubiera gustado poder leer sus pensamientos. Se mantenía extasiado, sin proferir palabra alguna. Durante un rato él tampoco dijo nada, como deferencia con el hombre que aprende o que, sencillamente, busca, personificado en Ibn Saleh. Al fin, dijo:

—Mañana continuaremos, Mukhtar. Esta noche cenarás solo, para que medites. Vámonos, ya es hora.

Mukhtar bajó a la cocina. Zaynab llenaba una jarra de la tinaja del agua. No la sorprendió porque había oído sus pisadas por la escalera.

—Buenos días, Zaynab.

—Buenos días. Ahora iba a subirte el desayuno.

—No es necesario, puedo desayunar aquí, contigo.

—¿Cómo te fue ayer con Târek? —preguntó Zaynab, sirviendo el desayuno de ambos.

—¡Uf! La tarde estuvo llena de sucesos. Como siempre, lo mejor fueron los comentarios de Ibn Karim; sobre todo la interpretación de los azulejos. Lo peor, mi tropiezo con el jardinero loco. Pero de todo hay que aprender. Anoche estuve reflexionando hasta altas horas. Me salí de la habitación y apoyado en la balaustrada, se me fue el tiempo mirando la luna. Dejé que los pensamientos se pasearan desordenados; creo que es la primera vez que lo permito, debido al cansancio, me figuro. Las imágenes desfilaban y poco a poco fueron encajando en mi espíritu, la maraña no es que se desenredara, es que terminé por ignorarla a medida que un sentimiento nuevo la sustituía, pero estoy seguro de que no provenía de mi mente, porque la razón no concibe comprensiones simultáneas. Es... es muy difícil describirlo, sólo puedo decir que obtuve un bienestar desconocido que renovó mi ánimo para continuar. Sin embargo, no quiero engañarme, sé que no he terminado con los altibajos. Lo más notable es que antes de acostarme había mudado mi concepto de Alá por otro más profundo y más cercano.

—«El conocimiento de Dios es como un beso» —contestó Zaynab.

—¡Qué bella frase! —reconoció Mukhtar.

—No es mía, es de Rabí Moisés ben Maimón, Maimónides —aclaró la muchacha—. Tus palabras me han recordado las suyas.

—¿Sólo lees libros hebreos?

—Naturalmente que no —respondió entre risas—. He leído a muchos musulmanes, Ibn Rush entre ellos, pero cuando el amor a la filosofía es auténtico y el razonamiento impecable, ¿qué importa la religión del autor?

—Llevas razón Zaynab, pero deberías alternar a los filósofos de pensamiento metódico con otros de tendencias místicas, ¿no? —dijo Mukhtar, recordando el concepto de Târek sobre la erudición.

—¿Y quién dice que éstos no lo sean? No niego que ésa es la idea que se tiene, porque ellos mismos se preocuparon de ocultarlo como defensa propia; en el caso de Maimónides, ante la ortodoxia judía y el fanatismo de los almohades, y en el de Ibn Rush ante éstos. Tampoco era una época fácil. Pero ¿tú crees que alguien que dice una frase como la que cité antes no es un místico? Maimónides se pasó toda su vida buscando lo que él dio en llamar «profecía», es decir, la Iluminación. Escucha sus palabras:

«El hombre, con toda su sabiduría, sus investigaciones y trabajos, no tiene más opción que dejar sus asuntos en las manos del Creador, rezar a Él y pedirle que le conceda entendimiento, que le guíe por el camino verdadero y que le revele los misterios».

O estas otras:

«El hombre alcanza la idea más sublime cuando contempla en su alma la unidad de Dios».

—Y, ¿no podrían tomarse por frases piadosas, sin más? —preguntó Mukhtar.

—Así han sido tomadas y así quedan para quienes no lo advierten o para aquellos que prefieran no reconocerlo, pero en la primera de éstas dos, Maimónides proclama la insuficiencia del razonamiento, sin la comunicación con Dios, para obtener la «comprensión». Asimismo, menciona el acto de revelación como accesible al hombre en general, no circunscrita a los profetas. En la segunda, admite que se puede apreciar la unidad de Dios desde nuestra alma, siendo el medio la contemplación, no el empleo de la lógica. Es decir, la meditación, un método de interiorización que nos conduce a nuestra alma. Esto implica otros análisis pero, para no desviarnos, quiero resaltar únicamente que, más que decirlo, lo está atestiguando porque, ¿cómo se afirman esas consecuencias sin haberlas experimentado uno mismo?

Mukhtar asentía con la cabeza, pensativo.

—¿Has relacionado lo que me ocurrió a mí anoche con lo expresado por Maimónides? ¿Crees que eso es lo que sentí?

—Indudablemente, Mukhtar.

—Pues sí... es como un beso —respondió, sin perder su aire ensimismado.

También pensaba Zaynab, pero los suyos eran pensamientos de otra índole, de los cuales habría de arrancar una decisión valiente. Poco había podido dormir ocupada en ellos. Más valía atreverse de una vez y arrostrar su pasado para afrontar debidamente el presente. Tuvo la sensación de tirarse al vacío cuando se escuchó a sí misma decir:

—Mukhtar, estuve pensando todo el día de ayer y parte de la noche. He determinado ahora mismo ir a ver mi casa o lo que quede de ella y acepto tu ofrecimiento. Me será de gran ayuda que me acompañes.

—Pues cuanto antes, mejor. A la vuelta haré las copias.

El rumor de la fuentecilla del patio los siguió hasta la puerta. Salieron a una mañana resplandeciente, clara en el azul sevillano.

—Primero pasaremos por el mercado, Târek me ha encargado que compre pichones para la cena. Después no me quedarán ganas —dijo Zaynab.

—Bien, así veré algo nuevo.

Andaban tan juntos que hasta él llegaba el fresco olor, agradable y familiar, de la joven. Los faldones de sus túnicas se encontraban con frecuencia al caminar, entre las mil revueltas de los laberínticos callejones. Se aproximaron a los primeros puestos, bien abastecidos, colmados de provisiones. Audaces, se internaron en el hormiguero de gente que se agolpaba en todas direcciones; unos discutiendo, otros preguntando, comprando, regateando precios, examinando la calidad de los productos, empujándose... Para Mukhtar, las personas se habían convertido en una masa difícil de separar por individuos; sólo la multitud de colores de las ropas que vestían, moviéndose de acá para allá, hacía posible distinguirlos, seguirlos con la mirada. Tanto olor, tantas ropas, tantas caras, aturden. Zaynab torció en un callejón y surgieron los aromas de las especias, colocadas sobre el mostrador en montones cónicos, como montañitas, o en sacos por el suelo con las bocas remangadas, bien abiertas y apretados unos a otros, componiendo esa policromía, festiva, de las especias. Un placer para la vista y el olfato, que siempre había despertado hambre en Mukhtar.

Poco más allá, los frutos secos: nueces, almendras, pasas de la Ajarquía, higos, dátiles, pistachos de Persia y dulces azufaifas.

El zoco, agrupado por oficios, facilitaba la localización de cada uno y también la labor del almotacén, que vigilaba precios e inspeccionaba rigurosamente pesos, para impedir los tradicionales engaños en las pesas o en las balanzas, castigando con autoridad a los transgresores.

La pareja no se paraba; avanzaban con mayor o menor rapidez, según les dejaba el gentío. A intervalos, entre los corros formados junto a los puestos a uno y otro lado, sólo cabía pasar en una fila lenta que más adelante se disolvía y permitía andar y respirar con más ligereza.

Zaynab volvió a girar y atravesaron el sector de los carniceros, desembocando en una tienda escasamente más ancha que las demás, pero situada en una casa. La muchacha no vio al dueño y entraron hasta el patio. Como hacía las veces de matadero, había regueros de sangre y agua por el suelo. A zancadas sortearon los charcos y se arrimaron a una pequeña columna. En efecto, allí estaba el carnicero, a punto de matar. Ahora no se le podía interrumpir. Los cuchillos, afilados con esmero, se hallaban limpios sobre la losa de mármol de una mesa de madera. El hombre colgó al cordero en el gancho de una traviesa, de la cuerda que anudaba sus patas traseras. Cogió uno de los cuchillos, se colocó en dirección a La Meca e invocando a Alá hundió la punta en la garganta con un movimiento preciso, cortando de un solo tajo la yugular, las vías respiratorias y el esófago, en aras de sacrificar al animal sin apenas sufrimiento. La sangre brotó cayendo sobre el barreño que había debajo, salpicándolo todo. Allí quedaría hasta desangrarse por entero, para después ser desollado. Un ayudante derramaba agua a cubetazos, a ras de suelo, antes de que la sangre se secara.

Cuando le tocó el turno a Zaynab, le fueron servidos los pichones. Los introdujo en la cestilla de esparto cubriéndolos con un paño y cruzaron de nuevo entre la confusión del

67

zoco, hacia otra de las salidas. Los oficios se sucedían: sastres, tejedores, zapateros.

—Me pareció verte nervioso en el patio —dijo Zaynab.

—Sí —contestó Mukhtar, tratando de mantener su paso, a pesar de los obstáculos—, la visión de la sangre no me agrada.

—A mí tampoco, pero es necesario que alguien mate a los animales para alimentarnos, ¿no crees?

—Claro que sí, pero prefiero no estar presente en los sacrificios. Me impresionan las torpes sacudidas del animal, como si quisiera retener la vida con sus patas, aferrarse a ella en movimientos que, por inútiles, convierten lo dramático de la muerte en algo casi grotesco.

—De haberlo sabido, no te habría hecho entrar conmigo.

—Da lo mismo, Zaynab, yo también tengo que enfrentarme a lo que me disgusta. Olvídalo. ¿No te he contado lo que me pasó con el jardinero? —Y se precipitó a detallarle lo acontecido, con la intención de divertirla, mientras se dirigían a lo que él sabía que mortificaría a la muchacha. «Quizás —pensó—, llevar un buen ánimo la fortalezca.»

—Perdona que me ría yo también, pero no puedo evitarlo —dijo entre risas—. Imagino tu cara y la huida tirando al suelo al guardia. Tuviste suerte de que no se enfadara.

Doblaron una esquina y apareció un grupo de casas semiderruidas. Mukhtar supo que ya no estaban lejos.

—¿Tú has estado en palacio? —dijo él, sin saber muy bien qué preguntarle.

—Sí, alguna vez —contestó ella. Pero ya iba como ausente.

—¿Y te ha enseñado Târek los azulejos?

Zaynab ya no contestó, había aminorado la marcha hasta detenerse frente a lo que quedaba de la que fue su casa: muros, negruzcos por el humo, trozos de puerta quemada, trapos —siempre hay trapos en las ruinas—, tejas rotas por el suelo, cascajos... El techo se había derrumbado y sólo era escombros. Todo arrasado. La casa era la imagen de la desolación. Los recuerdos se avivaron y lágrimas incontenibles, en silencio, bañaron sus mejillas. En un momento se tambaleó y acudió él a abrazarla, impidiendo que cayera. Así estuvieron un buen rato, la cestilla caída al suelo y ella agarrada con fuerza a la cintura de Mukhtar, sollozando con la cabeza hundida en el pecho masculino, en un llanto contenido, o tal vez soslayado, durante años. Eran suaves gemidos, pero desgarrados. De dolor, de angustia, de desconsuelo y de despedida, todo a la vez. Los gemidos se transformaron en quedos lamentos que se fueron apagando poco a poco. Parecía rehacerse con el desahogo. Cuando Mukhtar pudo dominar el nudo que oprimía su garganta, la separó de sí dulcemente.

—Vámonos, Zaynab, has sido muy valiente. Ahora puedes dar por inaugurada tu nueva vida.

Lo ocurrido tuvo más repercusiones en Mukhtar de las que había concebido. Él mismo había dado con la clave en esa frase. Para estrenar su nueva vida, la suya, tendría él también que desprenderse de fantasmas. ¿Qué sentido tenía, después de tantos años, seguir obstinado con el amor imaginario de Mûnah?

No habían cruzado ni una palabra en el trayecto. Ensimismado, había seguido a su amiga hasta la casa y traspasado el umbral maquinalmente. Zaynab cerró la puerta y poniéndose frente a él, tiró con ambas manos de su cuello para ponerlo a su altura y lo besó en la cara. Él comprendió el gesto de gratitud y no pudo más que corresponderle.

Arriba, reanudó su trabajo con la caligrafía, pero sin concentración. Seguía pensando en lo mismo, había que romper con el pasado. Por suerte, empezaba una nueva receta cuando se le fue el trazo y estropeó lo escrito. Tendría que tirar el papel, pero tuvo una idea. Dos renglones más abajo fue dibujando las letras, esta vez con atención, hasta componer bellamente el nombre de su amada Mûnah. Lo recortó y lo dobló, guardándolo en el bolsillo.

Seguidamente al almuerzo, Târek apremió para ir a palacio. La tarde se presentaba ocupada y no podría dedicarla por entero a Mukhtar.

—Esta mañana —dijo Târek, mientras caminaban—, coincidí con Mustafá. Es un carretero que transporta telas y lanas a Qurtuba. Lo conozco desde hace algunos años y es avispado y buen hombre. Le hablé de ti y no tiene ningún inconveniente en que hagáis el viaje juntos; a él le servirá de distracción charlar en el camino y para ti será una protección. Como su ayudante pasarás desapercibido y estarás al abrigo de preguntas indiscretas. Cree que saldrá pasado mañana, pero me avisará antes.

—Me quitas un peso de encima, Târek. Es mejor la compañía de alguien que conoce el camino palmo a palmo. Quizás sabrá de otros carreteros —añadió animado— y desde Qurtuba pueda hacer lo mismo para ir a Gharnata. Estoy tan a gusto que se me hace penoso irme, pero quedarme más tiempo es un abuso y cuanto más tarde, más doloroso se me hará separarme de vosotros. Además, mañana habré terminado las copias de las recetas; así que parece que el tal Mustafá ha llegado en el momento preciso.

—Para nosotros también será triste que te vayas; hubiera deseado que celebráramos juntos la fiesta de la Achura, pero debes continuar. No sé cuándo se presentará otra ocasión como ésta. Más vale así.

Como de costumbre, la guardia los saludó, pero a Mukhtar no se le escapó el aire zumbón de uno de ellos. Era el que había derribado en su carrera la tarde anterior.

En tanto se acercaban a los azulejos, Mukhtar comentaba a Târek sus sensaciones de la noche pasada apoyado sobre la balaustrada. El médico aprobaba más con su mirada que con los mínimos movimientos de cabeza que realizaba.

Parados frente al muro, Târek señaló con su mano la cenefa que remataba por arriba el zócalo, a la par que decía:

—Debes haber visto este dibujo muchas veces. Está por todo al-Ándalus, pero nunca es el motivo principal de los azulejos, sino su culminación. Se le llama árbol de la vida y, como ves, es escalonado. Los peldaños, entre cinco y siete, van haciéndose menores desde la base. Hay quien quiere ver en ellos el esquema de una palmera, porque evoca su tronco. Es una alusión evidente a la evolución del hombre, que debe subir por ella. La franja es una repetición horizontal y constante del mismo motivo, entre dos líneas paralelas que la abarcan y la cierran. Sólo han sido trazadas las escaleras negras, pero forzosamente surgen sus contrarias blancas. Quiere decir que el mundo que habitamos está necesariamente marcado por la dualidad, los contrastes... los opuestos. Recuerda: hombre-mujer, día-noche, frío-calor, vida-muerte. Opuestos que hay que saber complementar, aunarlos para hallar un atisbo de la unidad, de donde parten.

»Pero volvamos a los elementos centrales. Cada una de las estrellas tiene un centro, unas de un color, otras de otro; pero todas lo tienen, sin importar posición o tamaño, porque representa la esencia divina que está en el interior del hombre, de ahí el axioma: «Conócete a ti mismo y conocerás a los dioses».

Târek se volvió despacio hacia Mukhtar.

—Ahora hagamos una prueba, deja que fluya libremente tu corazón y dime qué más ves tú.

Ibn Saleh calló unos instantes, pero con los ojos en la exquisita cerámica, impregnándose, penetrando en ella, consintiendo que se convirtiera en una imagen tridimensional.

—Tiene el aspecto del cielo —explicó—, un cielo inabarcable, cuajado de estrellas y de soles permanentemente unidos por fuerzas, las líneas que mencionábamos ayer, todo... todo está indisolublemente unido.

—El conjunto de todas ellas —siguió el médico—, entrelazadas siempre, como observabas tú, forma un todo perfectamente armonioso, un entramado infinito. Es la imagen del universo que nace de la Unidad y se desarrolla hasta lo inconmensurable, así como nos muestra el camino de regreso a esa misma Unidad. En realidad, está todo: la Unidad, el camino y el regreso, todo a un tiempo imposible, porque carece de él, porque es eterno. Todo está aquí porque el «regreso» es una alegoría necesaria para entendernos, ya que no podemos volver a una Unidad de la que, como decía Ibn al-Arabí, nunca hemos partido. Todo es Unidad.

»Con esto, Mukhtar, creo que he consumado tu preparación, que sólo es un inicio, pero que, a pesar de que no seas totalmente consciente, ha creado dentro de ti una visión distinta de las cosas. Si, como me dices, tuviste una meditación clarificadora, únela al conocimiento que has adquirido y estarás preparado para reparar en detalles por encima de lo superfluo; así te irás dando cuenta que todo está ante nosotros.

La mirada escrutadora de Târek se tornó sonriente y añadió:

—No me veas como un maestro, yo sólo soy un hito en tu camino, un puente para cruzar al otro lado. Tu verdadero maestro es el interno; si no confías en él, si no dejas que te hable, nada habremos hecho. No tengas miedo, en cambio, y la vida se las arreglará para guiarte. No tienes que decirme nada, vete en silencio, Mukthar. Nos encontraremos en casa.

Como era media tarde, Ibn Saleh salió del palacio y se fue buscando el río. Mientras paseaba, reconocía que lo dicho por Târek era cierto. Puede que el conocimiento nos aísle de la comprensión de los demás, pero también nos acompaña todo. Los árboles, las piedras, los insectos, el mismo aire parece rodearnos, abrazándonos. La soledad no existe.

Un nuevo Mukhtar se sentaba en el mismo trozo de almena que la última vez. No sin incertidumbres, pero más confiado. Desde allí divisaba el movimiento del agua, la corriente, que en las orillas se deslizaba entre las piedras. Una necesidad imprecisa le hizo volver la cabeza. Creía que esa tarde se había librado de Hamza, el loco, pero allí estaba, sentado detrás de él. Lo miró detenidamente, sin preocupación. Descubrió que ya no le afectaba y siguió mirando el río.

—Así transcurre nuestra vida —le oyó decir.

—Quizás, pero el río conoce y cumple su objetivo —replicó Mukhtar.

—Yo también paseo por la orilla y, a veces, me detengo en este recodo. ¿Por qué envidias al río?

El tono, la voz del jardinero, estaban cargados de matices acogedores. Su pregunta no era ahora inquisitiva ni con ella aprovechaba para reconvenirle. Se volvió otra vez. Era viejo, pero su edad no era fácil de adivinar. En sus ojos brillaba la alegría de un joven, asociada al majestuoso velo de miles de experiencias.

—Envidio al río porque no tiene dudas.

—No, no las tiene. Sigue su curso dejándose llevar y consumando sus ciclos; corre, alimenta a hombres, animales y plantas, se evapora y vuelve como lluvia para ser de nuevo río. Lame y sortea obstáculos uniéndose a ellos, sin enfrentarse, sin temor. Su blandura es su fortaleza; su ductilidad, su triunfo. No lo envidies, aprende de él. ¿No debería ser al revés? Tú eres más grande.

—Dime, Hamza, ¿quién eres?

—Ya lo sabes, un jardinero. Cuido las plantas. Las que ves y las que no ves, porque en ocasiones también soy el jardinero de Alá y entonces podo las suyas, cortando aquí y allá y enderezando alguna de sus flores, si es necesario, o las riego para que se desarrollen y miren al cielo, como hacen todas —dijo, levantándose—. Sé que te marchas pronto. Te deseo un buen viaje y que, cuando te sientas pequeño, sin fuerzas, insignificante, no desmayes y recuerdes aquello que ya te ha sido dicho: «En la semilla se asienta la promesa de la rosa».

Sin más, Hamza volvió sus pasos hacia la ciudad. Mukhtar no lo perdió de vista hasta que, mezclado entre la gente, atravesó la puerta de la muralla. «Retornaría al lugar —pensó Ibn Saleh— desde el que cuidaba sus flores. Su lugar.» ¿Cuál sería el suyo? Lo ignoraba, pero tenía la certeza de que había uno para él. Todo ser lo tiene. Hay uno para cada criatura.

Se aproximó a la orilla y desdobló el trocito de papel en el que había caligrafiado el nombre de Mûnah. En cuclillas, dejó el papel abierto sobre la superficie del agua, que lo recogió en suave remolino, girándolo mientras lo penetraba trepando por sus fibras. La tinta escapó creando formas ondulantes, semejando volutas de humo y desapareciendo disuelta como éste. Únicamente resistían tenues marcas allí donde debió presionar con el cálamo, perfilando los trozos más gruesos de lo que fue un nombre, trocado ya en reminiscencia, cuando salió expulsado de la órbita en pos de la corriente, hacia el océano. Lo vio partir ahogándose, como se ahogaba él en la nostalgia, en la melancolía, llevado al extremo para reaccionar por fin al otro; para sumergirlo definitivamente en su propio océano de recuerdos, salvado de obsesiones.

Cuando el papel sólo era un punto en la distancia, se puso en pie y con paso lento deshizo el camino hasta la casa.

Allí le aguardaban noticias: Mustafá saldría al alba del sábado, le esperaría en Bab Karmonch.

El día siguiente transcurrió con la cotidianidad de los anteriores. Finalizó las copias de las recetas con la insuperable caligrafía a que se había obligado y las revisó una vez más. Quedó satisfecho. El resto de la mañana lo pasó conversando con Zaynab de la cocina, del mercado, de las telas, de la gente, pero también de los estudios de ella y de la interpretación que tenía de algunas teorías de los filósofos que leía. Sabía moverse entre ellas ejerciendo relaciones inesperadas que combatían la aridez previsible, poniéndoles una nota personal de frescura, incluso de alegría, con un entusiasmo que contagiaba. Târek tenía una buena discípula.

Más tarde volvió a palacio pero, aunque fue y volvió con el médico, estuvo todo el tiempo solo. Se dedicó a recorrer los jardines despreocupadamente, admirando la capacidad de los que los diseñaron para rodearse de placeres que reflejaban el buen gusto y, más profundamente, una auténtica actitud ante la vida. Quienes los mandaran hacer no ostentaban solamente la fuerza del poder, también sabían sustraerse al gusto por los detalles, por la sensibilidad, por la poesía. Esos mismos arriates, esos angostos caminos entre árboles o esas mismas explanadas repentinas habían sido paladeados por el rey al-Mutamid y seguramente en compañía de Ibn Ammar, poeta como él, sentados en verano en alguna frondosa umbría, recitando versos o conversando serenamente.

Capítulo II
El carretero. La judía

*N*o durmió Mukhtar tranquilo a pesar de constarle que no viajaría solo. Estuvo nervioso, con un sueño ligero, que le hizo despertarse más de una vez en la noche. Aún faltaba una hora para el alba cuando lo llamó Târek. Se espabiló rápidamente, se lavó y vistió y con el hatillo preparado bajó a la cocina. Allí le esperaban para desayunar y acompañarlo hasta la puerta de la ciudad.

Târek miró intensamente a Mukhtar.

—¿Estás seguro de que deseas continuar? Puedes quedarte con nosotros y ser mi ayudante. No serías ninguna carga.

—Gracias, Târek. A los dos os agradezco el trato que me habéis dado. No puedo ocultaros que tu ofrecimiento es una fuerte tentación para mí, pero debo seguir. Tengo un compromiso conmigo mismo y lo he de cumplir. ¿De qué habría servido todo lo que me habéis enseñado? Se acabaron las vacilaciones y los refugios; mi destino requiere decisiones y ya es hora de acometerlas.

Zaynab también lo miraba, al principio con un brillo de esperanza que se fue extinguiendo conforme Mukhtar respondía. Hubiera querido retenerlo y contar con otro buen amigo, convertido en familia, como el médico.

—Lo comprendo y no insistiré —dijo Târek—, pero debía hacer esta última tentativa. Lamento que nos separemos tan pronto pero, siendo ésta tu decisión, prefiero que viajes de esta manera. Sería muy improbable que las cosas coincidieran como ahora. Aunque sea más largo pasar por Qurtuba, te vendrá bien conocer esa ciudad y sus gentes. Desde allí encontrarás un modo similar de llegar a Gharnata. En este papel llevas el nombre de un buen amigo —le dijo, entregándoselo—. Yonatán ben Akiva es un rabino. Pregunta por él en la judería. No creo que tengas dificultades para encontrarlo. Dile que eres amigo mío y te atenderá debidamente. Confía en él.

»En fin, espero que tu estancia aquí te haya servido. Yo tengo que agradecerte el empeño y la ilusión que has puesto en lo que te pedí, que supera con creces la mera copia de unas recetas. Me has hecho un regalo. No te olvidaré, pues cuando las consulte estarás presente.

—Toma, mete esto en tu hatillo —dijo Zaynab—. Te he puesto queso, pan y fruta para el camino.

—Gracias... —empezó a decir.

—¡Espera, aún faltan dos cosas! —le interrumpió el médico—. Te ruego que no discutas; sé que vas muy justo de dinero y yo no lo necesito. Esta pequeña bolsa contiene algunas monedas más que te allanarán el camino. Escóndela entre tus ropas o, mejor, cuélgala de tu cuello. Tampoco es conveniente que vayas desarmado, lleva esta daga en la cintura, puede salvarte la vida. Y ahora, partamos, iremos contigo hasta Bab Karmonch.

La puerta de la muralla estaba al final de la calle. Ya apuntaba el sol y los soldados, tras asegurarse por los vigías de que todo estaba en calma, abrieron las puertas. Había un pequeño grupo para salir, menor que el que aguardaba para entrar, pero todos con bultos de mercancías, cestas y animales. Franquearon la puerta y al poco divisaron, por la parte exterior de la muralla, la carreta de Mustafá. Él había salido por la inmediata a ésta hacia el norte: Bab Alfar. Los tres se hicieron a un lado para no interrumpir el paso de la puerta y esperarle allí. La brisa recrudecía el frío. Mukhtar se arrebujó en su albornoz. El carretero venía andando a la altura de sus dos mulas. La suya era una tartana grande y pesada, preparada para transportar mucho peso. Tenía un entramado de herrajes arriba del cajón, sobre el que se colgaba una tela basta y bien gruesa, engrasada de sebo, para resguardar de la lluvia al contenido y al conductor, que disponía de una tabla para sentarse que quedaba por debajo del entoldado; aunque de poco servía si el agua era racheada por el viento.

Al hombre le bastó con un silbido para detener a los animales y se adelantó para saludar al médico. A la espalda de éste, Zaynab y Mukhtar se quedaron un tanto al margen mientras hablaban animadamente. Târek le daba muestras de aprecio con repetidos golpecitos en la cara y en la espalda, a los que el mulero reaccionaba dándose aires delante de todos, por la visible familiaridad con que era tratado por personaje tan conocido. Mucho más cuando Târek, con un brazo por encima de su hombro, le hizo aproximarse a la pareja y le presentó a Mukhtar como el que sería su compañero durante el viaje y por quien él, como favor personal, exhortaba sus cuidados. Mustafá, enteramente satisfecho, le indicó a Mukhtar con un gesto, digno del capitán del más soberbio navío, dónde podía dejar su hatillo; momento que aprovechó Târek para deslizarle unas monedas subrepticiamente y que estuvo a punto de rechazar, casi ofendido, dada la palmaria intimidad entre ellos.

Mukhtar volvió al grupo y el carretero, discretamente, a sus mulas. Târek extendió los brazos y mientras apretaba cariñosamente los hombros de Ibn Saleh, le dijo:

—Mukhtar, aquí dejas dos amigos. Acuérdate de nosotros y si sabes de alguien que venga a Ishbiliya desde donde estés, mándanos noticias tuyas. Y si, por cualquier razón te arrepientes, siempre puedes volver a esta casa. —Y diciendo esto, se abrazaron—. ¡Que Alá te guíe!

Mukhtar no era capaz de articular palabra, sólo pudo corresponder al abrazo con la efusión que da la sinceridad. Cuando se soltaron, Zaynab avanzó un paso tímidamente. Los ojos le brillaban y mientras se abrazaban, únicamente pudo decir:

—¡Ten cuidado! ¡Que Alá te acompañe!

A última hora, a punto de subirse al carro, encontró fuerzas y volteó la cabeza hacia ellos:

—¡Gracias por todo! ¡Que Alá quede siempre con vosotros! —y, de un salto, se subió al pescante.

Otra vez el silbido y los animales dieron el brusco tirón que puso en marcha el carro. Mustafá los gobernaba asido con la mano a la jáquima de una de las mulas entretanto saludaba. De nuevo se volvió Mukhtar para contemplar a la pareja que, con la mano, lo despedía. Agitó también la suya y miró al frente. El muecín, desde algún minarete, llamaba a la primera oración:

«¡Dios es más Grande!
¡Dios es más Grande!
¡Atestiguo que no hay más que un solo Dios!
¡Atestiguo que Muhammad es un profeta de Dios!
¡Venid a rezar!
¡Venid a la felicidad!
¡La oración es anunciada!
¡Dios es más Grande!
¡Dios es más Grande!
¡No existe más que un solo Dios!»

Mustafá rompió la abstracción de Mukhtar con el violento traspié que le proporcionó una piedra que, con el sol de frente, no había visto. Tuvo que saltar para no caer, pero consiguió rehacerse al tiempo que negaba con la cabeza y brindaba una mueca a su reciente compañero tirando de las comisuras hacia la barbilla y quedándosele la boca arqueada y los ojos semicerrados, como queriendo decir: «¡No pasa nada! ¡No hay motivo de preocupación! ¡Conozco cada piedra... ésta será nueva!». Giró al frente y continuó andando con el extraño aire feliz que nunca le abandonaba.

El aspecto de optimista impenitente no tranquilizaba, precisamente, a Ibn Saleh; pero su cara, exenta de rasgos que denotaran dureza de carácter, se ganaba las simpatías de cualquiera; y ese talante pretendidamente mundano y seguro, como de hombre que ya lo ha conocido todo y con el que no valen sorpresas, dejaba a las claras una naturaleza ingenua, infantil. A lo largo de los años habría tenido contrariedades, pero ¿cómo las había interpretado? Estos seres, de inagotable fe en la vida, parecen resguardados, defendidos siempre por la vida misma. Los acontecimientos dan vueltas y vueltas con la única finalidad de salvarlos de cualquier peligro o de rescatarlos, si ya han caído en ellos. A Mukhtar únicamente le restaba encomendarse a Alá para que no sucediera nada, puesto que ante individuo tan inasequible a la desgracia, o a sufrirla, la víctima propicia a la fatalidad era él mismo.

Por primera vez, Mukhtar se molestó en mirar el interior de la carreta. Iba atestada de alfalfa. De los herrajes colgaban algunos enseres: una manta atada, otras dos más grandes, que serían para las mulas, una talega con provisiones para entretener el camino, un fanal y viejas herramientas que golpeaban rítmicamente, marcando el paso de los animales. Cuando volvió a su posición se encontró con la sonrisa del carretero, como en demanda de conversación. Se sintió obligado y se bajó en marcha, colocándose a su lado.

—Creía que llevábamos telas.

—Y las llevamos —contestó Mustafá, guiñando un ojo—, pero van debajo de un fardo, para no llamar la aten ción de nadie. Hay que andar con cuidado, en el camino hay mucha gente; algunos con mala catadura que, al pasar, curiosean la carga con disimulo. ¡Los conozco bien! Son bandidos que antes fueron soldados, hombres que lo han perdido todo y se han tirado al monte. Por eso procuramos juntarnos varios carreteros, porque son más peligrosos en cuadrilla. Esta vez no salía nadie más pero... ¡somos dos! —terminó por decir, como si fueran un ejército.

Mukhtar lo miró sonriendo, a la espera de encontrar algún rastro de broma en la última frase, pero no halló ninguno.

—¿Siempre haces la misma ruta?

—No, lo normal es que salga por Bab Qurtuba y haga el camino directo pero, si me avisan de Karmonch, hago éste. Alguna vez he llevado cosas a Istiyya o hasta Alyasana, pero me gusta más este camino, lo conozco mejor, ¡y mis mulas también! —dijo, riendo.

—¿Qué haremos esta vez? —quiso saber Mukhtar.

—Sobre el mediodía estaremos en Karmonch, recogemos mercancía esta tarde y pasamos la noche allí. Mañana la llevaremos a Lawra y cogeremos el camino principal a Qurtuba. El resto de cosas van allí, que es donde yo vivo y de donde soy. ¿La conoces? —inquirió a su vez.

—No. He salido de mi pueblo, Sanlúcar del Alpechín, muy raras veces. Todo esto es nuevo para mí, una aventura.

—Qurtuba es muy grande y tiene la mejor mezquita, ya la verás. Tú eres maestro, ¿no? Yo sé leer y escribir y también de cuentas. A mí me encargaba de contar los sacos en la cosecha el dueño de la finca en la que trabajaba. Todas las tardes le daba las varas con las muescas que hacía, una por saco. Cuando murió el amo, me hice arriero y desde entonces ando por los caminos. Me gusta esto, soy más libre y conozco muchos sitios y en todos los mercados me conocen.

—Pero debe ser duro, pasarás frío en invierno y tienes que soportar lluvia, viento o polvo y calor en verano. ¿Y si te pones enfermo?

—A todo se acostumbra uno. Nunca me pongo malo, y si me pusiera... ¡las mulas me llevan a casa! —dijo, riendo, mientras palmeaba el cuello de una de ellas.

Mustafá, más bajo que Mukhtar, era delgado, casi poca cosa, pero de piernas ágiles, habituadas a caminar. Su rostro creaba la duda de si tenía barba o era dejadez en el afeitado. Los ojos sonrientes destacaban, como independientes, sobre una cara que mostraba haber pasado privaciones pero, a la par, haber sabido aprovechar las buenas rachas de la suerte. Tomando de la vida lo que da, de buen grado. Unas veces poco o nada, pero resistiendo hasta que llegan otras para desquitarse. Adaptado a las circunstancias.

El frío se había ido calmando con el sol y la caminata. Tras subir una cuesta se abrió una llanura. A lo lejos, a uno y otro lado, podían verse casitas aisladas; algunas en laderas de apariencia difícil, con caminitos surcados sobre las colinas. En ocasiones agrupadas, formando alquerías. Más próximos, labradores ocupados en las faenas del campo o trabajando en los corrales, y a media distancia un pastor de cabras. A primera vista el campo parecía desierto pero, prestando un poco de atención, se revelaba habitado y vivo. Mukhtar empezó a sentirse más a gusto. Rodeaban las huertas olivares, higueras y encinares de los que, además de las bellotas, se aprovechaba la madera, la mejor en el fuego del invierno.

En la distancia divisaron a un caminante al que pronto alcanzarían y que, ignorante de ellos, se sentó a descansar sobre una piedra, a la orilla del camino. Según se acercaban, lo vieron con el bastón entre las manos. Era un hombre de más de sesenta años, un campesino de piel curtida por muchos años de sol. A pocos pasos de él, cuando les miraba, avisado por los ruidos del carro, Mustafá se dirigió a él a voces:

—Tío, ¡buenos días! ¿Qué hace por estos caminos?

—¡Buenos días! —contestó el viejo—. Ya lo veis, descansando. Hace años habría hecho el viaje sin parar, pero las piernas no son las mismas y me obligan a detenerme a cada rato.

—¿Hasta dónde va? —preguntó Mustafá.

—Voy a Karmonch, que me han avisado que está muy enfermo mi hermano.

—Allí vamos, ¡véngase con nosotros! Yo me llamo Mustafá y él Mukhtar —agregó risueño.

—Yo soy Alí. No aguantaría vuestro paso —respondió.

—¡Pues súbase a la carreta, hombre! —ofreció Mustafá—. ¿No ve el pescante tan hermoso que tenemos? —Y de otro de sus silbidos, paró a las mulas.

El hombre no se lo pensó y, dándole el bastón, puso un pie en el eje y los otros dos le empujaron hasta que logró encaramarse. Se pusieron en marcha y el viejo sacó pan de centeno y unos trozos de queso para convidarles como pago a su gentileza.

—Podéis comerlos con confianza, es queso de mis cabras que hago yo mismo.

A ninguno de los dos le venía mal el bocado pero, más que por hambre, lo tomaron por que no se sintiera ofendido.

—¿Qué le pasa a su hermano? — preguntó Mukhtar.

—Pues cuando me han mandado recado tan urgente, será que se muere. ¡Pobre! Hace años que no nos vemos. Él vivía en la misma alquería que yo, no muy lejos de aquí, allí se ven las casas —dijo, señalando—, pero se tuvo que ir con su familia, por culpa de las envidias y los enredos que se dan entre la gente del campo.

—Eso es normal —contestó Mustafá—, he visto muchas casas en la ruina por la envidia y el odio de los vecinos.

—¿De qué le criticaban? —quiso saber Mukhtar.

—Cerca de esas casas hay una alfaguara bien rica de agua dulce y clara, como pocas —se dispuso a contar despaciosamente, con la calma con que narran los ancianos sus historias—. Él era el acequiero, el encargado, como sabéis, de arreglar las acequias, limpiarlas y el que distribuye el agua del riego a las huertas. Eso tiene que hacerse de forma justa y a mí no me cabe la menor duda de que así lo hacía. Nosotros las abrimos por tiempo, como en muchos otros sitios. Es decir, a cada uno le corresponde el tiempo de agua que pasa desde que colocamos, en una pila llena, una jofaina con un agujero en el centro, hasta que se hunde. Uno de los vecinos la tomó con él y empezó a decir que aquello estaba amañado para que le llegara menos, que su parte de acequia estaba más descuidada... En fin, que insistió tanto que la gente desconfiaba y acabaron sustituyéndolo a pesar de sus protestas. Allí no tenía trabajo y tuvo que irse a Karmonch con su cuñado, que es zapatero.

—¡Alá es justo! —intervino Mustafá—. Ya pagará el vecino sus manejos.

—Sí, ya los pagó y con largueza —respondió el anciano—. No pasó un año cuando fue sorprendido sobornando al acequiero. Se enteraron todos y el nombre de mi hermano quedó limpio. Lo volvieron a llamar, pero él se negó a pisar estas tierras... ¡Hizo bien! Pero eso no fue todo. Este amigo de bajezas, Hashîm, que así se llama, tenía una hija pequeña, Laila, que era la luz de sus ojos. Se parecía a la madre. Era menuda y delicada; de cejas finas y ojos grandes y negros como la noche, haciendo gala a su nombre. Era dulce y buena. Parecía imposible que criatura tan graciosa fuera hija de padre tan vil. Pero, ya digo que había salido a su madre, que también lo sufría, víctima de sus arrebatos de ira. Muy pronto, Hashîm consiguió prometerla al menor de los hijos del más rico de la comarca, lo que le colmaba de dicha al sentirse emparentado con un hombre poderoso, del que pensaba utilizar sus influencias y de lo que, de hecho, ya se pavoneaba.

»Un día, el sobrino de otro vecino se vino a vivir con sus tíos. El muchacho se había quedado huérfano y, no teniendo más familia, fue recogido por ellos, que también necesitaban brazos jóvenes que les ayudaran en las labores de la huerta. No se supo ni cuándo ni cómo se encontraron Laila y el muchacho, Halîl, pero, como por encanto, en un instante sus almas quedaron hechizadas y ya no atendían a nada que no fuera el otro. Nadie se explicaba cómo Laila había podido quedar tan profundamente enamorada de alguien tan poco agraciado. Era desgreñado, casi esquelético, cargado de hombros y de mirada bovina. Por si fuera poco, le faltaban dos dedos de una mano.

»Lo cierto es que desde ese momento, consciente del compromiso de su padre, desapareció la alegría de la cara de Laila, excepto cuando escapaba a reunirse con su amado. La gente acabó sabiendo lo que sucedía y tanto la madre como las amigas de ésta intentaron convencerla, quitarle al muchacho de la cabeza, pero todo fue en vano. El tío del mozo hizo lo propio y le prohibió que la viera. De nada sirvió. El amor era más fuerte que ellos mismos. Finalmente la historia llegó a oídos de Hashîm, que le pegó una paliza a su hija que la tuvo dos días en cama, al cabo de los cuales volvió a escaparse. Ni el llanto, ni las súplicas de su madre le valieron. Ésta optó, rendida, por encubrirla, pero el secreto duró poco. Esta vez, Hashîm se decidió por el muchacho. Lo buscó y le dio de golpes hasta dejarlo en el suelo, malherido. Esa noche, Laila, al saber lo ocurrido, no se ocultó y se la vio corriendo entre las huertas, llorando y llamando a Halîl como una posesa. A la mañana siguiente no se les halló por ninguna parte. Los buscaron, pero sin éxito. Habían desaparecido.

»Al otro día, el acequiero, extrañado por el escaso caudal de agua, subió hasta la acequia principal y vio que un bulto, como de ropajes o trapos, obstaculizaba la salida; eran los cuerpos sin vida de Laila y Halîl que, desesperados, se habían acuchillado y tirado, abrazados, a la acequia. Fue un gran golpe para todos, pero especialmente para Hashîm, como era de esperar, quien se encerró en un mutismo del que nadie ha podido sacarlo desde entonces.

—¡Triste historia! —exclamó Mukhtar.

Alí, por toda respuesta, soltó un resoplido al tiempo que alzaba y dejaba caer los hombros, en señal de resignación al destino y se metía un trozo de queso en la boca.

Mustafá no hizo comentario alguno; visiblemente interesado en el camino, andaba a la cabecera de los animales, mudos testigos del resbalar de sus lágrimas.

La conversación fue girando en torno al interés del hortelano: la tierra, las lluvias, el sol, las cosechas. Gracias a ello, Ibn Saleh no estaba pendiente del cansancio que empezaba a hacer mella en sus piernas, desacostumbradas a caminar sin descanso durante tanto tiempo. Estaba a punto de claudicar y subirse al carro, cuando se apreció, sobre la enorme meseta, la muralla de Medina Karmonch; sobresaliendo al fondo, al otro lado de la ciudad, las torres de la alcazaba.

Tenían que entrar por Bab Ishbiliya, de la que se decía que ya existía, en la antigua ciudad, desde época romana. Nada más hacerlo, se despidieron del anciano, que prefirió quedarse allí mismo. Ellos debían adentrarse hasta la alhóndiga que bien conocía Mustafá.

A la vuelta de unas pocas calles apareció la posada. La puerta, ancha y alta para que pasaran los carros, estaba rematada con un arco. Entraron hasta el patio, en el que charlaban distintos grupos de carreteros y mercaderes que, al resonar los cascos en el empedrado, los miraron sin demasiada curiosidad. Algunos saludaron a Mustafá. De entre ellos se adelantó el dueño para recibirlos y abrir el almacén. Mustafá hizo que las mulas metieran la carreta andando hacia atrás, guiándolas con su variedad de silbidos, voces y tirones de las riendas. Mukhtar ayudó a desenganchar los animales y el posadero volvió a cerrar las puertas con llave. Antes de conducir las mulas a la cuadra, Mustafá las llevó al abrevadero del patio para que saciaran su sed. Mientras bebían, el carretero emitía aquellos silbidos cortos y rápidos que ya había oído de otros arrieros Mukhtar y de los que nunca comprendió del todo su función, pues parecían querer evitar con ellos que bebieran demasiado o que se atragantaran. Una práctica común, que más bien semejaba una manía del oficio que un procedimiento eficaz.

La cuadra era espaciosa, más que suficiente para albergar a todos los animales, sin apreturas. Quitaron las jáquimas y demás arreos a las mulas y las arrimaron al pesebre. Cuando se les acomodaron los ojos, al salir de la penumbra de la cuadra al patio, hallaron al posadero con otro grupo, entre las columnas que soportaban el piso superior, el de las alcobas. Éste les indicó la de ellos y allá dejaron sus hatillos, prestos a satisfacer su buen apetito. La posada disfrutaba de taberna en la que se servían comidas, el terreno regentado por la oronda mujer del posadero; buena cocinera, pero menos dada a la conversación que su marido. En todo caso, fogueada en trifulcas con clientes o soldados pendencieros, a los que amedrentaba con la robustez de su cuerpo y el sempiterno palo de amasar con el que acudía apenas sonaban disputas, gritando, sin amilanarse nunca, con más bríos y peores palabras que ninguno. De la misma manera que no tenía objeciones en dar de palos o pescozones a sus hijos —que servían las mesas— en medio de los presentes, si la situación lo requería.

Ambos viajeros acercaron sus banquillos a la única mesa libre. Uno de los muchachos fue hasta ellos con un paño negruzco y húmedo, no se sabía de qué, y lo pasó desentendido por la mesa y las manos de Mukhtar, que estaban sobre ella. Les preguntó si comerían y les ofreció vino. Optaron por beber agua con azahar, quizás tomarían vino a la cena. El mozo desapareció en la cocina y regresó con cucharas de madera, escudillas de loza, y una sopa caliente y espesa de legumbres, que repartió en ellas.

Mientras tomaban la sopa con avidez, el muchacho depositó en la mesa una fuente de salchichas condimentadas y unos trozos de pan de centeno. Mukhtar comprobó perplejo la enorme cantidad de comida que cabía en el magro cuerpo del carretero. Casi detrás del mozo llegó su padre, el posadero, para hablar con Mustafá. Se sentó con ellos apoyado en la mesa sobre el costado izquierdo y la mano derecha sobre el hombro del arriero, completamente vuelto hacia éste.

—¡Estás prosperando! —le dijo, burlón pero amistosamente—. Ya, ¡hasta tienes ayudante!

—Sí —replicó Mustafá—, será el lugarteniente de mi propia caravana.

El hombre dudó unos instantes sobre la seriedad de sus palabras, hasta que comprendió la broma y soltó una risotada.

—No —agregó—, sólo me acompañará hasta Qurtuba. Él es maestro y quiere llegar hasta Gharnata y trabajar allí. Ha elegido este camino por hacerlo en compañía.

—¿Eres gharnatí? —le interpeló.

—No, del Aljarafe. Pero allí no tengo nada que hacer, además de que quiero vivir entre musulmanes. Me llamo Mukhtar —añadió.

—Yo, Salîm. Si pudiera haría como tú, pero no puedo abandonar la alhóndiga. Tengo oído que se está convirtiendo en un poderoso reino. Ojalá creciera y reconquistara estas tierras.

»Olvidé decirte antes —continuó Salîm, dirigiéndose a Mustafá— que esta mañana me mandó aviso el de las telas, para que supieras que las traerán temprano esta tarde. Mañana vas a Lawra, ¿no?

—Sí, ¿quieres algo de allí?

—No, pero en tu siguiente viaje quiero darte unas cosas para mi hermano.

—¡Ah! ¡Por fin gozaré de una cena a tu costa! —dijo Mustafá.

—¡Si ése es tu precio! —respondió el posadero, riendo de nuevo—. Más pareces un mercader que un carretero.

—Eso es aparte de lo que te cobraré por llevarlo, ¡para desquitarme de la bazofia que me haces comer! —bromeó Mustafá.

—Tienes suerte de que no te oiga mi mujer; si no, probarías su rodillo y no sería yo quien se interpusiera. Bueno —dijo, levantándose—, me voy al patio por si me necesitan. Os dejo comer en paz.

Algunos comensales permanecían sentados charlando, después de comer. El ruido de las voces, risas y algún que otro grito, más el ambiente cargado de olor a fritanga empezaba a molestar a Mukhtar, que se sentía cansado y dolorido, especialmente a la altura de las caderas; una dolencia que nunca había sentido en esa parte del cuerpo y que se manifestaba bastante desconsoladora. Propuso a Mustafá sentarse o pasear en el patio. Fue al andar, cuando descubrió que le dolía cada músculo de ambas piernas. Se le hacía realmente duro dar un paso. Mustafá, al verlo andar tan despacio, con las piernas abiertas y la cara de sufrimiento que ponía, no pudo evitar reírse de él. Sabía que era el dolor, fruto de una larga caminata a buena marcha, de quien no está curtido en ellas.

—Ven, subamos a la habitación que te daré algo que te aliviará.

Mukhtar lo seguía con esfuerzo por la escalera. El arriero abrió la puerta y cogió un frasco de su hatillo.

—Toma, desnuda las piernas y date unas friegas con esto. Es alcohol con romero. No calmará demasiado tu dolor, pero... ¡olerás mejor! —dijo, entre risas—. Mañana estarás nuevo. Yo te espero abajo.

Ibn Saleh tenía serias dudas de que al día siguiente estuviera preparado para caminar; sobre todo cuando, después de hacer lo que se le había recomendado, se tuvo que agarrar a la pared para no caer por la escalera. Le era más dificultoso bajar que subir.

Dos hombres se despedían de Mustafá, mientras Salîm se ocupaba de las puertas del almacén.

—¡Vaya un ayudante que me he buscado! ¡Aparece cuando hemos hecho el trabajo! —dijo Mustafá, con buen humor.

—Lo siento, he tardado más de la cuenta —respondió Mukhtar—. Las escaleras se me han hecho eternas.

—No te preocupes, pero ahora te conviene andar. Como no tenemos nada que hacer, daremos un paseo por la ciudad.

—De acuerdo —casi gimió Mukhtar.

Ambos fueron calle arriba a la penosa marcha de Ibn Saleh. Recorrieron la amplia aljama judía y se detuvieron ante la fachada de la sinagoga que indicaba, por su anchura, lo numeroso de la población hebrea. Continuaron en dirección este y Mustafá lo llevó hasta los muros que rodeaban la alcazaba de arriba, el reducto fortificado, pero sin entrar en ella. Mukhtar pudo imaginar, frente a las torres, la importancia que una vez tuvo la plaza, que llegó a ser una taifa durante poco más de cuarenta años[5].

Retornaron a la alhóndiga al punto que oscurecía. Ahora la taberna rebosaba de gente, en su mayoría arrieros, pero

5. 1023-1066

asimismo de comerciantes y algún que otro viajero accidental.

—¡Mustafá! —sonó desde un rincón donde había sentada una buena cuadrilla—. ¡Siéntate con nosotros! —Y dándose cuenta, el que llamaba, de que estaba acompañado, añadió—: ¡Y trae a tu amigo!

—¡Vaya! —exclamó Mustafá, abriéndose paso hacia
ellos—. ¡El peor corrillo de muleros del camino!

Los carreteros rieron a coro. Uno se levantó y cuando ya
se acercaban a la mesa, se adelantó y él y Mustafá se abrazaron alegres.

—Éste es mi amigo Mukhtar, que viene conmigo a Qurtuba —les dijo a todos—. Éstos —continuó, dirigiéndose a
Mukhtar—, son los arrieros más pícaros que puedas conocer
en tu vida, ¡no te fíes de lo que cuenten! Y éste —y señaló
al que acababa de abrazar—, el más bruto de todos; la bestia
que lleva es menos animal que él. Yo lo he visto tirar del carro con más fuerza que el mulo.

Por un momento, las risas del grupo ahogaron la algarabía de la taberna.

—¡Mozo! —voceó Mustafá—. Trae una buena jarra de
vino, que no todos los días se tropieza uno con esta tropa.

—¿Adónde vas esta vez? —le preguntaron a Mustafá.

—Mañana salgo para Lawra y de allí a Qurtuba. ¿Alguno de vosotros va para allá?

—Yo tendría que ir —contestó el del abrazo—, pero se le
ha partido una herradura al mulo y tengo que esperar que le
ponga otra el herrero.

Los carreteros preguntaron de todo a Mukhtar y éste a
ellos, que lo aceptaron como uno más. El vino aflojó las lenguas y se contaron las aventuras y desventuras de cada uno;
a veces tan desmedidas, seguramente por el alcohol, que las
carcajadas eran generales. Así y todo, se desprendía que para
el oficio había que ser de una rudeza especial. Hombres va-

92

lientes, obligados a las inclemencias del tiempo, la soledad y
los peligros del camino.

—¡Despierta! Ya es hora de irnos.

Mukhtar se levantó y se vistió deprisa. Aún era de noche, pero quedaba poco para que empezara a clarear. Bajaron y en el patio, con un farol, Salîm atendía a unos y a
otros junto a la puerta abierta de la cuadra. Entraron, en-
jaezaron las mulas y las llevaron al almacén, donde las en-
gancharon a la carreta. Por último, saldaron cuentas con el
posadero y se marcharon tras una breve espera en el portón, causada por la terquedad del mulo de la carreta que les
precedía, que se había obstinado en quedarse; pero entre
los dos arrieros consiguieron movilizarlo. Ambos carros
bajaron la pendiente y salieron por la misma puerta de la
ciudad por la que entró el de Mustafá. Se desearon suerte y
mientras el primero tomaba el camino a Ishbiliya, ellos
torcieron hacia Lawra. Para entonces amanecía una mañana nublada.

Para sorpresa de Ibn Saleh, sus piernas estaban descan-
sadas y libres de dolor, como le había pronosticado Mustafá. La única molestia que sentía era en el estómago, el vacío del hambre. Se subió a la carreta y, del hatillo, sacó las
viandas que había guardado Zaynab para él. Le ofreció a
Mustafá y andando comieron parte del queso acompañado
del pan, un poco duro, pero comestible todavía, y toda la
fruta.

Las ruedas de la carreta seguían los surcos hechos por
otras, a veces muy profundos por las recientes lluvias que
convertían los carriles en barrizales y que al secarse se en-
durecían, produciendo fuertes vaivenes y el consiguiente
sobreesfuerzo de los animales, a los que había que ayudar
empujando desde la trasera de los largueros.

93

Masticar les había mantenido en silencio, pero Mustafá no iba a desaprovechar el casual compañero y fue el primero en hablar:

—¡Buen queso!, ¿lo compraste en Ishbiliya?

—No, me lo dio Zaynab —respondió Mukhtar.

—¡Ah, sí! La muchacha que trabaja para Târek. Parece buena, ¿no?, aunque un tanto rara. Pocas veces la he visto hablar.

—Es estupenda. Lo pasó muy mal en el ataque cristiano y Târek la quiere como a una hija. En los pocos días que estuve, me encariñé con ella. Habla poco —quiso aclararle—, porque es una mujer a la que le apasiona la cultura y no pierde el tiempo charlando con las vecinas. Siempre está leyendo. ¿Desconfías de las mujeres cultas?

—Si tuviera que desconfiar, desconfiaría de todas, porque pasan muchos ratos a solas y eso les hace pensar más de lo que creemos. A los arrieros nos pasa igual. No tenemos nada que hacer más que andar y, mientras, le damos vueltas a la cabeza. Yo creo que es bueno, se aprenden muchas cosas.

—¿En qué clase de cosas piensas? —le preguntó Mukhtar.

—¡En muchas! Por el camino se ve de todo: gente, animales, árboles, cosechas... y un día te quedas mirando cómo vuela un pájaro y piensas en la vida o en Alá; otro, te fijas en las hojas caídas y piensas en la muerte... ¡Muchas cosas! —concluyó.

—¡No imaginaba que fueras un filósofo! —dijo, sonriendo, Mukhtar.

—No sé lo que es eso. Si se trata de sabios o algo así, sé que no lo soy; pero te digo que he rumiado mucho y creo que tengo ideas más claras que mucha gente. No sé si me creerás, pero gracias a eso he ido entendiendo mejor el mensaje del mismísimo Corán.

—¿A qué te refieres?

—A que, si de verdad le hiciéramos caso, viviríamos de otra manera. Lo que pasa es que somos egoístas y le damos demasiado valor a las cosas. Lo queremos todo para nosotros. Por eso caemos en la guerra, por ambición. También es culpable el miedo. La gente tiene mucho miedo de todo. Temen a la muerte, a la vida, al futuro... ¡a todo! Se despiertan pensando en qué les pasará al día siguiente, sin disfrutar de ese día, o se empeñan en que todo sea como en el pasado, sin querer que cambie nada. Eso no puede ser así. Cambia el camino, con surcos nuevos; cambia la carreta, que se desgasta; los animales y yo mismo. Si cambiaran las cosas y yo no, entonces tendría miedo. Pero si yo también cambio con ellas, estoy preparado. ¡Hay que vivir la vida como viene!

—Pues, ¡no estoy tan seguro de que no seas un sabio! —confesó Mukhtar—. Estoy de acuerdo contigo en todo. Yo mismo temo los cambios. Hacer este viaje ha significado un año completo de dudas, de indecisión y ahora resulta que he aprendido más que nunca y que no era tan penoso, por lo menos hasta aquí.

—¿Y no han desaparecido tus miedos?

—En gran medida, Mustafá.

Asomaban entre las nubes trozos de cielo, pero el frío era intenso. Continuas bocanadas de aire movían la hierba, los arbustos y las copas de los árboles, sin una dirección fija; un viento caprichoso que atería y entorpecía la marcha.

—Ahora el camino es llano, pero se estrecha —dijo Mustafá—. No podremos andar bien. Es mejor que nos subamos al carro, así estaremos más resguardados del viento.

Mukhtar se sentó a la derecha de Mustafá, que con una mano cogía las riendas y mantenía la tralla en la otra. La orilla izquierda, una ladera, se espesaba de encinas. De repente, de entre ellas, saltaron tres hombres a la linde del camino. Mugrientos, con el pelo revuelto, mal encarados y nervio-

95

sos. Uno, el que parecía el cabecilla, gritó, sosteniendo un puñal en la mano:

—¡Alto! ¡Las bolsas o moriréis!

Sonó el restallido del látigo y el que había gritado soltó el cuchillo y se echó las manos a la cara, vociferando:

—¡Mi ojo, mi ojo! ¡Malditos!

Los otros dos bandidos miraron al herido y a Mustafá, casi simultáneamente; dispuestos a atacar, pero desconcertados; sin jefe que les ordenara, centelleó en ellos una expresión de indecisión, de abatimiento. Mukhtar se levantó sobre el pescante y brilló la hoja del cuchillo de su cintura. Un nuevo estallido crujió en el aire. A resultas del amenazante chasquido y viendo armado a Mukhtar, corrieron a ocultarse dejando al borde del camino al recién estrenado tuerto, que no paraba de gemir y maldecir a todos. Treparon cuesta arriba tan desmañadamente que se sucedieron resbalones y porrazos contra piedras y árboles por el atolondramiento de la fuga. Más que atemorizados por látigo alguno, temían la ira y la venganza del compinche, cruelmente abandonado y sólo momentáneamente desvalido. La única solución era poner tierra de por medio; cuanta más, mejor. Las mulas apresuraron la marcha, con una sacudida que sentó a Mukhtar del impulso. Mustafá, aún de pie, se aseguraba de que no eran seguidos.

Cuando quedó convencido de que no les perseguían, Mustafá se acomodó junto al tembloroso Mukhtar, al que no le había vuelto la sangre al rostro, menos amedrentado que sobrecogido por la violencia y lo imprevisto del suceso, que tan vertiginosamente había acontecido. El carretero lo miró desde una media sonrisa de suficiencia, de hombre experimentado y triunfante en cuantiosas lides.

—¿Qué? ¡Se ha pasado el frío!, ¿eh?

—¡Quedó olvidado! —contestó Mukhtar, pálido todavía—. ¡Has reaccionado a la velocidad del rayo! —agregó—.

96

Quedaron paralizados por tu latigazo. ¡Acertaste de lleno en el ojo! ¡Te felicito! En cierto modo, lo siento por él, pero supongo que ellos no habrían tenido piedad con nosotros y nos hubiesen degollado sin dudarlo un instante.

—Eran ellos o nosotros —replicó, tirando suavemente de las riendas para apaciguar el paso de los animales—. Son los tropiezos del camino, todo no puede ser fácil.

«¿A qué llama fácil? ¿A estar tirado por los caminos? —pensó Mukhtar—. Este viaje, que para mí es una hazaña, para él es cotidiano. En lugar de temerle, lo califica de "fácil", lo disfruta y aprovecha para pensar, para recrearse. Está visto que cada cual interpreta la vida a su manera. Lo que para unos es una tragedia, para otros es corriente y se mueven, como Mustafá, con plena desenvoltura. Si la soledad es un terrible enemigo para muchos, he aquí quien se hace cómplice de ella y quizás de todo: del camino, del frío, del viento... y es feliz. La suya es una forma de sabiduría natural que, en algún vericueto, se conecta con la de Târek.» Mukhtar nunca sospechó que acabaría admirando a un carretero.

—Cuando lleguemos a Lawra, daremos cuenta de los salteadores al prior —anunció Mustafá.

—¿A qué prior?

—Al de la Orden Militar de San Juan de Jerusalén. Él es quien gobierna la ciudad desde que el rey cristiano la tomó[6] —aclaró—. Hay que limpiar los caminos de malhechores o no habrá quien ande por ellos sin peligro de su vida.

—¿Nunca rondan los soldados? —preguntó Mukhtar.

—Sí, de cuando en cuando, si no hay campaña militar. Pero no llegan a todos los rincones. Se encuentran más fácilmente cerca de las grandes poblaciones. Con ellos tampoco están seguras las bolsas o las mercancías, porque los hay

6. 1247

corruptos, pero a pesar de esto apresan a bastantes forajidos.

—Yo tengo oído, por viajeros venidos a mi pueblo, que en el norte de la península recorren los caminos unos monjes-soldados que llaman templarios y que se ocupan de mantenerlos libres de criminales y facinerosos. Pero se debe a la especial protección que les dispensan a los peregrinos que vienen, desde el país de los francos, hasta la ciudad de Santiago, en donde dicen que está enterrado un discípulo de Isa. Es un territorio muy extenso, como el doble de la distancia que hay entre Ishbiliya y al-Mariyya. Sólo ellos, que son muy poderosos, pueden hacerlo. Porque son dueños de multitud de fortalezas y casas, de una punta a la otra. Incluso ciudades enteras. El grueso de sus fuerzas lo tienen, sin embargo, en Jerusalén, que está en sus manos y la defienden de los árabes. Por eso muchos de ellos hablan árabe con claridad. Aquí, en el sur, no demasiado lejos de Ishbiliya pero al norte de ésta, sé que Fernando III les cedió un pueblo hace ya años, Xerixa. Los cristianos lo llaman Xere Equitum.

—Alguna vez me han llegado noticias de esos monjes, pero creía que eran una leyenda. No comprendo que haya monjes que además sean guerreros.

—Es un tanto extraño, sí; pero si nos paramos a pensar, muchos de nuestros hombres poderosos se retiraban a meditar a los ribats, las torres de vigilancia del delta de los ríos, prestos a combatir a los que se atrevieran a remontarlos para asaltar las poblaciones. Ésa es una disposición interior alterna entre la espiritualidad y la guerra, como sucede con estos monjes.

El viento no dejó de azotarles el resto del camino; ni siquiera cuando se acercaban a Lawra, anunciada por los laureles que encontraban a su paso y que tanto abundaban en las cercanías, que le daban nombre a la población.

Al suroeste descollaba la vieja alcazaba, así como abajo se distinguía el wadi al-Quebir, en amplia curva entre olivos y algodonales. Los muros resguardaban escasamente del ventarrón a los habitantes que, a las campanadas, acudían a la misa mayor del ventoso domingo de marzo.

El grupo, compuesto por cinco hombres y una mujer, todos a caballo, salió por Bab al-Yahud con un trote contenido que sólo cambiaron a galope corto tras rodear toda la muralla, desfilar ante Bab Shakra y Bab al-Majadat, y cruzar el puente de al-Qantara sobre el wadi Tadjo; pues franquear Bab Qantara sólo era posible por al-Hizam, la ciudadela fortificada de Abderrahmán III, que encerraba el Qasr. Los hombres, con la mujer en el centro, iban armados y en fila de a dos. Cualquier observador pensaría, al verlos, que se disponían a realizar un corto viaje. Únicamente portaban lo indispensable. Ni siquiera cantidades de dinero suficientes, pero sí documentos a modo de pagarés que cambiarían en cualesquiera de las comunidades judías en las que pernoctarían, en el trayecto, hasta el término de su viaje: Qurtuba. A buena distancia, Yael fue la única que volvió la cabeza para contemplar Tulaytula, la ciudad que se asentaba, bella y señorial, sobre las siete colinas. Aún se veían las dos torres de Bab Qantara y el Postigo de Doce Cantos. La amaba, como amaba a su anciano padre, pero no le estorbó la tristeza; el suyo era un viaje con retorno.

Días atrás, a mediados del mes de Adar, el padre la había llamado a su habitación. Allí, apoltronado en el viejo sillón frente al hogar, el octogenario rabino parecía meditar permanentemente, sumido en un ilusorio duermevela que engañaba a los interlocutores desprevenidos, pues en realidad gozaba de una mente ágil y bien despejada, como podía comprobarse a tenor de sus acertadas y, a menudo, hirientes respuestas. Sin embargo, no eran éstas las maneras que empleaba con su hija Yael, por cuya ternura se sentía seducido desde que era pequeña; así como secretamente admiraba su clara inteligencia y el ingenio, del que hacía gala con más frecuencia de la que debía esperarse de una mujer, pero que en ella se perdonaba en virtud de la franqueza con que miraban sus grandes ojos negros, de por sí sonrientes y salpimentados de una benigna malicia, a la que contribuía el lunar que destacaba bajo su ojo derecho.

Desde que tan tempranamente murió el marido, Yael había regresado a la casa paterna. Muchas familias la habían pretendido, como era lógico en una muchacha perteneciente a la casa más influyente de la ciudad y cuyas dotes y gracia sólo eran comparables a su galanura. El rabí Joad y su esposa únicamente hubieron de preocuparse de elegir con sumo cuidado el futuro yerno entre las familias de prestigio. David reunió el mayor número de virtudes. A su piedad se le agregaban otras cualidades además de su abundante herencia, como la generosidad, la esmerada educación y la cultura, cuyo interés alternaba con su afición por los caballos y en la que, tres meses después de las celebradas nupcias, encontró su muerte en un tortuoso camino, al tropezar su caballo en pleno galope y caer estrellado contra los innumerables riscos de la ladera por la que rodó. El infortunio llamó a la puerta de la joven, que no había engendrado hijos. Incontables atardeceres se agotaron entre las colinas del oeste sin lograr la sonrisa de Yael.

Quizás se encargó el tiempo, o fueron las mañanas; o los pájaros, o la hierba. Quizás el río. Pero, despacio, resbaló la luz otra vez a su semblante. Yael, con el beneplácito de su padre y siempre acompañada de su ama, Ajinoam, paseaba regularmente por la judería, llegando a veces hasta Bab al-Hadid para recrearse con la vista del caudaloso Tadjo. Gustaba de acercarse luego, con las consabidas protestas de la renqueante ama, hasta el Suq al-dawabb, próximo al Qasr, y entretenerse por la judería de arriba, en al-janat, donde las tiendas disponían del mejor azafrán, famoso en todo al-Ándalus. Pero no siempre era ésta la razón de su visita. Hacía ya unos cinco años que, un día, en uno de sus vagabundeos entre los comercios, descubrió una placita con un atractivo encanto al que no pudo resistirse y, en ella, una sinagoga de la que no tenía noticias. Lo supo por la piedra sobre el dintel de la puerta, dedicada a Joseph al Nequah, porque nada más la declaraba como tal. Su curiosidad, desbordante y nunca satisfecha del todo, la llevó a llamar a la puerta. Para cuando Ajinoam fue a pedirle que no llamara, ya lo había hecho. Esperaron y al cabo de unos momentos abrió una mujer que las hizo pasar con un gesto. Una vez dentro, desapareció. Quedaron un tanto desconcertadas, pero Yael reaccionó entrando decidida a la sala de los hombres, cautivada por las cenefas con inscripciones de alabanza que decoraban los muros. Concentrada en ellos, no advirtió la presencia del rabino hasta que éste le habló:

—Estás lejos de tu casa, pero sé bienvenida.

Yael se volvió esperando un rostro familiar pero, si bien las facciones le evocaban algún recuerdo remoto, como de infancia, no consiguió reconocerle.

—¿Me conoce? —preguntó al fin.

—¿Quién no conoce a Yael, la hija de Rabí Joad? Pero te esperaba antes —continuó—. Has tardado mucho, tendremos que trabajar con diligencia.

—Creo que se equivoca, rabino, yo no he venido a trabajar en nada. Ha sido una casualidad la que me ha traído a esta sinagoga.

El rabino la miró con ternura, pero con la intensidad más honda que ella había observado en ojos humanos, antes de responderle:

101

—¿De verdad crees en la casualidad? Desiste de tus cuidados, ¿cómo esperas dar respuesta a tus preguntas? Sé que Ajinoam te es fiel, como una madre, y no nos traicionará. A partir de ahora olvidaremos que perteneces al género femenino y te serán impartidos conocimientos exclusivos de los hombres y aun sólo de unos pocos de entre ellos. Ven cada semana, del mismo modo que lo has hecho hoy. Tus aprensiones desaparecerán, aunque ahora estés confundida. Saluda a tu padre de parte de Samuel ben Yehudá y no te preocupes por él.

Yael salió a la plazuela mascullando una apresurada despedida. En sus oídos quedaban resonancias de la profunda voz del rabino, envolviéndola, apremiándola con sus misteriosas palabras. Ciertamente todo se había rodeado de un extraño embrujo: la placita, el irrefrenable impulso de entrar a la sinagoga, lo refinado de ésta, la figura de Rabí Samuel, exudante de seguridad y de aquella inexplicable paz y, particularmente, el singular mensaje recibido, que no acababa de entender. Es posible que ahora entreviera el sentido de las habladurías sobre la «magia» de Tulaytula.

Como era habitual, no dejó de asistir en Shabat a la sinagoga de Almaliquim, tras las celosías del azarah, de la que Rabí Joad era el rabino mayor pero, desde entonces, semanalmente acudía al encuentro de su nuevo maestro.

Llegaba por las tardes, por itinerarios diferentes, para terminar ya oscurecido el día y pasar inadvertida, al regreso, a la curiosidad de las gentes. Ajinoam quedaba a la espera en el patio o charlaba con la mujer que, en la primera visita, les abrió la puerta. Al comienzo de las entrevistas no sabía qué se esperaba de ella, mostrando una actitud entre azorada y expectante, pero pronto mudó la postura, animada por la cortesía y el apacible trato que le otorgaba Rabí Samuel para no quebrar su sensibilidad. Con él a solas, sentados en escaños frente al hejal, Yael fue instruida en los aspectos más ocultos de la cábala, de la gematría y de la simbología mística. El rabino pudo comprobar que, detrás de aquella belleza, se escondía una gran capacidad de aprendizaje, así como una asombrosa memoria que utilizaba para moverse entre sutiles analogías que producían el deleite del maestro y el suyo propio, mientras deambulaba por Almaliquim escudriñando detalles de los capiteles, repletos de piñas y de volutas de yeso esculpido, parecidos entre sí y, sin embargo, distintos, únicos. Lentamente, con el paso del tiempo, reparó en el significado de aquellas piñas que señalaban la unidad de la comunidad hebrea y que no eran otra cosa que la representación de lo múltiple dentro de la Unidad. Estudió las estrellas de ocho puntas del suelo, alusivas a la armonía terrenal y cósmica, legado de los alarifes almohades. Las de seis puntas, de David, símbolo de la Creación. Las cenefas, con sus lirios entre ellas, que tantas veces había visto y que, de pequeña, le habían explicado que eran una alegoría de la pureza de la mujer judía. Ahora intuía que la flor era la analogía de la evolución del ser humano, el suceso del alma, el reflejo de la definitiva cristalización del Amor en el espíritu. «Yo soy la rosa de Sharón y el lirio de los valles»[7].

Una mañana, extasiada ante la luz filtrada de las ventanas de alabastro, de pie, espontáneamente se giró, dando su espalda al frontal de la sinagoga y percibió como si le revelaran, como si recibiera un soplo en su limpia frente. Allí estaban, como habían estado desde hacía más de setenta años, las cuatro hileras de columnas ochavadas, con ocho en cada una de ellas, que configuraban las cinco naves. De nuevo el ocho, repetido pilastra por pilastra. El cinco, la quintaesencia, el hombre encarnado entre las treinta y dos columnas, los treinta y dos senderos de la cábala; inevitables ascensos

7. Cantar de los Cantares II,1

del hombre hacia la Iluminación. Hacia la Unidad de las pi-ñas. El lirio... el lirio de los valles. Lágrimas de entendimiento bajaron por su rostro; el cuerpo, incapaz de contener el alma.

El padre la hizo pasar, respondiendo a los suaves golpes de la hija sobre la puerta de la alcoba. Yael, luego de besar la mano de su progenitor, se acomodó en la alfombra, muy próxima a él, casi rozando sus rodillas. En la cara de gravedad del rabino se manifestaba la preocupación por lo que había de decirle.

—Nada me complace más que la sonrisa de tu mirada, pero debo privarme de ella algún tiempo. Eliam, tu hermano, partirá dentro de unos días hacia Qurtuba, junto con otros cuatro hombres, para visitar a tu tío, Rabí Yonatán, a quien le lleva noticias de nuestra comunidad, así como en respuesta a las numerosas copias de cartas antiguas que Rabí Moisés ben Maimón había enviado a esa gran ciudad y que él, a su vez, nos ha hecho llegar, queremos hacerle un valioso regalo: una reproducción del libro *Guía de descarriados*, en exquisita caligrafía. Tú viajarás con ellos y, pese a las protestas de Ajinoam, irás sin ella, que ya no tiene edad de cabalgar por mucho que se empeñe en acompañarte. Tu hermano y los otros hombres te harán escolta. Para ti he reservado otras instrucciones —dijo, acercando su cara a la de ella y mirándola con una astuta sonrisa, a la par que su voz adquirió un tono más confidencial—. Estoy al tanto de tus idas y venidas a la sinagoga pequeña de al-janat. Rabí Samuel me ha mantenido informado de tu aprendizaje oculto, durante estos cinco años. —Al punto, la sangre acudió al rostro de Yael y se le aceleró el corazón al sentir descubiertas sus transgresiones—. No te avergüences —añadió—, me siento orgulloso de ti. Yo mismo alenté a tu buen maestro, por otra parte, hermano mío en esas ciencias. Ahora ya sabes la importancia que tienen y que están vedadas a la mayoría de los hombres y peor vistas en las mujeres. Has sabido ser discreta, como esperaba. Ahora quiero que lleves a tu tío un raro manuscrito que nos ha llegado del nordeste de la península. Lo esconderás entre tus ropas y sólo se lo entregarás a él cuando estéis a solas. La naturaleza de este escrito es de la misma índole que tus estudios.

Atrás quedaban Rabí Samuel y su entrañable sinagoga, la conversación con su padre y la bendición recibida. Pensó que echaría de menos sus paseos, sus lecciones y el amparo de los arcos de herradura de Almaliquim. Espoleó su caballo y cabalgó a la altura de los hombres.

Capítulo III
Qurtuba. La Cábala. El amor

*E*n Lawra, Mustafá informó de los asaltantes a los soldados. Con las señas aportadas, ya se encargarían ellos de apresarlos. En las dos jornadas posteriores hicieron noche en Balma y en al-Fanadiq, ésta prácticamente despoblada, pero capaz de ofrecerles aposento, y última etapa hasta Qurtuba.

Mukhtar había andado incansablemente, siguiendo la marcha de Mustafá y de la carreta. Por las tardes habían paseado por los pueblos. Las piernas y el resto del cuerpo se habían hecho al esfuerzo. Ahora caminaba con naturalidad, con ritmo. Habían hablado, intercambiado opiniones; se habían contado sus vidas, pero también se habían dado silencios en los que andaban uno junto al otro, ensimismados. En esos momentos, mientras avanzaba, su mente había actuado con más claridad de lo acostumbrado. Las dispersiones del pensamiento se esfumaban, dando paso a una desconocida nitidez que le permitía hallar conclusiones serenas sobre su vida pasada, su infancia, el comienzo de su madurez; sin apasionamiento, colocando cada hecho en su justo valor, desprendidas las iras, los rencores, las tristezas. Quizás no la melancolía, pero ya se sabe que ésta puede ser placentera en su dulzura y que da a la añoranza una pátina de embeleso. Alcanzada esa posición, todo estaba más vivo o él más despierto o concurrían ambos casos. Las pequeñas cosas carecían del aislamiento que les damos y se integraban como parte de un todo en el panorama, sin perder por ello su individualidad; al contrario, se incrementaba su propia importancia. Así, se detenía a observar lo que tantas veces había visto pero sin concederle atención: el brillo de la luz sobre las gotas de rocío —esas milagrosas emanaciones de la mañana—, el verde de los tallos, de ciertas hojas o de la hierba, que contenían la fuerza de la vida en el color casi explosivo, acentuado por lágrimas de agua, en su papel de precisos instrumentos ópticos, para aumentar aquellos detalles que pudieran pasarnos desapercibidos.

Ibn Saleh era espectador de su renovación, se había transformado; distantes quedaban, en otra esfera, aunque de su pertenencia, amarguras, juegos, alegrías, pérdidas, sueños malogrados, incluso el, hasta hacía poco, mantenido ardiente, pero estéril, amor de Mûnah. Sonrió consciente de sí, cogió aire con energía y guiñó a Mustafá que, con su sempiterno entusiasmo, le respondió del mismo modo. El carretero atribuyó el gesto a la inminente entrada en Qurtuba. Su mujer y sus hijos estarían atentos, pues esperaban su llegada para este día, ocho de Muharram[8], como él había previsto; pero si se retrasaba no se alarmaban, era frecuente que le hicieran nuevos encargos durante el viaje.

Con el ímpetu que procura la seguridad de la cercanía, acometieron la larga y empinada cuesta final. Los animales acusaban el esfuerzo y se hicieron necesarios los arreos de Mustafá, mitad espoleos y mitad estímulos cariñosos, a los que obedecían dócilmente. Lo inverso de la bajada, donde había que retenerlos para no poner en peligro la carreta y los animales, pues el carretero ya había visto volcado más de un carro en esa pendiente, por no saber frenar a tiempo algún mulero bisoño o forastero inadvertido, con toda la carga desparramada y los mulos malheridos.

8. 20 de marzo de 1252

Ya se avistaban los muros de Qurtuba y de entre ellos se alzaba, como la palmera más altiva, el alminar de la gran mezquita mayor. Mustafá se deshizo en elogios de su grandeza y magnificencia, que Mukhtar escuchaba con placer, hasta prácticamente la puerta de la ciudad por la que hicieron su entrada: la de Ishbiliya, también llamada de al-Attarin haciendo mención a los perfumistas que tan próximos a ella mercadeaban.

Antes de cruzar esta puerta, dejaron a su izquierda el barrio de al-Raqqaqin y a la derecha el murallón de los jardines del Qasr, por el camino que discurría entre ellos. Nada más entrar, Ibn Saleh encontró similitudes entre Ishbiliya y Qurtuba pero, en cuanto avanzaron por las calles, fue percibiendo el aire de una gran ciudad, ahora con menos habitantes, pero todavía con el esplendor y la fisonomía de antigua capital de al-Ándalus. Qurtuba, soberana y califal. Rodearon el zoco por su contorno, que llegaba casi hasta la puerta del puente sobre el wadi al-Quebir, por donde transitaba menos gente y así circular más holgadamente con el carro sin verse obligados a ir abriendo camino. Había días en que se hacía imposible atravesarlo, del gentío que llegaba a aglomerarse. Al acceder al amplio espacio de la explanada, Mukhtar se apartó para salir al viejo puente y asomarse al río. Abajo funcionaban los molinos; a la derecha, una noria encaramaba el agua. Tanto se entretuvo, que tuvo que correr para dar alcance a Mustafá, que ya había superado la pared sur de la mezquita aljama y seguía en la misma dirección; pues la alcaicería estaba al otro extremo de la muralla, junto a Bab al-Hadid.

Llegados a la tienda, el carretero saludó expresivamente al propietario de la mercancía, quien se alegró de verle, más por las telas que por él, y procedieron a descargarlas con ayuda de un empleado. El mercader vigilaba para que no fueran manchadas, al mismo tiempo que anotaba el número de piezas y se aseguraba de la calidad de éstas, deteniéndolos cuando pasaban a su lado para examinarlas entre sus dedos. En la trastienda, donde fueron depositadas, el comerciante entregó una bolsita de monedas a Mustafá como pago del acarreo, puesto que el valor de las telas le había sido adelantado para comprarlas. El mulero las contó una a una en presencia del hombre y cuando quedó satisfecho, se despidió aún más alegremente y salieron a la calle.

Con el carro aligerado, ambos se subieron al pescante. Mustafá llevaba las mulas a paso más rápido. Iba eufórico, como proclamaba la expresión sonriente de su cara, e impaciente por encontrarse con su familia. Siguió en la misma dirección este, para salir por la puerta de la muralla y torcer un poco al sur, hacia el arrabal de Shabular, donde tenía su casa, en la calle de los zapateros. Mukhtar pensó que era la hora de despedirse:

110 —En realidad, Mustafá, me debería haber quedado dentro de la medina. Târek me dio las señas de un judío y supongo que vivirá en la judería, que creo que está cerca de la mezquita mayor, y me estoy alejando. Llegó la hora de despedirnos...

Mustafá no le dejó terminar.

—¡De ninguna manera! Nos despediremos mañana y eso después de darnos un buen baño en el hammam de la Pescadería. ¡Deberás darle una buena impresión a ese amigo de Târek! Hoy eres mi invitado y almorzarás y cenarás conmigo. Luego, por la noche, dormirás en casa de mi tío que vive al lado y tiene libre la habitación de mi primo. Conocerás a mis hijos y pasaremos la tarde juntos. Te llevaré a ver la mezquita y la ciudad.

Mukhtar comprendió que no valían discusiones, además de que no deseaba hacerle el menor desaire. Había resultado un agradable compañero y no tan simple como cabría esperar.

Los hijos de Mustafá jugaban en la calle. Al aparecer la carreta corrieron a recibirlo, entre chillidos y risas, seguidos de toda la batahola de niños, que acudieron también armando todo el bullicio de que eran capaces. El hijo, de unos nueve años, era el mayor, pero se llevaba poco con la pequeña, que tendría algo más de siete. Los dos eran muy guapos y en cuanto paró y se bajó, se colgaron de su cuello a la vez, demostrando su alegre cariño. Después, el padre señaló a Mukhtar, presentándolo como un amigo y rápidamente se colgaron del suyo para besarlo. Si hubiera tenido hijos, le habría gustado que fueran tan cariñosos como éstos. Dieron de beber y encerraron a las mulas, que ya se merecían un buen descanso, y se lavaron ellos mismos antes de la copiosa comida de que disfrutaron. Más tarde deshicieron el camino para llegar a la medina. Mukhtar quiso asomarse otra vez al puente, pero en compañía de Mustafá, quien le explicó que la formidable noria de Abu-l-Afiyya hacía subir el agua al aljibe del Qasr, desde donde se tomaba para regar su huerto.

Cuando dejó de maravillarse del ingenio humano, abandonaron el puente por su puerta y llegaron a la explanada, a la espalda de la mezquita. Pasaron bajo uno de los tres arcos del sabat, en el muro occidental, y entraron al patio, donde se hacían las abluciones y en el que, no muchos años antes, las palabras de sabiduría se derramaban como el agua de sus fuentes. Mukhtar ignoró las losas lilas del suelo, dirigiendo su mirada a la dorada cúpula sobre la que estaba situado el espléndido yamur, de más de once codos y también de bronce dorado, del minarete. El sol tendía hacia el oeste, pero aún estaba alto y se reflejaba sobre las esferas, arrancando destellos de oro. Mustafá levantó un brazo para señalar el remate: una azucena de la que surgía una granada. Más abajo sobresalían las formas oscuras de las campanas entre los arcos como proclamas visibles de la conquista cristiana y reproche sonoro a la desunión de los musulmanes andalusíes, a la desidia, al abandono de otras ciudades, parapetados en ciegos egoísmos localistas desembocantes en el desvalimiento de la propia. Ya no se oirían las llamadas de sus dieciséis muecines en permanente guardia, ni los peldaños de cualquiera de sus dos escaleras acogerían sus pasos. El sentimiento de congoja, semejante al que lo obligaba a emigrar, lo forzó a interrumpir la contemplación del alminar y guarecer su vista en la estampa amable de las palmeras del patio, apaciblemente agitadas por la brisa.

Mustafá, con el gesto, le mostraba la fachada norte, por la que se ingresaba al templo, describiéndole cómo, hacía dieciséis años, fueron tapiados los arcos por los que penetraba la luz para, en el interior, alojar tenebrosos oratorios cristianos. Mukhtar estaba seguro de que obras como éstas, creadas con tanto amor —quizás con lo más puro que tiene el hombre—, ahora trastocadas por otras manos, si pudieran, elegirían para sí soledades. A sus pies, las palomas zureaban indiferentes.

Nerías, el sirviente, cerró la puerta de la sala y recogiendo con una mano el vuelo de su túnica para no pisarla, subió la escalera con pesadez, con la parsimonia que acompañaba todos sus actos, malhumorado por la visita a la que, sin embargo, no podía calificar de intempestiva a media mañana, si bien era inesperada; lo cual era suficiente para avivar su desconfianza, rara vez adormecida. Le tranquilizaba saber que traía referencias de Târek ben Karim, aquel otro musulmán amigo de su amo, pero... algo querría, siempre querían algo. Su experiencia durante tantos años al servicio del rabino mayor de Qurtuba en los que había sido testigo de incontables entrevistas —cada vez más con el paso de los años y el aumento de la importancia de Rabí Yonatán ben Akiva en el seno de la comunidad—, y en las que invariablemente pedían apoyo, influencia o incluso dinero, lo habían convertido en un hombre suspicaz, celoso de la tranquilidad y la salud del rabino. Por eso, cualquier modificación de lo cotidiano era acogida en su ánimo con recelo. La llegada de Yael, la sobrina de Ben Akiva, días atrás y sobre todo, el hecho de que hubiera aceptado la invitación de su tía Miriam a quedarse en la casa indefinidamente, lo exasperaba. Cumplido su encargo, debería haber vuelto con su hermano a Tulaytula. El comportamiento desenfadado con su tío le parecía demasiado atrevido. Una mujer de su edad, coronados ya los cuarenta años, convendría que fuera un poco más comedida en sus efusiones, en su loca manera de bajar las escaleras y no digamos en sus irrupciones en el recibidor del rabino, simplemente avisadas con golpecitos sobre la puerta, sin hacerse anunciar previamente. Y, para su sorpresa, ni una sola mirada reconvinatoria del rabino. ¿Se estaba haciendo más blando con la edad? Nunca admitió estas conductas en sus hijos, ¿por qué ahora en su sobrina? Hasta había sospechado que Rabí Yonatán procuraba mantener conversaciones a solas con ella.

Ni Abigail, la doncella y acompañante de Miriam, ni él dormían en la casa, al poseer familias propias. Cada mañana abría la puerta temprano y se dirigía a la cocina, donde encontraba a Ajsá preparando el desayuno y a Orpá, la otra sirvienta, ayudándole. Que no hiciera alguna objeción era tan anómalo, que revelaba que sus preocupaciones estaban concentradas en otras cosas o que iba a caer enfermo.

Justamente una mañana en la que andaba absorto en sus cavilaciones, en tanto se encaminaba al servicio de la planta baja, estuvo a punto de matarse por el golpe que se propinó contra el macetón de aspidistras y el susto de la caída, que bien pudo costarle las narices, ciertamente prominentes. Se espabiló toda la casa a los gritos de Orpá, que fue la primera en asistirle. Inmediatamente acudieron todos a ver qué pasaba, incluidos el rabino y su mujer que en ese instante bajaban el segundo tramo de la escalera y que no fueron arrollados por las zancadas de Yael, que venía detrás y que no los esperaba delante, por uno de esos milagros que generosamente ocurren de vez en cuando. De no haber sido así, habrían acabado en un informe montón de criaturas, ropones y, sin duda, de huesos rotos, en la cima del cual hubiera quedado, más corrida que gloriosa, la sobrina.

Cuando Nerías se incorporó, afortunadamente incólume, exigió saber quién había cambiado de lugar la maceta, habitualmente al pie de la escalera, por qué razones y con permiso de quién, barruntando que sería una de las criadas; pero no, había sido Yael, quien con una candorosa sonrisa explicó el peligro que representaba junto a la escalera, añadiendo: «¿No querrías que hubiera terminado por tropezar mi tío, verdad?». Sólo Dios supo si el rabino abandonó el grupo por dar por consumado el lance o para reír a sus anchas en la soledad de su salón.

No necesitó llamar, Ben Akiva salía de su habitación. En cuanto fue informado de la visita, se dispuso a atenderla.

Mukhtar esperaba de pie. Observaba la estrella de seis puntas elaborada sobre un tapiz que colgaba de la pared. No había tenido ocasión de visitar a ningún judío y, menos, conocer su casa. Sabía que ellos llamaban a al-Ándalus, «Sefarad»; que su religión era unitaria, como la musulmana, con costumbres, idioma y alfabeto propios y que mucha gente no les tenía demasiadas simpatías, pero ni éste era su caso ni sus nociones abarcaban mucho más.

Escuchó pasos, se abrió la puerta y entraron dos hombres; el primero, más menudo y de una espesa cabellera blanca que no lograba envolver su manto y que se unía a la barba, también blanca, debía de ser el rabino mayor. Su porte solemne desprendía autoridad. Avanzó decidido hacia

Mukhtar y, cogiéndole ambas manos, le expresó su hospitalidad y le ofreció asiento, no sin antes requerir noticias de su, precisó, admirado y buen amigo Târek. El otro, unos dedos más alto que el rabino y de formas angulosas, permaneció de pie, como lo está, a la espera de órdenes, un fiel servidor. Ibn Saleh, por su parte, contestó a cada una de las preguntas que le fue haciendo Ben Akiva con respecto al médico, hasta ver que quedaba plenamente satisfecho y convencido de su sinceridad. No obstante, esperó a ser interrogado por el motivo de su viaje. Algo le decía que era más aconsejable no adelantarse y responder cuando se le solicitara, obedeciendo a un protocolo en el que quedaba implícito el reconocimiento de su humildad, frente al jefe de la comunidad judía.

Al anfitrión no le pasó desapercibida su apariencia descansada y el aseado aspecto; dedujo que había pasado la noche en Qurtuba y que había gozado de un buen baño antes de comparecer a su presencia, evidencia indudable de su educación y de que deseaba dar buena impresión. Se infería, pues, la importancia que daba a un amigo de Târek y, por tanto, a éste. La calidad de las ropas se ajustaba a la discreta economía de un maestro y el pequeño hatillo que portaba dejaba adivinar el escaso valor que debía darle a los bienes materiales o bien el resultado de un revés.

Una vez expuesto el porqué de su partida, Mukhtar relató los acontecimientos de la aventura. El zaken manifestó un vivo interés por el carretero y demandaba todo tipo de detalles, pero en especial por sus opiniones sobre él; aunque su rostro, apoyado cómodamente en la palma de su mano derecha, no traslucía la más mínima emoción. Únicamente la retiró cuando quiso detener la conversación para pedir a Nerías que les sirvieran leche y dátiles, como exigen las reglas de la cortesía con un invitado, y ordenarle que les dejara solos.

Con la bandeja delante, Ibn Saleh tuvo pocas oportunidades de saborear los apetitosos dátiles, pues al reanudarse el diálogo las indagaciones se orientaron hacia su relación con Târek; cómo lo había conocido, qué estuvo haciendo en su casa, si lo acompañaba en sus visitas, quién era Zaynab y qué pensaba de ella... Mukhtar no ignoraba que tal exhaustividad excedía los linderos de la corrección, pero se inclinó por mostrarse sumiso. Complacido por ello, el rabino por primera vez dio muestras de agrado por las respuestas esbozando una sonrisa, minúscula pero dulcificadora, y por fin dijo:

—Creo acertar si digo que has aprendido a no desdeñar a nadie por su condición. Dime —le espetó de repente—, ¿estás en el sendero?

Mukhtar se limitó a responder afirmativamente y el anciano añadió:

—Bien, eso cambia muchas cosas. Quiero saber cómo has llegado a él, pero eso lo hablaremos más tarde. De momento, considérame hermano de Târek y tuyo mismo y cuenta con mi ayuda. ¿Qué necesitas de mí?

—No necesito mucho, rabino. Ya sabes que mi destino es Gharnata, pero el camino está lleno de peligros y no quisiera hacerlo solo. Si estás al tanto de algún viajero que vaya allí, te ruego que me lo comuniques para, si es posible, unirme a él. Mientras, puedo alojarme en la alhóndiga a la espera de tus noticias. No dispongo de muchos recursos, pero puedo aguantar unos días.

—Lo averiguaré, no te preocupes. Y tampoco será necesario que gastes el dinero que llevas, porque no puedo consentir que te alojes en ningún otro sitio más que en mi casa, desde ahora a tu servicio. —Mukhtar fue a protestar, pero de nuevo se levantó la mano de Ben Akiva impidiéndoselo—. Mis tres hijos se casaron y ya no viven aquí. Sobran habitaciones arriba y será un placer tener un invitado. Aprovecharemos que está aquí mi sobrina Yael, de Tulaytula, y tendremos conversaciones sobre aquello que estás aprendiendo. Todo esto, claro está —dijo, acentuando la sonrisa—, si no tienes inconvenientes en convivir con judíos.

—Es para mí un honor, descomedido, creo. Mi único reparo es ocasionar molestias innecesarias.

—Pues no se hable más del asunto... ¡Bienvenido a Qurtuba! —Y, cogiendo una campanilla de la mesita, la hizo sonar.

A los pocos instantes apareció Nerías que, perplejo, recibió instrucciones para acomodar al forastero en una habitación de arriba. Aún tendría más ocasiones de sorprenderse en los próximos días. A continuación, el rabino pidió que vinieran su mujer, Miriam, y su sobrina.

La primera llegó enseguida. Una mujer de aspecto señorial y de rasgos amables a sus sesenta y ocho años, pero con la correcta dignidad de la esposa de un notable. Le fue presentada y ésta le dio la bienvenida usual. Se cruzaron algunas frases de cortesía, por parte de Miriam más calurosas que las que solía usar con un simple visitante, sobreentendiendo que cuando su marido invitaba a alguien a hospedarse en casa, cosa que no pasaba hacía años, tendría motivos sobrados para hacerlo. Al fin se retiró para ocuparse personalmente de que la habitación asignada estuviera en perfectas condiciones.

Mukhtar, sentado frente a Rabí Yonatán, daba la espalda a la puerta, por lo que no vio cómo tía y sobrina se cruzaban en el umbral, pero sí llegó hasta él la fragancia de esencia de violetas que, como un soplo, pasó junto a él.

—¿Me llamabas, tío? —preguntó, a la par que giraba con curiosidad la cabeza y los grandes ojos se posaban sobre los de Mukhtar, negros también.

—Sí, Yael. Mukhtar ben Saleh —dijo, señalándolo—, hará en nuestra casa, a petición mía, un alto en su camino a Gharnata, a la espera de que le encontremos acompañamiento en su viaje, por miembros de nuestra comunidad, entre los que se encontrará más protegido. No corren buenos tiempos aquí para los musulmanes.

Yael volvió otra vez la cara hacia el extraño y ambos se brindaron una rápida inclinación de cabeza. El tío continuó:

—Él es amigo y me atrevo a adivinar que discípulo, aunque breve, de mi amigo Târek de Ishbiliya, de Tradición distinta pero hermano nuestro, así como ahora él mismo. Hasta tanto no se marche, mantendremos reuniones a las que quiero que tú también asistas. Como mis ocupaciones, como rabino mayor, no me permitirán concederle todo el tiempo que desearía —añadió, acariciándose la barba—, quedas encargada tú de acompañarle, sirviéndote de Abigail, a la Gran Mezquita y descorrer sus velos para él, como hice yo contigo.

—Haré como deseas, querido tío —respondió.

118   Ben Akiva hizo una pausa para observarlos y presintió un atisbo de mutua simpatía. Ahora se dirigía a Mukhtar:

—Mi sobrina es hija de mi hermano Joad, cabeza de la comunidad de Tulaytula. Vino aquí con el pretexto de acompañar a su hermano, que nos traía un presente para la sinagoga y a comentarnos otros asuntos de relevancia, pero el verdadero regalo es un manuscrito que te enseñaremos, y que guardaba entre sus ropas. El encargo que acabo de hacerle no es frecuente que se le haga a una mujer judía, como fácilmente puedes comprender, pero ella ha sido entronizada en los secretos de nuestra Tradición. Así pues, si sabe más que muchos hombres, es consecuente que se comporte como tal, y nosotros con ella... sin diferencias. Intento decirte con esto que se merece el respeto de una mujer, por sexo y familia, y de un hombre, por sus conocimientos. Estoy seguro por tu cortesía que la honrarás bajo esta doble condición. Es curioso que hayáis coincidido... creo que no yerro —terminó por decir, pensativo.

—Tenlo por seguro, no te decepcionaré —afirmó Mukhtar ben Saleh.

Sin embargo, en su fuero interno reconocía lo difícil que resultaba no sucumbir al encanto de esa cara de líneas nítidas, tan delicadamente redondeadas, quebradas por la tímida prominencia de una barbilla deliciosa; a aquel lunar por encima del pómulo derecho, la corta naricilla, prometedora de graciosos mohínes, o los labios, ni gruesos ni demasiado finos, en cabal volumen. Yael aunaba candorosidad y discreción a una abierta y sugerente mirada. Lo que no sospechaba era que él mismo tampoco le había sido indiferente a ella.

Miriam, durante la comida, se esforzó en hacer sentir al convidado como un miembro más de la familia. Al principio le hacía preguntas por pura cortesía, pero a medida que llegó a entrever la soledad de éste, se despertaron sus instintos maternales y se incrementó su interés, incitándole a que contara detalles de su infancia, a los que Yael prestaba atención, interviniendo con no menos disposición que su tía.

Al musulmán, proveniente de una posición humilde, su natural sensibilidad le había encauzado por territorios más sutiles de los que tuvo a su alcance. Probablemente, pensó Miriam, de no haber sido un gentil, hoy sería un destacado judío, como filósofo o incluso como poeta. No se asombró, acaso por ello, cuando Mukhtar dijo conocer algunas poesías de Ibn Gabirol, menos célebre que la universal figura de Maimónides, de quien desconocer su existencia, por musulmanes o cristianos, imposible por hebreos, era indicativo infalible de zafiedad.

Ibn Saleh se reveló como un buen conversador, pronto a responder a las señoras y, elevado a esa categoría, particularmente, por poseer el rasgo más valorado: su inapreciable inclinación a escuchar en silencio, solamente interrumpido de cuando en cuando con oportunas preguntas que resaltaban su sincera solicitud. Así obtuvo datos históricos sobre Qurtuba en su época califal, de la que Miriam parecía saber bastante. El venerable anciano se entremetía poco en la conversación, que ya había alcanzado la sobremesa, pero las puntualizaciones que aportaba y su actitud general hacían ver que no le disgustaba la charla. Desde que llegó la sobrina habían disfrutado de varias, pero la entrada en escena de Mukhtar colaboraba a crear un ambiente novedoso, rápidamente distendido por las damas, animadas por la tímida cordialidad del forastero; lo que se traducía en evidente agrado de la una y en alegre desenvoltura de la más joven, cuya risa, escándalo de Nerías, aderezaba cualquier palabra ingeniosa, propia o de los contertulios.

En la cocina habían tenido tiempo de comer y de saciar la curiosidad sobre el musulmán. Ajsá y Orpá eran las más proclives al curioseo; Abigail, por el contrario, era más propensa a la discreción, lo que hacía de ella la acompañante ideal. Aquéllas supieron aprovecharse de la cara avinagrada de Nerías que, por sí sola, atestiguaba su desconcierto. Bastaba hacer un ligero comentario para que éste se desbocara y, entre expresiones de descontento, sonsacarle cualquier cosa. Consumado el pueril desahogo, consciente de su falta de comedimiento, siempre decía la misma frase, como si con ella regresara a la prudencia y quedaran borradas sus palabras anteriores:

«Bien, ¡ni una palabra! El Rabí tiene más juicio para saber lo que hace.»

Precisamente acababa de decirla cuando fue requerido al salón. Ben Akiva deseaba que estuviera presente para que informara a los demás. Autorizaba a Yael y a Mukhtar a hablar a solas en la planta baja y a salir juntos, sin explicaciones, en compañía de Abigail. Hasta para Miriam era asombroso, pero no discutía las órdenes de su marido, salvo en la intimidad. Nerías necesitó todo su esfuerzo para no conceptuar todo aquello de desatino. Dicho lo cual, se levantó de la mesa, anunció que le esperaban en la sinagoga y excusándose amablemente, salió con el petrificado secretario. Miriam, por primera vez en su vida, se vio impulsada a preguntar si necesitarían a Abigail pues, si no era así, esperaba contar con ella para ir a la alcaicería. Yael expuso que, para lo que tenían que hablar, prefería pasar la tarde en el patio saboreando un buen té.

La casa de Ben Akiva era muy similar a la de Târek, pero de mayores proporciones y con la escalera al fondo, en el lado izquierdo. Por lo demás, las alcobas también estaban en la planta de arriba y disponía de cuadra abajo, enfrente del salón, ambos a la entrada de la casa. El patio, como el del médico, poseía pozo y una fuente, pero la del judío era más sofisticada. Se componía de dos pilas de mármol circulares idénticas, colocadas de forma que pareciera que, estando superpuestas la una sobre la otra, la de arriba había sido deslizada hasta descubrir a la de abajo. De esta manera, el agua que surgía de un pequeño surtidor rebosaba de la superior y se derramaba sobre la inferior por un rebaje simple del borde de aquélla. Yael dejó a su compartido discípulo que se acomodara en el patio y se dirigió a la cocina. Mukhtar se detuvo en observar las cenefas de las pilas, que contenían caracteres hebraicos, incomprensibles para él. Las plantas reflejadas invadían de colores la superficie del agua que, al precipitarse, fingía arrastrarlos por la boquera.

—«¿Hasta cuándo dormirás, oh perezoso? ¿Cuándo despertarás de tu sueño?»[9] —dijo Yael, de vuelta al patio—. Así está escrito en las pilas —aclaró, no sin picardía, ante la cara de extrañeza de Mukhtar.

La mujer inició el diálogo describiéndole Tulaytula, ciudad abrazada en sus dos tercios por el wadi Tadjo, muy conveniente a efectos de defensa. Sus angostas callejas eran

121

9. Proverbios VI, 9

comparables a las de Qurtuba, pero con abundantes cuestas, no llana como la antigua ciudad califal. Estaba plagada de sinagogas y mezquitas, aunque algunas de éstas habían sido convertidas en iglesias. Llevaba razón su tío, la suerte de los musulmanes había cambiado y los nuevos monarcas eran más guerreros y concedían menos valor a las artes y a las letras. No obstante, no las impedían, como era el caso de la Escuela de Traductores desde el 1130, paradójicamente idea de un obispo, Raimundo, pero donde la intervención de los judíos era vital. Nombres como Ben Hiyya, Ben Daud o Ben Ezra eran legendarios, trabajando a la cabeza de importantes grupos de traductores. Tal era su excelencia, que extranjeros como Adelardo de Bath o Gerardo de Cremona habían acudido a este centro de cultura. Y no podía hurtarse de este talento a cristianos como Domingo Gundisalvo o Álvaro de Oviedo. El príncipe Don Alfonso parecía estar muy interesado en ella.

—Cuando la ciudad era islámica —continuó explicando Yael—, la convivencia entre judíos y musulmanes era respetuosa, con algunas disputas, pero como se dan entre vecinos. Algunos de nuestros personajes sobresalientes han sido fieles servidores, consejeros o incluso ministros de emires y de califas, como lo fue Hasday ben Shaprut de Abderrahmán III, por nombrar a uno. Pero nuestro pueblo, especialmente, ha sido remiso a las mezclas de sangre. Esto es algo que viene de muy atrás. En el pasado, ni siquiera nuestras diferentes tribus debían mezclarse, con el propósito de mantenerse independientes y vivas. Si no se hubiera respetado esta norma, las tribus menos prolíficas y más pobres habrían desaparecido, absorbidas por las grandes. Así, estirpes milenarias han perdurado. No quiero decir que no haya pasado nunca, pero las reglas tienden a restringir estos sucesos. Hace muchos años, en Tulaytula, se enamoraron una judía y un cristiano. Él acudía al caer la tarde, saltando la tapia de su jardín,

122

resguardado por las sombras. Cada día, a la misma hora se repetía el arrullo de palomas. El padre de ella sospechó y se propuso vigilarla, consiguiendo verlos sin que ellos se apercibieran. Esperó al enamorado al otro lado de la tapia y cuando éste la saltó de nuevo para marcharse, se encontró con el puñal del padre. Al día siguiente, Raquel esperó inútilmente toda la tarde y toda la noche, sabiendo que él no la abandonaría. Así permaneció varios días hasta que no le cupo duda de que le había sucedido alguna desgracia. Apoyada en el pretil del pozo, lloraba desconsolada hasta el amanecer. Dice la leyenda que sus lágrimas fueron tantas, que volvieron amargas las aguas del pozo. Allí sigue y es conocido por todos como el «pozo amargo».

A Mukhtar le vino una pregunta repentina:

—¿Alguien ha probado el agua?

—No creo. Yo, desde luego que no. Si lo hubiera hecho y resultara dulce, habría destruido una leyenda basada en una historia de amor más fuerte que sus protagonistas, que no pudieron evitar saltarse las normas, las diferencias de religión y de raza. No me lo habría perdonado nunca. ¿Qué más da si el agua es amarga o no? De lo que estoy segura es de que sus lágrimas lo fueron y su dolor también. No hay que hurgar las leyendas con las manos —contestó, mientras servía el té.

—¿Apruebas entonces las parejas de distintas religiones, entre un musulmán y una hebrea o una cristiana?

—Apruebo el amor —dijo, sonriéndole—, yo no soy un doctor de la ley. Puedo comprenderla y valorarla, pero no tengo por qué compartirla, ¿no es suficiente el amor? Te he contado esta historia sólo para que sepas que Tulaytula es una ciudad de leyendas, famosa por su cultura y su magia. —Al decir esta palabra había acercado su cabeza al hombre y el cabello se meció, provocando una oleada del aroma de violetas—. Los judíos tenemos mucho que ver con lo prime-

123

ro y absolutamente todo con lo segundo, aunque eso obedece más a los rumores que a la realidad pero, a veces, las mur-
muraciones la protegen, levantando un muro de aprensiones, de la osadía del hombre.

—¿En qué consiste esa realidad que confunden con magia?

—Antes de contestarte, quiero saber una cosa que me
intriga. Mi tío nos ha propuesto que hagamos el papel de
maestra y discípulo y lo has aceptado sin trabas. No es la reacción normal de los hombres. Me gustaría que fueras sincero, ¿de verdad no tienes reservas?

—Ninguna. Ibn Arabí tuvo dos maestras. La diferencia
contigo es que eran musulmanas y muy avanzadas de edad
—«y no tan atractivas», pensó, pero no se atrevió a decirlo.

—Así es más cómodo para mí. En cuanto a la «magia»,
no es otra cosa que el resultado de las cavilaciones que sus-
citan determinadas reuniones de rabinos, en el más absoluto de los sigilos. Nadie sabe de qué hablan y eso levanta toda
clase de conjeturas. Yo soy la única mujer admitida en ellas.
No hay nada de eso, sólo se profundiza en la cábala y en lo
que se relaciona con ella.

»La cábala, Mukhtar, es nuestra Tradición y eso significa la
palabra. El estudio de ésta necesita de muchos años, por lo que
yo sólo puedo darte ciertas nociones para que simplemente te
familiarices con ella. Surge de nuestro «Sepher Yetzirah», el
Libro de la Creación. Es muy antiguo, no se conocen ni la fecha en que fue escrito ni al autor, pero proporciona una visión
del Génesis y concibe la Creación Universal como una sucesión de emanaciones, «Sephiroth», que partiendo de una no-
manifestación, una «nada» aparente, se hace presente en la
primera, a la que llamamos «Kether», la corona; ésta se des-
borda en la siguiente, es decir, la próxima depende y contiene
esencias de la anterior. Así hasta diez. A esta concepción le damos el nombre de «Otz Chiim», Árbol de la Vida. Están vin-
culadas entre sí y a esas conexiones, que son veintidós, las de-

nominamos senderos. Estos enlaces, más las emanaciones, componen los treinta y dos senderos de la cábala.

Yael miró al hombre con indulgencia, imaginando lo difícil que era entender todo esto cuando se oía por primera vez. Ella misma también tuvo sus dificultades.

—Deduje antes —siguió diciendo—, cuando mirabas la fuente, que no lees hebreo. Sin embargo, habrás de saber que nuestro alfabeto consta de veintidós letras, como los senderos, y que cada una de ellas tiene un valor numérico. En el punto que de la suma de las letras de dos palabras se obtiene un resultado equivalente, sus sentidos son semejantes. A esto llamamos «gematría».

»Te estoy describiendo un sistema simbólico por el que, mediante la aplicación de analogías, accedemos a diferentes conocimientos, tanto en lo universal como en lo terrenal, pero no caeremos en el error de confundir el procedimiento con la finalidad. El caballo te lleva a tu destino, pero tu destino no es el caballo. La cábala es una herramienta, un medio que conecta al ser humano con lo cósmico, una vía de sabiduría, no la sabiduría en sí. —Quedó pensativa un momento—. Te voy a enseñar algo que te facilitará la comprensión.

Mukhtar la vio levantarse y dirigirse resueltamente al salón. No se resistió al goce de observar sus armoniosos movimientos al caminar. Al cabo de un rato reapareció con un viejo pergamino en la mano.

—Aquí traigo una ilustración que representa lo explicado —dijo, mientras desenrollaba el pergamino.

Al extenderlo, Ibn Saleh pudo apreciar un bellísimo trabajo. Las emanaciones tenían el aspecto de formas esféricas, iluminadas, desde la más sutil hasta la más grosera, la representativa de la materia, acrecentando la intensidad del color. Una corona, suspendida en el aire, se encontraba sobre la primera Sephirah, y todas contenían sus nombres en letras hebreas. La mujer, apuntándolas con su índice, se las tradujo una a una: Kether, Chokmah, Binah, Chesed, Geburah, Tipharet, Netzach, Hod, Yesod, Malkhut. Estaban unidas mediante líneas que se cruzaban, lo que le confería una especial apariencia, y el conjunto rodeado de lo que parecía un halo. En cada ángulo del pergamino se hallaba uno de los símbolos de los cuatro elementos: aire, agua, tierra y fuego. Una Menorah de oro sellaba el sur del documento.

La flamante maestra se fue adentrando en los misterios con las explicaciones más sencillas, dentro de lo que permitía la complejidad del asunto. Fue paciente cuando tuvo que repetir conceptos y comprensiva cuando el musulmán no lograba retenerlos. La tarde se terminaba. Detuvo sus enseñanzas para encender una lamparilla.

—¿No temes que nos escuchen los criados? —preguntó Mukhtar.

—El murmullo del agua apaga, si no deforma, el sonido de nuestras palabras —contestó sonriendo—. Muchos reyes han utilizado sus baños o estancias con fuentes para hablar en secreto con sus consejeros. Es un ardid antiquísimo. —Y rió abiertamente.

La risa sonó como el tintineo de campanillas de plata. Estaba cansado. ¿Sería el cansancio lo que hizo vibrar esas campanillas en su estómago? ¿Cómo, inesperadamente, penetra en nosotros una risa sin darnos tiempo a defender el último recodo, adueñándose, aposentándose entre las más débiles fibras, dejándonos inermes? ¿Qué salvaguardas hay, qué refugios?

Yael lo notó ausente.

—Son muchas ideas a la vez, ¿verdad? Aunque no sepamos con cuánto tiempo contamos, creo que es mejor introducirte gradualmente.

Mukhtar hizo un gesto de agradecimiento.

—Eres una avezada maestra. Has sabido tener en cuenta mi inexperiencia, haciendo tus comentarios con cuidado de no cegarme.

Si hubiera dependido de ellos, su charla no habría tenido fin. Los dos lo sabían. Para cuando llegaron Ben Akiva y Nerías, bien anochecido, cada uno conocía la vida del otro y la simpatía había excedido la relación pretendida, ágilmente transformada en cómplices afectos.

El viernes amaneció radiante. Mukhtar acusaba cierta fatiga. Había tardado mucho en conciliar el sueño, obsesionado con imágenes de la jornada anterior en las que predominaban, con insistencia, las del rostro de Yael. Sin embargo despertó pronto, en cuanto en la casa se produjeron los ruidos que anunciaban su actividad. Uno de los caballos golpeaba el suelo tercamente, con una de sus patas. El dormitorio estaba encima de la cuadra.

En la planta baja, no sabía dónde debía desayunar. Nerías lo sacó de dudas acompañándolo al salón. Ibn Saleh había reparado en la perseverante cara de mal humor del secretario y quiso ser amable, dándole conversación.

—Siento darles más trabajo —dijo.

Nerías le echó una mirada.

—No es mi voz la que prevalece —contestó ásperamente, saliendo de la habitación.

«Puede que el rabino se deje engatusar —pensó, orgulloso de su respuesta—, pero es bueno que sepa que a mí no se me gana con sencillas cortesías. Mis palabras le harán cuidarse de ligerezas. Si ha entendido, eso nos protegerá de excesivas confianzas; si no, ya le ayudaré yo a entender.» Y, ufano, se fue a la cocina.

Mukhtar no concedió importancia al comentario. Tampoco pudo: Ben Akiva entró en el salón y, tras desearse mutuamente los buenos días, se sentó junto a él. Pisándole los talones llegó Yael, que hizo lo mismo. Rabí Yonatán invocó la venia del invitado y se entregó al ceremonial de oración.

127

Desdobló el manto de rezo y lo colocó sobre sus hombros. Desató los finos cordones de seda de la bolsa de raso azul que llevaba y sacó la primera de las dos filacterias, la del brazo. Se remangó el izquierdo y con toda meticulosidad fue enrollando la tira de cuero, desde el bíceps a la mano, hasta contar siete vueltas, finalizando con tres más en el dedo corazón; una en la falange intermedia y dos en la más cercana a la mano. Por último se puso la de la cabeza, con la cajita de cuero sobre el nacimiento del pelo, en la frente, y equidistante de los dos ojos. Comenzó a orar. Mukhtar asistía honrado.

Cumplido el ritual, devolvió las filacterias a la bolsa, guardándolas en orden inverso, de manera que, al abrirla, encontrara la primera que se debe usar según el precepto, la del brazo.

Inmediatamente, el anciano se interesó en cómo había transcurrido la primera tarde. La sobrina le informó mientras desayunaban. Él había dispuesto las cosas para no salir esa mañana, ni recibir a nadie. Se había vestido, en consecuencia, con una túnica más liviana, aunque espléndida. Oscura, se contraponía al ribeteado de seda blanca bordada en hilo gris y, muy espaciadamente, el Maguén David en plata. El calzado era de buen paño, grueso, con suelas de piel de ternero. En el dedo anular de la mano izquierda, un anillo de oro que utilizaba como sello para documentos de la comunidad, con un motivo grabado indescifrable a primera vista. La kippa negra con dibujos de oro adornaba su coronilla inclinada, consagrado ya al extraordinario manuscrito.

Los ademanes pausados del hebreo, firmes, de amabilidad fuertemente investida de poder, ejercían sobre el musulmán un influjo al borde de lo hipnótico mientras aquél lo conducía por entre mágicas esferas, senderos imaginarios... Por efecto de sus manos, la ilustración del pergamino cobraba vida, dejando de ser estática para, unas veces, convertirse en un todo, y otras, en triángulos expresivos de mundos; o se alineaban en pilares con una ductilidad inconcebible... Severidad, Equilibrio, Misericordia. Su mente cimbreaba para acoplarse a distintas imágenes, seguir un rayo relampagueante o aceptar que su espíritu fuera reclamado desde un sendero, un pasadizo entre planos que ascendía o descendía a voluntad de aquel hombre.

Los velos del Conocimiento se descorrían por el soplo de las palabras del sabio. Él lo empujaba a internarse, a sumergirse sin temblor en un mar turbio, encrespado, que, a merced de sus deseos, se tornaba calmo y cristalino, más allá del tiempo, del espacio y de su propia consciencia. Se inflamaron estrellas en cielos revelados. De los labios del rabino se derramaba el almizcle:

«Yo duermo, pero mi corazón está velando. ¡Escuchad! Mi amado llama. "Ábreme, hermana mía, amiga mía, paloma mía, inmaculada mía, porque mi cabeza está empapada de rocío, y mis cabellos con las gotas de la noche".»[10]

Silencio.

Jadeante el alma, se encontró de repente arrodillado, besando la mano del anillo. Yael al otro lado. Uno era el guía, la otra el guardián. ¡Había sido iniciado!

—Permanece aquí, serás llamado a comer. —Y diciendo esto, le dejaron solo.

La yegua negra, de largas crines con reflejos azules, era de mansedumbre casi dulce, adecuada para que la montara

10. Cantar de los Cantares V, 2

Rabí Yonatán a su edad. El caballo de Mukhtar, entre árabe y beréber y de temperamento más vivaz, se tranquilizó después de un buen rato de caricias en el cuello blanco moteado de grises, como los flancos. No obstante, volvía la cabeza con frecuencia para mirar a su jinete. Yael montaba el suyo, que había traído de Tulaytula, y que demostraba su contento caracoleando elegantemente con paso refrenado. El de Nerías, el único que pudo prestarles el vecino, si bien no tenía mala planta, era de corvejón recto, lo que resultaba en un trote brusco, trabajoso. Ya le fastidiaba bastante cabalgar después de comer, como para preocuparse de los andares del animal. Él ya estaba cansado o más bien harto cuando atravesaron Bab al-Chawz, la siguiente puerta al norte de la de Ishbiliya, y torcieron al oeste en dirección a Medina Azahara. «¿Qué se nos habrá perdido en esas ruinas?», pensaba, mientras cruzaban los arrabales de extramuros.

El rabino les iba mostrando las huertas, las acequias, los cultivos, con aclaraciones sobre tal o cual peculiaridad del riego y la regularidad que debe tenerse; de las alfaguaras o de la riqueza de los frutos, de las arboledas y los cuidados que hay que prestarles contra las enfermedades que les atacan. Únicamente hablaron hasta dejar atrás las últimas casas. En cuanto salieron a campo abierto espolearon los caballos para ponerlos a un galope cómodo para los animales, pero constante.

Mukhtar se preguntaba, entre tanto cabalgaba a la vista de cipreses como lanzas, cómo podía estar tan lejana una ciudad palatina. Parecía concebida para distanciarse del pueblo, para gobernar a su espalda. ¿Tal vez para ser más ecuánime, más ponderado, o más injusto el Califa de Occidente?

El caballo de Yael se acercó, emparejándose. La capa de la mujer, ondulante por el viento, daba a veces en la grupa del suyo. Podía oír el collar de plata, que ella llevaba siempre, chocando regularmente contra su pecho. En un hoyo, los corceles sufrieron un vaivén, tropezándose, y sus piernas se encontraron fugazmente. No notó su tibieza, pero sí la forma torneada de la extremidad femenina. ¡Qué sentimiento de placer inusitado! Pero la presión del efímero roce, el eco del contacto, se disipaba con desconsuelo conforme su piel se recuperaba. Inaprensible se derrama el agua entre los dedos. Habría ansiado conservarlo eternamente, infinitamente retenido. Ella lo miró sonriendo, ajena. Él se sonrojó, temeroso de que afloraran al rostro sus pensamientos, pudiendo ser leídos.

Ben Akiva no usó las riendas. Con una leve presión de su rodilla, la yegua giró hacia el antiguo camino que se abría a la derecha. Los demás le siguieron por la cuesta, más empinada por momentos, de la, ahora, desamparada falda. En su glorioso tiempo, la más custodiada de al-Ándalus.

131

Por fin aparecieron ante ellos las colosales ruinas de la ciudad olvidada, simulando brotar de la tierra misma. A su izquierda, los restos de la mezquita aljama. Al frente, cuatro grandes arcos todavía de pie, uno mayor que los restantes, constituyendo un pórtico monumental al Oriente. Allí descabalgaron, quedando Nerías a cargo de las caballerías.

En lo que la vista abarcaba, se adivinaban jardines y construcciones repartidas en terrazas.

Traspasaron el arco principal, de gigantescas proporciones.

—He aquí Medina Azahara —exclamó Rabí Yonatán, mientras ascendían—. Una ciudad mezcla de muchos deseos, todos humanos, no todos confesables, de un hombre, el más poderoso de su tiempo: al-Nasir Abderrahmán III ben Muhammad; aquél que se nombró a sí mismo Califa, aunando así el poder civil, el militar y el religioso, y no satisfecho con ello, quiso proclamar su fuerza a los cuatro vientos, erigiendo una ciudad fabulosa ante cuya pompa y riqueza claudicaban los extranjeros y cuya fama alcanzó los lugares más remotos de la Tierra. Para cumplir este deseo, trabajaron diariamente diez mil hombres y se trajeron mármoles y maderas nobles de donde fue necesario, sin reparar en el gasto que representaba. Sus arquitectos pensaron en los más mínimos detalles y se construyeron calles, pasadizos, jardines, conducciones subterráneas de aguas y atanores de plomo.

»Países lejanos, donde las columnas imitaban la flor del loto o del papiro, palidecieron como tristes remedos de la belleza. Los mejores jardineros —continuó explicando, camino arriba entre piedras—, diseñaron complicados arriates de mirtos, y macizos de flores fueron dispuestos estratégicamente para seducir de día con la armonía de sus colores, y de noche... ¡Ah, las noches! En las noches de verano, el ambiente se perfumaba con la brisa en un concierto de aromas de jazmín, dama de noche y de exquisitas mixturas de incienso, ardiendo en preciosos pebeteros de plata labrada. Los grillos silenciaban su canto, atentos a las melodías de los más sobresalientes músicos, que interpretaban sus recitales sabiendo que su arte sería premiado con gruesas perlas o piedras preciosas. Las bailarinas escogidas eran tan gráciles, que algunos las creían venidas del Paraíso para danzar ante el Califa, tales eran sus dones y su hermosura. Sus pies descalzos, con ajorcas de oro en los tobillos, evolucionaban sugestivamente sobre alfombras de arabescos admirables, traídas del Irán o de la Arabia.

El rabino se sentó sobre una piedra, a fin de descansar un poco, en el camino a la estancia del trono. Mukhtar aprovechó para contemplar el horizonte. Vuelto hacia el sur, se veía toda la vega del wadi al-Quebir y hacia el este se dominaba Qurtuba entera, recostada sobre la llanura; más de lo que soñaría el más exigente de los vigías. «Éste sería uno de los objetivos del enclave», pensó para sí.

—Estas piedras —prosiguió Ben Akiva—, ahora rodeadas de malas hierbas y nido de lagartijas, vieron pasar las más ricas comitivas, lujosamente ataviadas. Generales, altos oficiales a caballo, soldados con cotas de malla resplandecientes, hombres de tez oscura venidos de las montañas del norte de África, con grandes capas blancas, espigadas lanzas y escudos de piel de antílope, arqueros con sus aljabas repletas de flechas mortales, esclavos negros, todos en perfectas formaciones militares, temibles para el enemigo.

»Seguramente os preguntaréis —agregó—, cuáles fueron las circunstancias que originaron la fundación de esta ciudad o con qué finalidad fue construida. No es fácil descifrar las motivaciones humanas. Unos dicen que el soberano se concentró en la construcción para no pensar en la derrota que le infligieron los cristianos en Alhándega[11], o que fue la consecuencia natural de la opulencia del califato, al que debía dotársele de otros medios más adecuados para ser dirigido con eficacia. Es posible que, no obstante, obedezca al deseo de manifestar orgullosamente su inmenso poder o, quizás, a todas estas razones juntas. Incluso puede ser cierta la leyenda de la concubina. No sería la única obra que se emprende por amor —sentenció.

»Se cuenta —dijo, comenzando la narración—, que un día en el que Abderrahmán III se encontraba en el patio de la mezquita aljama, no la de aquí, que no existía, sino la de Qurtuba, su mirada encontró el rostro de una esclava de la que, al instante, quedó prendado. Era una mañana clara. Los pájaros retozaban entre el ramaje de los árboles del patio, sólo atentos, agradecidos, a la abundancia de los regalos de

133

---

11. Por las tropas de Ramiro II, probablemente en el valle del Tormes.

Adonai. El olor del fruto del naranjo inundaba el ambiente. Se aproximó a ella, queriendo conocer su nombre. «Azahara, mi señor» —declaró ella—. «El aire huele a tu nombre, Azahara» —fue la respuesta de él. El canto del muecín resonó en los arcos, pero ella ya corría por entre sus venas, abrasándolas. Sería su concubina favorita hasta la muerte. Se propuso construir una ciudad en su honor, llamándola como ella.

»Era nacida en Gharnata. Cuando ya se hubieron trasladado a su nueva residencia, Azahara, desde una ventana, contemplaba con melancolía la caída de la tarde. El monarca la interpeló: «Te siento triste, ¿qué niebla ensombrece tu alegría? Dime qué deseas para que pueda concedértelo». «Ni tú, con todo tu poder lo conseguirías. Anhelo las nieves de mi tierra» —dijo la amada—. «Nevará para ti, Azahara» —contestó el amante. Y plantó de almendros la falda del yebel al-Arús, que cuando florecieron con sus flores blancas, imitaron las cumbres nevadas de su querida sierra.

El anciano hizo silencio mientras se levantaba de la piedra, para seguir el camino. A la altura de una gran alberca vacía, reanudó su relato:

—Esa grava que hoy yace desechada, tal vez formara parte de alguna de las más de cuatro mil columnas que provocaban el canto de los poetas. En este salón, llamado Salón Rico —dijo, penetrando en él—, se alternaban columnas verdes y rosas bajo los arcos de herradura, traídas expresamente de África, como las que aquí quedan. Oro y ébano cubrían sus puertas, a veces marfiles. El Omeya mandó colocar tejas de oro y plata y fue amonestado valientemente por el cadí Mundir ben Said, por su escandalosa conducta, de tal manera que consintió en retirarlas. Del techo colgaba una enorme perla, regalo de León VI, emperador de Constantinopla. El Emir de los Creyentes, sentado en su trono sobre cojines de seda y brocado, recibía a embajadores y dignata-

134

rios extranjeros rodeado de sus visires y el resto de su corte. Poseía una pila llena de azogue que hacía remover, cuando el sol daba en ella, y el techo y las paredes se revestían de relámpagos luminosos que asombraban a los extraños. Haciendo uso de su sentido del humor, aseguraba, sin inmutarse, que eran los reflejos del sol sobre los alfanjes de los guerreros, en el cambio de guardia, intimidando, aún más, a los enviados de otros reinos, que ya lo estaban bastante ante la suntuosidad y la pompa en que se envolvía. Esta cámara regia ha oído los más exquisitos poemas de alabanza y los ha visto escritos sobre suaves pergaminos de piel de asno, los de mayor calidad, con sellos de oro. Pero también ha sido testigo de amargas decisiones, como la del ajusticiamiento de Abd Allah, hermano de al-Hakém II, por haber conspirado por la sucesión al trono, instigado por el ambicioso Ahmed ben Muhammad, que pereció con él. Sólo se salvó uno de los tres participantes de la conversación, Sahed al-Ward, el Señor de la Rosa, que era inocente de la intriga.

Abandonando el salón, salieron de nuevo a su pórtico. El judío extendió los brazos, como si con ellos quisiera abarcar los jardines, para decir:

—Los negros ojos del rubio al-Hakém II al-Mustansir billah pasearon muchas veces sobre la superficie de las aguas de estos cuatro estanques. Durante su mandato, la cultura llegó a la cima más alta, sin dejar de ser poderoso. Su biblioteca contaba con más de cuatrocientos mil volúmenes y mantuvo a su costa a un gran número de poetas, artistas y sabios. Él también amplió esta ciudad y reconstruyó edificios que habían quedado viejos, manteniéndola viva, deslumbrante. Pero todo orto tiene su ocaso. Esta prodigiosa obra del hombre, ahora desertada, fue destruida por Sulaymán al-Mustaín a la cabeza de sus bereberes, en el 1010 de los cristianos. En total brilló setenta años. ¿Un escarmiento divino a la soberbia humana?

De vuelta a los caballos, fue recitando los nostálgicos versos de Ibn Zaydun:

«Desde al-Zahra con ansia te recuerdo.
¡Qué claro el horizonte!
¡Qué serena nos ofrece la tierra su semblante!
La brisa con el alba se desmaya;
parece que se apiada de mis cuitas,
y, llena de ternura, languidece.
Los arriates floridos nos sonríen con sus aguas de plata
que parecen collares desprendidos de las gargantas.
Eran así nuestros días pasados, cuando,
aprovechando el sueño del destino,
fuimos ladrones de placeres.»

El plácido sueño de Nerías, a la sombra del árbol, fue interrumpido bruscamente por los movimientos de inquietud del caballo de la mujer, que la vio venir. Instintivamente miró la altura del sol. Respiró aliviado, llegarían a tiempo a la sinagoga.

De regreso a la casa, las mujeres encendieron la luminaria al ponerse el sol. Primero Yael y después Miriam, la dueña de la casa, sobre quien recae el privilegio de dar por iniciado el Shabat.

—¡Shabat shalom! —se desearon entre sí.

Al desearle Yael los buenos días, Mukhtar tuvo un pequeño sobresalto. Tan ensimismado estaba en la conversación consigo mismo, que no sintió sus pasos en el salón. Era once de Muharram, no habían pasado dos semanas, pero ¡cuánto había visto y aprendido...!

—¿Qué piensas? Vamos, no podemos perder el tiempo —le decía Yael, detrás de aquella sonrisa—. Nuestro día sagrado no está reñido con la enseñanza; así pues, ya que Abigail está hoy con su familia, he pedido a mi tía que nos acompañe a pasear por la judería, dando tiempo a que acaben sus misas los cristianos para entrar en la mezquita aljama. Mi tío está cansado de la tarde de ayer y no vendrá, pero él me la enseñó a mí.

Miriam, bien vestida, pero sin lujos excesivos, no se hizo esperar demasiado y los tres salieron a la calle.

Anduvieron despacio, de paseo, comentando las impresiones sobre la visita a Medina Azahara, que Yael tampoco había conocido hasta ese día. Ambos habían sido seducidos por la belleza descrita por Ben Akiva pero, fundamentalmente, sentían añoranza de un tiempo en el que no les había tocado vivir, pero que podían imaginar, donde la sensibilidad y la cultura no estaban enemistadas con el poder. Bajo el poderío cristiano, las cosas habían cambiado mucho. No se impulsaban las artes, se condescendía con ellas, que es bien distinto; como si la cultura fuera exclusivo patrimonio de los débiles.

—Sin embargo —intervino Miriam—, ése es el lamento tradicional del hombre, que siempre se queja del poco valor que conceden sus contemporáneos a las artes y al refinamiento. Tú, Mukhtar, que citaste a Ibn Gabirol, debes saber que él ya se dolía de los suyos en su tiempo que, lejos de entenderlo, lo tacharon de nigromante y lo desterraron de Saraqusta:

> «No son vuestros cuellos capaces
> de soportar el oro de mi luneta.
> Si los simples abrieran
> su boca a las lluvias de mi nube,
> gotearía el vapor de cinamomo.
> ¡Ay de la inteligencia, y ay de mí!
> pues semejante pueblo es mi vecino;
> la ciencia de Dios consideran
> como conjuros y cosas de adivinos...»

137

—Sí, querida tía —abundó Yael—, pero hay que añadir que su lengua era bien afilada y su orgullo no conocía la compasión hacia sus semejantes, menos dotados de inteligencia que él. La repulsa que sentía hacia sus coetáneos era de tal grado, que en sus versos penaba por morir cuanto antes.

—Esas declaraciones son muy duras —dijo Mukhtar, volviéndose hacia ellas—, pero ¿acaso no lo es también la vida con un hombre perpetuamente hostigado por la enfermedad e incomprendido por su comunidad? A los padecimientos físicos, le sumaba la indiferencia de todos. Puedo entender su soledad y su dolor, así como, aunque no lo hayas dicho, sé que no pasa desapercibido para ti, Yael, que ésa no era la única razón de su impaciencia por escapar de la materia. Su alma ansiaba las alturas.

El gesto y la mirada de Yael se enternecieron ante la defensa que, del sabio judío, hacía el musulmán. Se demostraba con ello la superior importancia que éste concedía al humano, por encima de creencias religiosas, y un juicio esforzado en penetrar más allá de lo evidente a primera vista.

—Y le fue otorgado —respondió ella—. Murió con poco más de treinta años.

«Hay seres escogidos», pensó Ibn Saleh, mientras doblaban una esquina que les dejó ante la gran mezquita, por el lado del minarete. En el patio se aglomeraban los cristianos hablando en grupos, acabada la misa; la ocasión para entrar sin ser importunados.

Yael había previsto la expresión de asombro del hombre y se detuvo a mirarle. Él también se había detenido, boquiabierto en la inmensidad del templo. Cientos de lámparas de aceite con miles de llamas lo iluminaban titilantes, reflejándose en los arcos y en las columnas, que parecían dotados de movimientos vacilantes, como si la luz titubeara por reverencia, antes de rozarlos. A Mukhtar se le antojó un palmeral ultraterreno. Las dovelas de los arcos estaban teñidas de rojo y blanco alternativamente, semejando un ritmo impreso dentro de otra cadencia mayor, los arcos. ¿A qué clase de sinfonía perfecta, repetitiva, aludían?

Miriam, habida cuenta de la intimidad que su marido procuraba proporcionarles, se retiró prudentemente aduciendo como excusa que prefería pasear por la mezquita.

Yael se aproximó para hablarle en voz baja a Mukhtar.

—Los cristianos dicen que ésta era una iglesia cristiana allá por el 755 de su era. Es verdad, y a pesar de serlo, no es del todo cierto. Misterioso, ¿no?

Mukhtar la miró sin comprender.

—Ahora mismo —continuó la judía—, estamos sobre la parte primitiva, antes de las ampliaciones, y las columnas están donde fueron colocadas por primera vez. Cuando Abderrahmán I ben Moawia entró victorioso en la ciudad, se proclamó emir ante el pueblo en este templo. Pero un musulmán, un creyente en la unidad de Alá, ¿estaría inclinado a llevar a cabo esta ceremonia en el templo de una religión trinitaria? No, nunca. Pero ¿y si nos estamos refiriendo a un cristianismo unitario, al que imperaba en la península, visigoda por entonces, al llamado arrianismo? ¡Ah! Entonces la cosa es diferente, porque aunque difiera con el Islam, la creencia en lo unitario es fundamental. La propia disposición de las columnas nos revela la clase de ritual para el que fue construido. En nuestras sinagogas, la visión del rabino no es necesaria, es suficiente con oírle, como ocurre con vuestros imanes y como acontecía con el sacerdote arriano. En cambio, la observación de las evoluciones del oficiante trinitario, el cristianismo actual, es principal para el seguimiento de la misa. Es evidente que tal cantidad de columnas lo impedirían.

—¡Qué maravilla! ¡Qué paz se respira! —exclamó Mukhtar.

139

—Espera a conocerlo mejor. Ven, sígueme.

Ambos dieron algunos pasos hacia el sur.

—Conforme la población se incrementaba, se vio la conveniencia de ampliar la mezquita para que cupieran el mayor número de fieles; al mismo tiempo, hubo de elevarse para mantener proporciones que no provocaran sensación de asfixia; ése es el motivo de los arcos más altos que, como ves, no imitan herraduras, como los más bajos. Es fácil suponer que las columnas no sostienen una masa tan enorme, no lo soportarían. Los sabios alarifes repartieron el peso con la propia presión que ejercen los arcos entre sí.

Las ampliaciones fueron obra de Abderrahmán II, Abderrahmán III, que se limitó al patio y a la reconstrucción del minarete, y al-Hakém II, que hizo la última prolongación hacia el sur. Finalmente, al-Mansur la ensanchó en toda su longitud. Abd-Allah, abuelo de Abderrahmán III, hizo construir un pasadizo entre el palacio y la mezquita, el sabat, para entrar en ésta discretamente. Al-Hakém II lo derribó para reproducirlo tras su nueva obra, junto al muro de la quibla.

Mukhtar notaba la tensión de su manga, de la que tiraba Yael para que le siguiera bajo los arcos como encajes, polilobulados y entrecruzados —como están entrelazadas las vidas de los hombres—, que daban acceso a la macsura. Chisporroteó una lamparilla. El olor del aceite quemado impregnaba la atmósfera y penetraba en su olfato hasta el paladar. Caminaba embelesado por entre aquel palmar petrificado por la serenidad. Acarició, al pasar, una columna de vetas quebradas. Sintió el frío mármol en su piel, pero también el fervor de la majestuosa piedra, dispuesta durante siglos para honrar a lo sagrado. Al fondo fulguraba el mihrab.

—A Abderrahmán III le fue regalado este mihrab, dicen que el más bello del mundo, desde Bizancio. Aquí fue enviado un maestro con todos los materiales, y durante años él y los discípulos que hizo en Qurtuba trabajaron en la colocación de estos mosaicos. Se cuenta que en esa ampliación de al-Hakém II, se llevó el mihrab a donde ahora se encuentra y que el soberano quiso estar presente en el traslado. Seguramente, la mirada extasiada en el oro de la luz que resplandece. Fijas las pupilas en el arco que marca la curva del planeta. La mente abandonada en las diecinueve dovelas de atauriques del arco que, por reducción pitagórica, remiten a la Unidad. El espíritu inquieto ante la dualidad de sus columnas a la vista, simbólico recuerdo de Jakim y Boaz, las columnas del Templo de Salomón.

»Recuerda la cábala y la verás representada: el arco, que con sus dovelas parece que se expande o, al contrario, que es emanado de un plano superior, es Kether; las columnas, Chokmah y Binah. El triángulo superno.

»El mihrab, repleto de vacío, punto hacia el que están dirigidas todas las miradas, es en realidad el espejo que debe devolver esa mirada hacia el propio hombre, como mira Dios a su Creación. Por ello, la esencia no es el mihrab, la esencia de la mezquita es el hombre conectado al universo por medio de la oración.

»El estallido de la luz, el efecto de las temblorosas candilejas sobre los mosaicos dorados —decía Yael, acercándose más al mihrab—, sume al observador en una realidad incierta; en su confusión, es asaltado por incalculables brillos que semejan el destellar de las estrellas de la noche, cobrando vida las teselas. Si levanta la vista, en esa franja horizontal arriba del arco, lee, y comprende mejor que nunca la aleya veintidós de la sura LIX: «Él es Dios. No hay Dios sino Él. Él conoce lo desconocido y el testimonio. Él es el Clemente, el Misericordioso.»

Ibn Saleh captaba el valor de las explicaciones de la mujer. Recordó las de Târek sobre los azulejos. Si no hubiera sido por las lecciones del médico, ahora no estaría en disposición de entender, porque la estupefacción no le dejaría apreciar nada.

Yael calló unos instantes para que la mente del hombre divagara, se recreara y se dejara llevar de la hermosura, para que la mezquita, el mihrab, lograran su propósito hipnótico.

Mukhtar se volvió, ¿quizás cegado, aturdido? De espaldas al mihrab, observaba cómo la sombra era cómplice de la luz; cómo en un espacio tan grande, la luz, ayudada de la sombra, remarca pequeños detalles, sedimentos arrancados de la tierra, imperfecciones en el mármol de las columnas, que las hacen más cercanas, más tangibles; que, por más íntimas, las vuelven más cálidas.

Un brillo del collar lo hizo girarse del todo hacia la judía. La delicada mano lo instaba a introducirse en la exigua cámara del mihrab, el único con hechura de habitación.

—El interior, octogonal, culmina en su cúpula con una concha, una venera, de diecinueve concavidades entre sus estrías radiales. Diecinueve, como el número de dovelas. ¡Qué casualidad!, ¿no te parece? —le preguntaba, curvados los labios en dulce sonrisa.

Él ya sólo miraba ese rostro. Sus cuerpos tan próximos, la mirada tan luminosa, tan tierna, desvaneció su voluntad. Tomó su mano. Yael se ruborizó y sus ojos aletearon turbados, pero no rehusó la de él. Al cabo de unos momentos, así cogidos, ella reaccionó y liberó la suya suavemente, sin rechazo, con el pretexto de enseñarle el almimbar.

Mukhtar la siguió, asombrado de sí mismo pero internamente dichoso por la debilidad que le había procurado tal audacia. Víctima de su nerviosismo, no conseguía centrarse en las explicaciones de Yael. Había reparado en la aceptación muda de la mujer.

Los ojos bajos, la cara encendida y las facciones perceptiblemente tensas; trémula la mano que señalaba, ella continuaba hablando con la voz sofocada:

—Nunca un imán tuvo un mimbar tan hermoso —decía—. Tiene treinta y seis mil incrustaciones de ébano, sándalo, cerezo y marfil en todo su conjunto, incluidos sus escalones. Los viernes era perfumado con ámbar. Imagino cómo luciría en Ramadán, cuando se encendían todas las candilejas de la macsura.

Abandonaron la macsura y vieron a Miriam que avanzaba lentamente hacia ellos. Fueron a su encuentro en silencio, entre columnas que alternaban tonos rojos y azules. «¿Notaría ésta el azoramiento de Yael o, quizás, el mío?», pensó Mukhtar.

—¿Habéis terminado ya? —preguntó Miriam.

—Nos queda muy poco —contestó Yael—. Acompáñanos —dijo, sin detenerse—. Sólo nos resta esta parte, la de al-Mansur.

—Fíjate —le decía a Mukhtar—, aparentemente es igual que el resto, pero algo proclama su diferencia. Es, en realidad, una simple copia. Los arcos bajos también son de herradura y de piedra, pero las dovelas ya no son de ladrillos rojos y piedra caliza, sino pintados para lograr el mismo efecto. Esta construcción se distingue de la otra en que carece de la gracia, del aliento del conocimiento. Podríamos decir que le falta la magia que tiene todo templo sagrado, reduciéndose a ser una burda edificación lateral destinada a cumplir una función, pero ya no origina sugerencias, emociones.

Ibn Saleh estaba admirado de la sapiencia de la hebrea. ¡Era tal y como ella lo describía! Al cruzar a la ampliación de al-Mansur parecía que se pasaba de un mundo cargado de mensajes, a una tosca prolongación descarnada, completamente desposeída de misterio.

Yael dio por terminada la visita. Él pidió salir por la puerta de acceso al templo primitivo para saborear la finura califal y ver al fondo, hacia el mihrab, aquellos arcos entrecruzados, bordados de esmero. En el patio, algunos cristianos observaron el extraño grupo formado por dos mujeres judías y un musulmán, pero sólo era la curiosidad que siempre despiertan los vencidos.

Mukhtar no veía el suelo que pisaba. Seguía a las mujeres por el laberinto de callejuelas, pero despreocupado de saber por dónde andaba. Luchaba por pensar únicamente en la mezquita, en repasar los comentarios de Yael para fijarlos en la memoria, en sus propias percepciones o en asumir las que le habían sido apuntadas. Se sentía un ingrato que, en lugar de estar atento, al menos como correspondencia al esfuerzo de ella, y no sólo de ella, también de Miriam por estar obligada a acompañarlos, cedía a la tentación de regocijarse en su atrevimiento, en el cálido tacto de la pequeña mano y, sobre todo, en el descubrimiento de la buena acogida de ella. ¿Y si esto, que él daba como un hecho, había sido una impresión suya motivada por el deseo? La suave retirada de la pequeña mano, ¿había significado realmente aceptación, o discreción amable para evitar la atención de Miriam y el consiguiente escándalo? En ese caso, ¡él se había aprovechado de su cercanía y su inocencia para someterla a una situación penosa! ¡Ésa era su gratitud para con ella y con su tío, que precisamente le había advertido! ¡Qué poco había necesitado para traicionar la confianza de todos...! Sólo cabía una solución: buscar una salida airosa y marchar sin demora antes de producir una ofensa irreparable y provocar la indignación del noble anciano. Y ya que había sido tan osado, también lo sería para pedir disculpas en la primera ocasión que pudiera verse a solas con Yael.

Entraban en el portal. En todo el camino había estado tan distraído, que no había oído el diálogo de las mujeres. En el pasillo se cruzaron con Nerías. Fueron derechos al salón, donde les esperaba Ben Akiva. Mukhtar no llegó a sentarse porque, en el instante en que iba a hacerlo, sonaron golpes

144

seguidos de quejidos. Salió corriendo hacia la cuadra, de donde parecían provenir.

Nerías, caído cuan largo era sobre la suciedad de la cuadra, cubría con un brazo su cabeza y con el otro el costado. El caballo de Yael, con los ojos desorbitados, coceaba desquiciado. El musulmán trató de calmarlo, pero a punto estuvo de ser alcanzado él mismo. Sin pensarlo, se interpuso entre el animal y el sirviente. Recibió una coz en la cadera, amortiguada por su propio brazo. Aguantó el dolor y, agarrando al hombre por la ropa, lo arrastró hacia sí. Yael había entrado y empezaba a dominar al cuadrúpedo, lo que aprovechó Ibn Saleh para pasar sus manos por debajo de las axilas de Nerías y sacarlo hasta el pasillo. Allí se hallaban ya, alarmados, el rabino y su mujer. Con el auxilio de aquél, lo levantaron y, sostenido por los brazos, a cada paso un lamento, fue caminando hasta el salón, mientras Miriam traía agua. Nerías tenía la cara blanca y contraída por la conmoción y el dolor y no paraba de quejarse del costado. Ben Akiva resolvió que había que llamar a un médico. Le dio instrucciones a Mukhtar sobre cómo encontrarlo y le pidió que buscara un medio para mandar recado a la familia del sirviente.

Mukhtar halló la solución de lo segundo nada más salir a la puerta. En un primer momento, a los tres niños que jugaban en la calle acosando un gato, la interrupción del forastero les fue fastidiosa, con lo bien que tenían arrinconado al felino, que ya reculaba con el pelo erizado; pero los tres conocían a Nerías, sabían dónde vivía y obtener unas monedas por echar una carrera hasta la casa, situada unas calles más hacia el norte, cambió su opinión del extraño. Muy contentos, renunciaron a su presa y se largaron a dar el aviso como si les persiguiera el diablo. El gato, aún inmóvil, miró al hombre para calibrarlo, por si era un nuevo enemigo, pero viendo que era ignorado, dio unos pasos y se subió a la tapia bañada por el sol.

Para cuando regresó Ibn Saleh con el médico, Ajsá y Orpá, seguidas del rabino, habían ayudado a Nerías a subir la escalera, con muchas dificultades y las constantes protestas de éste, para llevarlo a la habitación lindante con la de Yael y también vecina de la suya. Tía y sobrina se afanaban en mojar trapos con los que, aplicados a la frente, decía sentirse mejor. La esposa también había llegado y se había apresurado a lavarlo, quitándole todo rastro de inmundicias. El médico estuvo a solas con él un buen rato, mientras el resto de habitantes de la casa permanecían en el salón, rehaciéndose del nerviosismo. Nadie había comido nada. Al fin bajó con el diagnóstico: dos costillas rotas y una magulladura en la pierna izquierda. Lo había vendado y estaba más tranquilo, pero era conveniente que no se moviera y que, al menos esa noche, la pasara en casa de Ben Akiva.

146 El médico se despidió y todos volvieron a la habitación. El color había retornado al rostro del personaje, pero conservaba la pose dramática. Se sentía importante, protagonista, y le gustaba ser el centro de atención. Haber visto todas aquellas caras de preocupación y el alboroto que se había organizado en torno a él era muy gratificante. En particular, la desazón de Rabí Yonatán declaraba el aprecio y la valoración de su papel en aquella familia. Y de todo ello era testigo su mujer. ¡A veces, algunas contrariedades valen la pena! Sus palabras, sin embargo, contradecían sus pensamientos:

—Siento haberos producido tantas preocupaciones —dijo—. Paseaba por la vecindad y entré a la cocina a beber agua, antes de continuar para mi casa. Oí ruidos en la cuadra y me acerqué a ver qué pasaba. Algo había asustado al caballo, se encabritó más al verme y me lanzó una patada a la pierna que me tiró al suelo y la siguiente me dio en las costillas. Así estaba cuando, para mi suerte, en-

tró Mukhtar que, ayudado de Yael, se expuso y valientemente me salvó de lo que creo que hubiera sido una muerte cierta.

El rabino lo contemplaba bondadosamente, pero ¿había
una nota en sus ojos como de parecerle un tanto exageradas
las conclusiones de Nerías?

—En mitad de la confusión —continuó—, me pareció
que tú también recibiste una coz, Mukhtar.

—No tiene importancia, Nerías —replicó éste—. Ha sido
leve, pude defenderme con el brazo. Es sólo una pequeña
magulladura.

—Debió examinarte el médico —dijo Yael.

—De verdad, fue un golpe con suerte. Ahora es sólo una
molestia, nada más —insistió Ibn Saleh.

—Bien —intervino Ben Akiva—, Mukhtar, si cambias de
opinión basta con que me lo digas y yo mismo te acompaña-
ré a casa del médico. También yo estimo tu valor y lo que
has evitado arriesgándote. Nerías nos es imprescindible
—dijo, mirando a Nerías con la misma expresión de antes—.
Por cierto, te quedarás esta noche aquí, como nos ha sido recomendado, y las que quieras, claro. Tu mujer puede traerte
ropa para que estés más cómodo y visitarte cuantas veces
desee, naturalmente. —Y se dirigió al grupo—. Si alguien
tiene hambre todavía, no tiene más que comer. Yo voy a descansar un rato.

—A mí se me pasó el apetito, prefiero ver cómo están las
cosas en la cuadra —dijo Yael.

—Ten cuidado —opinó Mukhtar—. Mejor te acompaño,
si no te importa.

En la habitación sólo quedó, con el maltrecho Nerías, su
mujer, sentada en el filo de la cama. Ajsá y Orpá se fueron a
la suya, imitando a los dueños.

En la caballeriza se había restablecido la calma. Los animales estaban tranquilos. La judía, no obstante, acarició ca-

147

riñosamente el cuello y la cara del caballo. Mukhtar, a su espalda, vio el momento de hablarle.

—Yael, quiero aprovechar que estamos solos para pedirte disculpas. —Ella se volvió, sin dejar de mimar al animal—. Sí, lo ocurrido en la mezquita aljama, en el mihrab, fue imperdonable, lo sé, pero no pude evitarlo. Me invadió una ternura desconocida. —La mujer, sonriente, se acercó un poco más. Podía ver sus ojos, ¡tan bellos!, tan cercanos, que distinguía cada detalle de sus pupilas. Los labios, con esa sonrisa indescriptible, y el aroma de violetas que emanaba de su cuerpo remontando arteramente su olfato para aposentarse en lo más profundo de su mente, en lo más íntimo, en algún lugar acogedor y sosegado que debía pertenecerle a ella o estarla esperando desde siempre—. Mi voluntad... —Y notó cómo la mano de ella cogía la suya, cómo se acercaban las orillas de su boca—. No pude contenerme... —acertó a decir, antes de hundirse en la vorágine de aquel beso, como en un precipicio sin fondo infinitamente ansiado, al final del cual, daba lo mismo el dolor o la muerte.

Mukhtar saboreaba el encanto de un sueño prohibido hecho realidad. Permanecía fundido a los labios de Yael. No se atrevía a apartarse de ellos; temía que, al hacerlo, se disolviera el hechizo, irrecuperable. Nunca había besado a nadie, pero algo instintivo, remoto, lo empujaba a hacerlo con desesperación, con una avidez inaudita, insaciable. Despaciosos, con extremada languidez, se separaron para mirarse. No era un sueño. Yael, sin renunciar al abrazo, apoyó la cabeza en su pecho. Él la retiró, no se cansaba de mirarla. Se oyó decir:

—Creí que era imposible dar respuesta humana a la belleza de la luna llena, a la delicadeza de los pájaros, al alegre parpadeo del vuelo de las mariposas o a la candorosa ternura de la mirada de la corza. Pero, al verte, descubrí que eran ensayos de Alá antes de reunirlo todo en una sola criatura.

¿Qué puedo hacer? —se lamentaba—. Ahora soy prisionero del ensueño de unos ojos de ensueño.

Ella persistía alojada en sus pupilas, pero tiró de él hacia el patio, que rebosaba de la luz de la tarde, para hablar junto a la fuente, protectora de secretos.

—¿Qué vamos a hacer ahora? —se preguntaba, en voz alta, Mukhtar—. Lo tenemos todo en contra. Nadie aprobará nuestro amor perteneciendo a comunidades distintas, y menos aún porque pensarán que he abusado de la confianza de tu tío. Tú tendrás que volver a Tulaytula con tu padre y, por si fuera poco, no tengo dinero ni bienes que ofrecerte... ¿Qué futuro nos espera?

—Deja que la vida nos responda —contestó Yael—. No te adelantes a los acontecimientos y vive el presente.

—¡Eso mismo decía Mustafá! —interrumpió él—. Pero los dos sufriremos y... ¡por Alá que no me importan mis padecimientos como los tuyos!

—No me inquietan, quedan compensados —dijo ella—. Ahora he conocido el amor. Verás, Mukhtar, yo me casé como todas, muy joven y por la manera tradicional. Mi marido, joven también, fue escogido por mis padres. Era un buen hombre y era probable que hubiéramos sido felices, pero murió casi enseguida, por una caída del caballo. Ni siquiera nos dio tiempo a concebir un hijo. Yo quedé muy triste, pero el tiempo lo va cicatrizando todo. Esto que nos ocurre ahora es un regalo inesperado para mí, dure lo que dure.

Ibn Saleh la miraba pensativo, acariciando su barba y tirando de ella justo debajo del labio inferior, como solía hacer cuando reflexionaba o estaba intranquilo. Sentado en la silla de tijera con una pierna cruzada sobre la otra, tenía buen cuidado de no encararle a ella la suela del calzado, pues aunque en el sur no se le concedía importancia en la intimidad —no así en situaciones de protocolo—, podría, sin embargo,

149

ser una muestra de mala educación en Tulaytula, como sabía que lo era en otros países musulmanes, en donde llegaba a constituir toda una afrenta.

—No lo veo así, Yael. Lo único que conseguiremos será acrecentar el dolor de la separación muy por encima de la dicha de unos días. ¿No es mejor que me vaya? Ahora estamos a tiempo. —Observó sus ojos alarmados y añadió—: Pero me someteré a tus deseos.

Ante la respuesta, se relajó el semblante de la mujer; mas eso no significaba que fuera tan ingenua o tan inconsciente como para desconocer las dificultades. Entendía perfectamente que, más que dificultad, se trataba de imposibilidad, pero quizá por eso quería asirse al presente con más fuerza, a la felicidad que le brindaba. Ya que no obtendría nada en el futuro, ¿por qué malgastar ese presente?

—Como bien puedes suponer, no tengo experiencia —intervino ella—, pero esto que nos sucede debe ser infrecuente. A mí misma me parece inverosímil. Si no he puesto obstáculos a tu muda propuesta es porque ha pesado mi convencimiento de que nos conocemos desde siempre y que algo irresistible nos atrae. ¿Es eso el amor?

—No sé responderte. Yo también tengo esa sensación familiar, aunque absurda. No nos hemos visto nunca y no creo que me hubiera atrevido a soñarte.

La mirada expresa matices que al verbo le son inalcanzables. La de Mukhtar era entregada; la de ella, más tierna, era a la vez más inquieta y más soñadora. Rememoraba instantes secretos en que se había encontrado pendiente de cualquier gesto del musulmán, a sus ademanes o al tono de su voz. Cómo los siempre imprevisibles hilos del corazón se trenzaban inadvertidamente alrededor de aquel otro ser, rendida a su apariencia desvalida. Ella lo supo pronto, en cuanto aquella dulce corriente, anunciadora de presagios, se apoderó de su pecho subiendo desde el abdomen, cuando su tío la reclamó al salón para presentárselo. Entonces sólo fue eso, un presentimiento. Pero ¿cómo una emoción, incorpórea, se materializa y hace al cuerpo estremecerse?, ¿en qué momento se aúnan y por qué? Luego, conforme ella lo iniciaba en los rudimentos de la cábala se apercibía, con sospechosa satisfacción, de la sensibilidad de aquel otro espíritu, plenamente abierto a sus enseñanzas. Pero al final de esa tarde, cuando la alegría que le embargaba excedía de la medida de lo que encontrar un nuevo amigo supone, se doblegó a la evidencia: estaba enamorada. A partir de ahí, su naturaleza femenina estuvo alerta al menor signo de reciprocidad, y no halló uno, sino muchos, aunque ninguno fuera decisivo por sí mismo; pero la suma de todos, sí lo era. Por eso, aquella mañana, cuando Mukhtar tuvo la osadía de coger su mano, la sorpresa resultó de la premura de éste, no de la revelación de su amor. Él estaba en lo cierto, sufrirían, arderían en el tormento de lo imposible, pero ¿quién sabe?, el remedio podía surgir del tormento mismo, ¿acaso la luz no es hermana del fuego?

La mujer de Nerías saludó mientras rodeaba el patio; se marchaba. Iba acompañada del rabino, que hacía un buen rato que había aparecido en la habitación del secretario y que insistía en asegurarle que su marido sería bien atendido y que, por lo tanto, no se hacía necesario que regresara hasta el día siguiente. La fragilidad de su sueño —le iba diciendo—, le permitía advertir cualquier ruido y con más motivo una llamada del accidentado.

En tanto éstos avanzaban hacia la puerta, la pareja optó por abandonar el patio y subir a la alcoba de Nerías.

El hombre había encontrado una posición boca arriba en la que el dolor se apaciguaba y procuraba mantenerse inmóvil. Del miedo, evitaba mover la cabeza. Únicamente los ojos parecían estar vivos, moviéndose como un vigilante sobre el oteadero. La mujer lo había arropado bien y después alisado el lecho. Era tanta su inmovilidad, que parecía que hubiesen hecho la cama olvidándose algo dentro. Sólo los brazos extendidos y paralelos al cuerpo, fuera del embozo, remitían a la figura de un ser humano. La cama estaba perpendicular a la puerta, por lo que para ver quién entraba debía mirar por el rabillo del ojo, y aunque lo hacía abiertamente, sin afán de disimulo, lo dotaba de un aspecto grotesco de niño perverso. La apariencia y la mirada de Nerías provocaron la risa de Yael apenas hubo entrado.

—En otras circunstancias tu risa me habría encolerizado, pero hoy no puedo enfadarme con vosotros —dijo muy serio.

—No quiero irritarte, Nerías. Me atrevo a reírme porque estoy contenta de que la situación haya parado aquí, pudiendo ser más trágica, y me alegro sinceramente. Por otro lado, siento que el causante haya sido mi caballo, aunque no suele comportarse así, no sé qué le ha pasado.

152

—No tendrías que lamentar nada, reconozco que he sido muy poco amable con vosotros hasta ahora; pero me gustaría que comprendierais que ya soy mayor y cualquier cosa que altere la rutina diaria, como el simple hecho de que haya dos invitados en la casa, me saca de mis casillas. Me he pasado muchos años tratando de alejar del Rabí molestias innecesarias y gente aprovechada. Esas continuas luchas hacen que uno se vuelva desconfiado y le cueste discernir entre desaprensivos y personas normales. Ha tenido que ocurrir esto —y por primera vez levantó una mano para señalarse las costillas— para que me dé cuenta de que tú, Yael, eres una digna representante de los Ben Akiva. Y tú, Mukhtar, haces honor a la amistad que te brindó Târek de Ishbiliya. Queda comprobado, una vez más, que Rabí Yonatán tiene más juicio para saber lo que hace.

Lo último que escuchó Mukhtar fue una respuesta de Yael en tono de broma, pero no llegó a enterarse. El sonido de las palabras se iba apagando como la luz de la tarde. En su cabeza bullían demasiadas cosas. Distraídamente se asomó a la ventana. La casa de al lado era de una sola planta y podía ver un trozo del patio ajeno, el que no impedía el alero del tejado. Gorriones se posaban saltarines sobre las viejas tejas de barro oscurecidas por el tiempo, muchas forradas parcialmente de musgo y minúsculas plantas, entre las que sobresalían de cuando en cuando solitarias florecillas de pétalos diminutos y apretados. Era curioso observar cómo el capricho del viento, que transportaba en su seno las semillas, creaba armoniosos jardincillos que escapaban de ordinario a la vista del hombre. Si aquellos vergeles en miniatura eran fruto del azar, ¿por qué él, como seguramente el resto de los humanos, estaba perpetuamente obligado a elegir entre un sinnúmero de caminos, de bifurcaciones? Éste, en cambio, no era el caso, por muy tentador que fuese. Se mirase por donde se mirase, un desenlace medianamente feliz era quimérico. Eso mismo lo eximía de elegir.

153

El cielo adquiría tintes rosados, acentuados en las blandas panzas de las nubes, mientras el azul se oscurecía comenzando a ser vencido por las sombras. Fuera de la vista de Mukhtar, en la calle, se oía a un vendedor musulmán de cazuelas de barro pregonando su mercancía, rumbo ya a su casa, con idéntica desgana —quizás contagiado de él—, con que andaba su filosófico borrico, cargados los serones de cacharros, abrigados en paja, más que protegidos.

La molestia de los ronquidos de Nerías, que atravesaban la puerta de la alcoba, producían, sin embargo, un efecto tranquilizador. Si había conciliado el sueño era señal de que el agudo dolor había remitido un poco. Indudablemente había funcionado el bálsamo elaborado por el médico a base de tinturas de árnica, belladona y romero que le había aplicado, como emplasto, debajo del vendaje. Lentamente la sensación de falta de aire había disminuido, al relajarse la musculatura intercostal, permitiéndole dormir.

Los demás miembros de la casa también habían descuidado su vigilia, visto que el secretario dormía plácidamente. Sólo Yael no se había rendido al sueño, tendida sobre la cama, aun después de haber apagado su lamparilla de aceite. Sostenía una lucha consigo misma. De repente, una resolución se alzó victoriosa y cedió a ella. En el instante siguiente notó el frío del suelo sobre las plantas de sus pies descalzos. La vehemencia prestaba firmeza a la decisión o eso creyó hasta que, al levantar el pestillo de la puerta, notó el temblor de su mano. Fue entonces cuando reparó en los violentos jadeos de su pecho y en el estruendo de las pulsaciones en sus oídos. No lograba oír nada. Un calor intenso le ardía en el rostro y la oscuridad fue invadida por un torbellino de chispas luminosas que escapaban de sus ojos. Tampoco podía ver. Hubo de calmarse, apoyada sobre el quicio de la puerta. Si el fragor interno pudiera oírse fuera, habría despertado a los vecinos. Debía dominarse. Respiró profundamente varias veces, hasta que las palpitaciones se fueron espaciando y pudo recuperar la vista.

A pesar de la claridad de la noche, enseñoreada del patio, la judía, cautelosa, palpaba la balaustrada ayudándose a caminar, previniendo un traspié que interrumpiera el letargo de la casa.

Con infinita precaución, avanzaba por el corredor tan despacio que, para cuando dobló el recodo que la enfilaba al siguiente costado, delimitado por el cuadrado que formaba abajo el patio, la distancia se le figuraba una travesía inacabable. Sólo faltaba que alguien la sorprendiera allí, en dirección contraria al aseo. No tendría un pretexto convincente. Si Nerías no roncara, podría argüir preocupación por su estado, pero la fuerza de los resoplidos delataban la inutilidad de la visita. La búsqueda de excusas razonables se mezclaba con pensamientos superfluos o impropios del trance, como detenerse en la observación de la rugosidad de la baranda —aun cuando fuera brevísimamente—, o el inconveniente que supondría la potencia de los bramidos del secretario para que la esposa pudiera pegar ojo a su lado. Claro que estaría acostumbrada o quizás ella roncaría también. Perderse en digresiones semejantes la exasperaba consigo misma o, peor aún, la convencían de que había perdido definitivamente la cabeza.

Había tardado una eternidad, pero ya estaba frente a la habitación de Mukhtar. Abrir la puerta produjo un crujido que ni el ocupante oyó, pero para Yael sonó como el estrépito de un campanazo.

Pasó al interior y cerró con cuidado. Milagrosamente no se repitió el chirrido. Por la ventana abierta penetraba una luminosidad más tenue que en el patio, pero con la que se filtró al entrar tuvo suficiente para ver la cama y retener su ubicación en la memoria. Con un hábil movimiento de los hombros, cayeron al suelo sus ropas. Levantó una pierna tras otra, para no pisarlas, y se introdujo con decisión en el lecho. La calidez del cuerpo de Ibn Saleh, de espaldas a ella, la reconfortó de la frialdad que sufría en el suyo.

Después de repetidos intentos había triunfado sobre el insomnio, hilvanando un sueño liviano pero sereno. Repentinamente sintió frío como de seda en su epidermis; era la suave piel de Yael, que lo rozaba. Sobresaltado, cayó inmediatamente en la cuenta y en la enormidad del acto de la sobrina del rabino. Se volvió apresurado, determinado a convencerla para que se marchara, pero la hebrea se anticipó a sus pensamientos y, primero, le selló los labios con un dedo que, por presión, ordenaba y, por dulzura, suplicaba silencio pero que, a renglón seguido, sustituyó por los propios, inundando de besos y de ternura al sorprendido Mukhtar, que acabó por someterse.

Sentía los generosos pechos de ella contra el suyo, su calor, su delicadeza. La cubrió de caricias. La reacción viril no se hizo esperar y la penetró entre lo que le parecieran dulces y húmedos velos aterciopelados, que se apartaban para acogerlo como las tinieblas acogen a la luna. El delirio duró hasta despuntar el alba. Entonces Yael corrió hasta su habitación, pero su aroma de jazmines quedaba entre las sábanas.

El domingo, doce de Muharram[12], amaneció Qurtuba a un día inclemente. Una fina pero persistente cortina de agua empapaba la ciudad y convertía las piedras del pavimento en multitud de resbaladizas islas, asediadas por vivos arroyuelos que espejaban luz y movimientos. La lluvia impregnaba los muros de la Mezquita y ya se apreciaban chorreones en ellos que indicaban lo temprano del aguacero. El aire olía a humedad y a madera quemada de olivo.

El tiempo continuó así durante toda la semana, con breves intervalos que en algunos momentos parecían prometer que cesaría la lluvia; pero a la mañana siguiente volvían a descargarse densos nubarrones. El rabino sólo salió el viernes para acudir a la sinagoga. La humedad no era buena para sus viejos huesos. Como consecuencia del voluntario encierro, durante el día la casa devenía en un desfile de visitantes, vigilados por el fiel Nerías, que ya había abandonado su postración, aunque aún tenía vendado el tórax. Venía gente de todas partes y clases sociales y con muy diferentes asuntos, que el venerable anciano escuchaba detenidamente y para los que, por lo común, hallaba una respuesta adecuada a las circunstancias.

12. 24 de marzo de 1252

Desde que la dolencia del rey cristiano se manifestó como enfermedad sin retroceso posible, la agitación de la comunidad hebrea de Qurtuba se hizo palpable en el interior de la misma. Hasta la fecha eran protegidos del monarca, aunque desde una original perspectiva, pues los judíos eran «propiedad» de la realeza cristiana a pesar del fuero que dictó Fernando III, según el cual los miembros de las tres religiones eran acreedores del mismo trato. ¿Pero cómo sería el nuevo rey, el príncipe Alfonso? ¿Se dejaría llevar de las fuertes presiones a que le sometería la Iglesia tras haber colaborado durante años con importantes ayudas económicas a su padre para financiar las guerras contra Qurtuba e Ishbiliya? La comunidad no había estado ociosa y había enviado discretos delegados a Ishbiliya y más tarde a Tulaytula. Los informes recibidos eran esperanzadores. El príncipe valoraba la cultura y se mostraba muy interesado por la labor de los muchos judíos que trabajaban en la Escuela de Traductores. En Qurtuba no dio pruebas de estar en contra de la opinión de su padre cuando éste autorizó una nueva sinagoga. Pero también parecía muy favorecedora la historia de Alfonso VIII de Castilla, cuando se ligó tanto a la familia Ben Ezra que primero nombró a Yehudá su ministro de finanzas y después se enamoró de su hija Raquel. Es claro que el judío consiguió influencia, pero ¿a costa de qué?, ¿y cómo fue tratado? Los judíos asumían la función de recaudadores de impuestos de los cristianos, dado su conocimiento del comercio, de las lenguas y de las matemáticas, en los reinos de Castilla, Aragón, Navarra y más recientemente en Qurtuba, pero eran tratados por los soberanos como meras «pertenencias» de las que podían prescindir si mudaban su opinión, ciertamente inestable. Habían aprendido a ser muy prudentes ya que, a pesar de la fidelidad y de los resultados económicos, jamás lograrían con los cristianos

157

la importancia y los honores a sus merecimientos que obtuvieron con los musulmanes hasta la llegada de los almohades. Ésa había sido otra página negra en la historia, cuando fueron expulsados de Alyasana, ¡la luz de Sefarad! Así las cosas, ¿cómo podían confiar en nadie?, ¿cuál era el destino de su pueblo?

El rabino trataba de sosegar sus legítimos temores recordándoles que, de nuevo, podían profesar su fe sin ocultarse, que malos tiempos eran precursores de otros mejores y que había que permanecer atentos, pero sin desmayar, a las situaciones futuras, enfrentándose a la adversidad como habían hecho hasta el momento presente.

Entre tanto, Mukhtar y Yael dedicaban el día al estudio, aislados en el patio, pero expuestos a la curiosidad de todos aquellos que esperaban para ser atendidos por Rabí Yonatán, lo que causaba que las muestras de amor se redujeran a furtivas miradas y al roce ocasional de sus manos sobre el libro o pergaminos, objetos de la instrucción, que ellos procuraban prolongar ingenuamente unos segundos, mientras suspiraban porque llegara la noche para desquitarse. Yael, bajo la protección de la oscuridad y cuando calculaba que el sueño reinaba sobre la casa, repetía el recorrido hasta la alcoba de Mukhtar, que ya se sabía de memoria palmo a palmo. Cuando por fin llegaba, todos los deseos reprimidos durante el día fluían libremente desbocados, con un ardor próximo a la enajenación o al paroxismo, que los desbordaba y los volvía codiciosos de besos y caricias como sólo pueden serlo los más enardecidos enamorados.

La lluvia aflojó el sábado por la tarde y acabó con el crepúsculo. El wadi al-Quebir surcaba la ciudad terroso, como una lengua de tierra líquida desplazándose, escapando de la vecindad de los hombres; tan abundante, que mareaba fascinando la mirada desde el puente. Grandes ramas arrancadas río arriba se detenían unos segundos en montículos invisibles, para rápidamente continuar su irremediable camino. A media mañana, justo a la hora en que las campanas repicaban más enérgicas, el dayán entraba en el salón del rabino con expresión preocupada. Él, asimismo, había sido acosado por los más temerosos, resultando más contagiado de lo que estaba dispuesto a admitir.

El anciano señaló un lugar para que se acomodara el juez. Lo aguardaba, conocía bien su naturaleza influenciable, excepto a la hora de administrar justicia, y sabía que no se resistiría a ser eco de las inquietudes ajenas. Pequeño, casi ratonil, lo que más sobresalía en su rostro eran las espesas cejas muy cerca de las cuales se movían dos pupilas negras, sin brillo, pero prevenidas, escrutando tras sus pilosas defensas.

Oseas ben Matanías era el perfecto ejemplo de persona cuya complexión débil induciría a creer que su carácter responde a su físico. Una impresión muy mal fundamentada. Bastaba seguir su trayectoria para concluir en lo contrario o, sencillamente, observar su actuación. Desde muy joven había luchado denodadamente por hacerse un hueco de poder en la judería, sobreponiéndose a las intrigas de sus rivales y contrarrestándolas con las propias. Una vez logrado su propósito, ahora sus aspiraciones estaban encauzadas a la consecución de un objetivo: ser el rabino mayor. Pero también era conocedor de sus posibilidades, base de su actual éxito, y de las del actual rabino. No quedaba más remedio que esperar a que, por la avanzada edad de éste y por proceso natural, quedara vacante el ilustre cargo. Mientras tanto, no tenía más opciones que perseverar en la conquista de prestigio cumpliendo escrupulosamente con su cometido y, ocasionalmente, adoptando el papel de adalid de los intereses de sus hermanos, de modo que se le fuera reconociendo como el más apto candidato al apetecible puesto que ambicionaba. ·

Oseas advirtió con extrañeza cómo Nerías se sentaba, cuando siempre se hallaba de pie junto a Ben Akiva. Éste, percatándose, rompió el silencio:

—Seguramente sabrás que, hace pocos días, Nerías sufrió un desgraciado accidente con el caballo de mi sobrina y aún está convaleciente —explicó.

—Sí, ésa es una de las razones que me han traído a tu casa. Me dijeron que fue un golpe fuerte.

Al secretario se le dibujó una sonrisa descreída que no disimuló. Sin embargo, debía contestar a su cortesía:

—Me honras con tu interés por mi persona, dayán.

El juez respondió con un simple movimiento de cabeza.

—Yo también aprecio tu piedad —intervino el rabino—. La compasión, la misericordia y no menos la tolerancia, hija de aquéllas, son virtudes que deben adornar la figura de un hombre sobre el que recae la sagrada responsabilidad de impartir justicia a sus semejantes. Me congratula que estés revestido de ellas —dijo, recomponiéndose distraídamente los pliegues de su túnica, pero consciente de que el efecto de sus palabras condicionaría las de Oseas. Éste no era momento de confrontaciones, sino de unidad.

Efectivamente, éste se sintió influido pero, aunque más templado, había prometido abordar el tema y ya no había vuelta atrás.

—Tus elogios significan mucho para mí, rabí, toda vez que trato de emular tus excelencias —contestó Ben Matanías—. Es por causa de mi admiración hacia ti, por lo que deseo brindarte mi humilde colaboración. Sé que algunos han venido a exponerte sus inseguridades por el cambio de monarca que se aproxima. Las investigaciones acerca del príncipe, aunque en buena medida tranquilizadoras, no las estiman suficientes.

—En ese punto estudió al rabino y de su actitud reposada dedujo que podía continuar con más audacia—. Creen que habría que recabar mayores garantías y me han solicitado que te transmita su desasosiego y sus aspiraciones, con el fin de que tengas a bien llevar a cabo acciones más resolutivas. Es en este aspecto en el que te ofrezco mi modesta cooperación.

—Ignoro tus planes —dijo el rabino, con ademanes más amables que el tono de sus palabras—, si es que los tienes, pero conozco los míos y te aseguro que no entra en ellos que llegue a oídos del futuro rey nuestra desconfianza, provocando la suya. Estoy convencido de que hemos hecho lo necesario, dentro de la prudencia, y te repito que no debemos despertar suspicacias con nuestro ruido, impelidos por la impaciencia de unos pocos. A Dios corresponde el designio del destino de su pueblo, pero no temas, ya se ha dicho: «Este pueblo, Israel, se puede comparar al polvo de la tierra y a las estrellas del cielo; cuando se inclina, lo hace hasta el polvo y cuando asciende, llega hasta las estrellas.» [13]

Al juez se le agrió el aire que respiraba, viendo que el rabino se mantenía impasible ante su retórica. La cólera, que se abría paso desde su interior, nubló su lucidez y habló irreflexivamente:

—Al menos, y ya que los musulmanes han caído en desgracia, no unas nuestro destino al suyo teniendo como invitado a uno de ellos en tu casa. Podrían hacerse conjeturas que nos señalaran como valedores de los vencidos.

La mirada del anciano se endureció. Pareció pensar unos instantes en la medida de la fuerza que daría a su respuesta y, finalmente, dijo:

—Confío en que el juicio de los cristianos sea más perspicaz que el que tú estás demostrando, hijo. No se hospeda en mi casa el califa, ni nadie de rango o poder suficiente como para que se preocupen los cristianos. Ésa, en sí, es una razón. Pero en cuanto a invitar a un miembro de otra religión a mi casa, veo que has olvidado la sabiduría de nuestros

13. *Fuentes judías*, pp. 251-252

antepasados. Siendo así, yo mismo refrescaré tu memoria con una de las parábolas que nos legaron:

«Un rey tenía muchas ovejas y cabras. Todos los días iban a pastar y regresaban al establo.

Un día un ciervo se agregó al rebaño y anduvo pastando con él y se vino al establo.

Dijo el pastor al rey:

—Mira, aquí hay un ciervo que pastorea con los corderos y se viene al establo con ellos.

El rey se aficionó mucho al ciervo y le dijo al pastor:

—Cuídalo mucho, que nadie le toque para mal.

Y tenía esmero en que se le diera su ración al regresar por la tarde.

Pero el pastor le dijo:

—Señor mío, tú tienes muchos corderos y cabras y aun becerros, ¿por qué sobre ellos no me haces recomendaciones y sobre el ciervo sí?

—Ah, dijo el rey, porque los corderos y cabras comen lo que les conviene, pero los ciervos no. Viven en tierra desierta y no hay quien les alimente.

Así dice el Señor: Los que son gentiles, si vienen a mi casa deben ser muy bien cuidados, porque ellos estaban en la soledad y han hallado el camino. En mi casa todos tienen el pan que necesitan.»[14]

—Así pues —continuó Ben Akiva—, sé embajador cuando se te pida y, hasta entonces, siembra de paz los corazones de nuestros hermanos.

A la par que decía esto se levantó, dando por terminada la entrevista. No obstante, lo acompañó hasta la puerta, despidiéndole calurosamente.

Nerías no escondió su cara de satisfacción por las respuestas del rabino. Éste no le dijo nada, pero bastaba su ex-

---

14. Ibídem, p. 256

presión elocuente, aunque socarrona, para censurarle. El secretario recompuso a duras penas su actitud, componiendo apresuradamente un gesto de hombre atribulado, mas en cuanto escapó de su presencia tornó el regocijo a su semblante.

Yael, cuando lo vio venir hacia ellos con el júbilo reflejado en el rostro, se quedó admirada por la novedad y no pudo por menos que preguntarle a qué obedecía tal contento.

Nerías estaba encantado de que le ofrecieran la oportunidad de explayarse. Se aproximó a ellos y en la voz baja que empleaba para hacer confidencias, pero gesticulando mucho, les contó lo ocurrido. Él nunca había apreciado al dayán. Le había parecido siempre un interesado. El otro lo sabía y aprovechó una brumosa circunstancia del pasado, que no venía ahora al caso, para castigarle severamente y conseguir que le temiera, haciéndole paladear la fuerza de su poder. Y ahora, paradójicamente, ponía como excusa su accidente para venir a la casa, cuando lo único que perseguía era ganar protagonismo con su raquítica intriga. ¿Quién se tragaría aquello? Pero Rabí Akiva lo había desarmado enseguida. Eso lo enfureció. Lo suficiente para atreverse a desaconsejar la estancia de Mukhtar, por ser musulmán, en casa del rabino, ¡qué insolencia! ¿Quién tiene derecho a eso? Pero el zaken le había dado una buena lección y lo había despedido sin dar lugar a que respondiera. De todas formas él estuvo por intervenir, indignado. Al rabino no le habría gustado; pero, de ser por él, lo habría echado sin consideraciones.

—Entonces —preguntó Ibn Saleh—, ¿hay inquietud por mi presencia en la aljama?

—¡Ninguna! Son cuatro asustadizos, cuatro pobres de espíritu, atemorizados siempre.

En ese momento, Nerías vio la preocupación en las caras de Yael y Mukhtar, y añadió:

163

—No os alarméis, Rabí Yonatán domina la situación y ni él ni yo consentiremos que Mukhtar sea expulsado caprichosamente. Ahora os dejo, me voy a la cocina —dijo, saliendo.

Ajsá, la cocinera, removía cazuelas y ollas grises y rojas, puestas al fuego, mientras Orpá sudaba golpeando briosamente con el mazo un gran mortero de cerámica verde y morada que contenía especias y vino. Los fogones, encendidos desde muy temprano, caldeaban la cocina, colmándola de vapores y vaharadas que, unidos al olor que despedía el mortero, despertaban el apetito. Pero Nerías llegó pensativo, se sentó en un escabel y se mantuvo imperturbable. Las mujeres lo miraron sin decir palabra. Cuando se le veía meditabundo, lo más aconsejable era dejarle en paz. A veces se servía un poco de vino, pero esta vez ni eso. El secretario rumiaba contrariado. No había estado muy oportuno al hacer los recientes comentarios a la pareja. ¡¿Pareja?! Desde luego hacían una buena pareja, se les veía muy unidos y curiosamente ella se había sobresaltado aún más que él al conocer la opinión del juez. Pero... ¡ya se le estaba desmandando la cabeza!, ¡qué absurdo! ¿Por qué Dios le había castigado con tan larga lengua y tan desmesurada imaginación?

En el patio, los dos enamorados reanudaron sus tareas. Sin embargo, Mukhtar no se había repuesto de la noticia. Empezaba a representar un problema para Ben Akiva, por más que éste lo remediara. Yael, que lo había advertido, desistió de persistir en las explicaciones. Ella se había esforzado, fingiendo naturalidad, para disminuir el temor del hombre, pero sin resultado.

—Si sirve para que te tranquilices —dijo, observando su seriedad—, hablaremos con mi tío en el almuerzo. Ya verás como no tiene importancia.

—¡Alá te oiga! No quisiera atraer la discordia a esta casa.

Mukhtar iba a continuar, pero el jaleo repentino producido en la puerta de entrada lo habría silenciado. Un festivo
tumulto envolvía a dos de los tres hijos del rabino, que se
presentaron con sus mujeres y los nietos de éste. Los recién
llegados, Elifaz y Nataniel, desarrollaban su labor conjunta-
mente, como socios; aunque el menor, ahora de cuarenta
años, se había iniciado como aprendiz de Elifaz, el mayor de
los tres, que acababa de cumplir los cuarenta y cinco. Zofar,
el hijo mediano, era comerciante, como los otros dos, pero se
había establecido en Mayurqa y allí vivía, muy cerca de la
calle Mayor, en la nueva judería, junto a una de las dos sinagogas. Sus negocios marchaban con buen rumbo y se había
labrado una posición desahogada en una ciudad donde el comercio era activo y floreciente.

Yael se levantó y corrió al encuentro de sus parientes. El
mismo día que ella llegó, sus primos partían hacia Castilla
llevando sedas, cueros repujados y otras mercancías. Había
sido un viaje fructífero. En Burghush habían conseguido
comprar lana a buen precio, que ya tenían apalabrada con los
artesanos de alfombras de Qurtuba. Después de abrazar a
los mayores, Yael se entretuvo con los pequeños haciéndoles
carantoñas; aunque Yonatán, el mayor de los hijos de Elifaz,
se resistiera, pues a sus quince años era un muchacho espi-
gado que pretendía ser tratado como un hombre. Azarel, el
único hijo de Nataniel, de diez, en presencia de su primo imi-
taba la conducta de éste, pero rápidamente claudicaba a las za-
lemas. En cuanto a las hijas de Elifaz, Miriam era una perfecta mujercita de doce años y Zéresh, la menor, de seis, sin ser
revoltosa, sino obediente y muy buena, estaba siempre alegre
y dispuesta al juego. Reclamaba protagonismo, como todos
los niños, pero no agotaba a los mayores. Mukhtar observó
que su naricilla era un calco de la de Yael, arrugándola al
sonreír traviesamente, que parecía que destilaba ilusión. A la
vez solía apartarse el cabello que, rebelde, le caía a la cara.

165

Sin estar muy seguro de lo que debía hacer, Ibn Saleh, que se sentía un tanto ridículo, sentado solo en el patio, se acercó poco a poco al apiñado grupo que ya había reparado en él. El anciano hizo las presentaciones con una disposición de la que se infería que el musulmán era un invitado de honor y que quería que fuera tratado como un miembro más de la familia, con lo que se desvaneció todo asomo de posible suspicacia. No obstante, cuando pasaron al salón, el patriarca lo condujo del brazo hasta la mesa y lo hizo sentar a su izquierda. La derecha le correspondía a Elifaz como primogénito, así como al lado de éste, el suyo, Yonatán. Al otro extremo, frente a Ben Akiva, se sentaba Miriam.

Sobre la mesa había fuentes con dátiles y manzanas untadas de miel, dos grandes bandejas de ensalada fría de berenjenas, troceadas generosamente y de las que emanaba un suave olor a vinagre que mezclado con el comino y el pimentón formaban una salsa oscura y sabrosa que cubría los trozos de berenjenas cocidas en agua y sal; dos enormes panes como roscones, iguales a los elaborados para la fiesta de Purim; la clásica almoronía de pollo, con alcaravea, miel y cebollas; pastelitos de hoja rellenos de carne, y de postre, letuario de membrillo con canela y clavos junto con una «estrella de almendra» de proporciones casi gigantescas, bien embadurnada de yema de huevo, para conseguir que se endureciera la superficie al enfriarse. Con todo esmero, Ajsá había adornado la estrella con una almendra en cada una de las seis puntas y vaciado su centro hasta formar un hexágono perfecto.

Con el silencio del anciano, todos se recogieron y éste procedió a la tradicional bendición de los alimentos. Al término, Zéresh, sentada a la izquierda de Miriam y clavados sus expresivos ojos en el abuelo, aguardaba con impaciencia que alargara su mano hacia cualquiera de los platos para abalanzarse velozmente sobre los pastelitos que hacían sus delicias; circunstancia que todos esperaban de ella y por la que él, aposta, siempre hacía varios amagos, como distraídamente, para desesperarla y provocar sus protestas y la consiguiente risa general.

La voluminosa Orpá entró a retirar la almoronía y los postres, ya bendecidos, y colocarlos en otro lugar para despejar la mesa y facilitar el acceso a los comensales. Elifaz sabía que ella era la encargada de espolvorear la canela.

—Orpá, ¿la estrella no tiene demasiada canela? —dijo, mientras guiñaba un ojo a su padre—. Tú serás la responsable de que mi casa se llene de hijos. ¿No habría sido mejor hacer hojuelas, o se te sigue resistiendo el trinchante? —añadió, recordando burlón las veces que a ésta se le escapaban las delgadas tiras cortadas de masa, al tratar de enrollarlas con el largo tenedor sobre el aceite caliente.

—¡La estrella tiene la canela que necesita! En lugar de estar pendiente de mi trinchante, cuida tú del tuyo, si tanto te preocupan los hijos —contestó ella, con la misma guasa, entre tanto salía altiva del salón con su bamboleante trasero y escuchaba las carcajadas que su respuesta había causado.

El invitado observaba el anillo que, en el dedo anular de la diestra, ostentaba el mayor. Era una rara pieza rómbica, de plata, sujeta en los ángulos por las bocas de dos animales que bien podrían ser serpientes. Una sola palabra en hebreo cruzaba el rombo, quizás su nombre. Yael consideró que era momento de hablar:

—Tío, Nerías nos ha contado las protestas del dayán por la presencia de Mukhtar en tu casa.

Ben Akiva no la dejó continuar. Haciendo un gesto de cansancio con el brazo, como quien espanta una mosca imaginaria, respondió:

—No ha sido una queja fundada, no es real. Fue su cólera la que habló, porque rechacé su embajada. Carece de peso.

—Y, dirigiéndose a Mukhtar, añadió—: Os sugiero que lo olvidéis.

—¿Qué le importan a Oseas tus invitados, padre?, ¿y qué embajada es ésa? —preguntó Nataniel, para quien el juez tampoco era persona de su gusto.

El rabino relató lo tratado en el transcurso de la visita de Ben Matanías, sin entrar en más detalles que los que le requerían sus hijos. Estaba claro que, de conceder importancia a algo, era lo referente al príncipe lo que ocupaba sus pensamientos, y de ningún modo la rabieta del juez, para tranquilidad de discípulo y maestra.

La conversación se fue animando. Los hijos hacían participar a Mukhtar. Sobre todo, Elifaz, que era el de carácter más abierto. Su hermano, entre Mukhtar y Yael, también comunicativo, se retraía más. En los negocios, aunque sabía ser cautivador, era el más duro, manteniéndose inflexible en una oferta hasta que Elifaz, en presencia del vendedor, le pedía que aceptara tal o cual precio, previamente acordado entre ellos. Al mercader se le iluminaba la cara cuando Nataniel transigía, momento que aprovechaba éste para exigir alguna condición a cambio, que les beneficiara, y que generalmente les era admitida. Esta táctica había dado buenos resultados, pero habían desarrollado muchas otras. En Burghush, cuando ya habían terminado sus negocios, de camino a la casa donde se hospedaban repararon en la tienda de un viejo librero. El comerciante atendía a un importante cliente habitual, o eso coligieron del trato de confianza que ambos se dispensaban y del lacónico saludo, una breve inclinación de cabeza, que el librero les dirigió. Gracias a lo ocupado que estaba, pudieron hojear cuantos volúmenes estaban a su alcance, hasta descubrir una bellísima Biblia que, en el acto, convinieron en regalar a su padre.

Cuando el comprador se fue, nuevo propietario del valioso ejemplar, la bolsa bien aligerada, el viejo acudió a atenderles frotándose las manos. Una ladina sonrisa brotó entre las arrugadas líneas de su rostro al estudiar a los dos hombres, cuyos portes y buen paño indicaban holgura, acomodo. Se acercó a ellos. La oscura y gastada túnica despedía un acre olor a humedad y pergamino viejo propio de su oficio. Le pareció que se interesaban por un libro de salmos que acababan de soltar sobre la gran mesa, cubierta de obras amontonadas de menor categoría. Les informó que aquella pertenecía a los estantes, donde guardaba las más preciadas, y recientemente puestas allí para permitir ser examinadas por el cliente que habían visto comprar. Colocó la Biblia en uno de los anaqueles, mientras les alababa el buen gusto al elegir el de los salmos y a continuación cogió éste entre sus manos. Acariciaba la encuadernación de piel resaltando los magistrales relieves del repujado de la cubierta, el oro del título y los pavos reales azules y púrpura que remataban por abajo la portada y de los que surgían elementos vegetales que ascendían ordenadamente, conformando una orla, hasta encontrarse arriba, donde culminaban en un friso de exuberantes hojas que colgaban como las de una parra del paraíso.

Los hermanos parecían deslumbrados. Animado, abrió el libro y la palma de su mano resbaló dulcemente por la superficie de la suave vitela virgen, produciendo un ruido uniforme, sin asperezas, para demostrarles que no había el menor vestigio de palimpsesto. Les invitó a imitarlo. El astuto librero quería subyugar cada uno de sus sentidos, haciéndoles oír atentamente el susurro de la fricción de los dedos sobre las planas, encantarlos con el tacto de las diferentes texturas, del lomo, de la cubierta, del pergamino; con el olor de la piel y la tinta seca; la visión del corte y el grosor exacto de las páginas y la perfección del trazo de los caracteres hebraicos, obra de un calígrafo singular, único, un artista genial de pulso infalible.

Guardó silencio estudiadamente y, al cabo, dijo:

169

—Este ejemplar es digno de formar parte de la biblioteca de un nagid.

—No me caben dudas, así como de lo inaccesible de su precio —manifestó Elifaz.

—Hombres como vosotros no podéis reparar en eso, ante una obra que honrará vuestro hogar durante generaciones. Es más valioso que la más cara de las perlas porque ésta sólo reflejaría vuestra riqueza, mientras que la propiedad de este libro añade la revelación de vuestra cultura y me atrevería a decir que de vuestra piedad. Una perla la tiene cualquier rico, una obra como ésta sólo se encuentra en la casa de un gran hombre. Pensadlo. Para facilitaros la tarea os haré un precio especial. —Y mencionó una cifra capaz de escandalizar a un visir.

Elifaz lanzó un silbido de asombro, pero Nataniel resistió impávido. El mayor especificó:

—Sólo somos mercaderes que quieren hacer un presente a su padre. Una suma semejante es demasiado para nuestras bolsas.

Nataniel, mientras hablaba su hermano, hojeaba distraídamente otro libro, exhibiendo su pérdida de interés. Sin levantar la cabeza, explicó:

—No nos gusta hacer perder el tiempo a comerciantes que, al fin y al cabo, se ganan la vida como nosotros, aunque con mercancías diferentes. Os diré la suma a la que estamos dispuestos. —Y dijo una cantidad que marcaba el precio en una cuarta parte de la exigida por el librero, a todas luces consciente de que no sería aceptada.

El viejo también supo mantenerse sin perder la sonrisa.

—Esa cifra no es razonable y ambos lo sabéis. Admito que me hagáis una oferta, pero sensata. Lo que habéis dicho debería hacerme sentir ofendido. Sin embargo, como padre, me halagaría que mis hijos se detuvieran a buscar un presente para mí. No quisiera que el vuestro se viera privado de un regalo tan noble por una oferta tan irreflexiva. Hacedme otra, os lo ruego.

Por primera vez afloró la sonrisa de Nataniel. Indudablemente estaban ante un buen comerciante que sabía hacerse respetar. Cerró el ejemplar que tenía entre sus manos y respondió:

—Estoy seguro de que vuestros hijos saben valoraros adecuadamente. La cantidad que habéis pedido me parece una locura que debería ofendernos a nosotros también pero, como hijos, sabemos respetar la experiencia que manifiestan vuestras canas. Por otro lado, creemos que podemos confiar en la calidad de lo que nos ofrecéis sobre la base de la honradez y el buen corazón que demostráis al preocuparos de nuestro padre.

Llegados a este punto, el librero supo, a su vez, que no trataba con vulgares mercaderes. Pero aún hubo de oír:

—Por tales razones —continuó Nataniel—, elevamos nuestra oferta hasta la mitad del precio que pedisteis, siempre y cuando en él quede incluida aquella Biblia que depositasteis antes en la estantería y que no necesitamos examinar confiados en vuestra honestidad.

El librero protestó airadamente:

—¡Aún me lo rebajáis más! Esa Biblia, por sí sola, supera el precio del libro de salmos. Es una proposición inaceptable.

—Bien, se ve que no podemos llegar a un acuerdo. Lo lamento de veras, me habría gustado ofrecerle ese libro a nuestro padre. En todo caso, ha sido un placer conoceros. —Saludó y con paso resuelto se dirigió a la calle.

El comerciante estaba consternado. Habría jurado que comprarían. De ninguna manera imaginaba ese final.

—¡Espera, Nataniel! —intervino Elifaz.

El interpelado se detuvo y desde el lugar donde se encontraba se giró, pero no avanzó un paso hacia ellos. Quería dar a entender que, por su parte, el asunto estaba concluido y que si no salía era por atención a Elifaz.

—Hagamos una cosa —dijo a ambos—. Soy el mayor y me corresponde hacer una última propuesta. Renunciemos al libro de salmos cuyo precio es demasiado alto para nosotros —expuso, olvidando que el de la Biblia era aún mayor—. ¿Aceptarías, Nataniel, la Biblia por un tercio de la cantidad más, digamos, cuatro libros a elegir entre los de la mesa?

—¡Dos! —casi gritó el librero, admitiendo tácitamente la oferta.

Nataniel dudó unos instantes, eternos para el viejo, al cabo de los cuales afirmó gravemente con la cabeza, consintiendo.

Cuando salieron, sólo entonces, el comerciante cayó en la cuenta de la estratagema. Centraron la discusión sobre el precio del libro de salmos, cuando en realidad sólo estaban interesados en la Biblia. Sonrió. Habían sido unos oponentes dignos... y un buen día.

Finalizados los postres, Nataniel y Elifaz cruzaron una mirada de inteligencia. Al idear cómo hacerle entrega de la Biblia al padre, concertaron en que lo más adecuado sería depositar el libro en las inocentes manos del más pequeño de los nietos: Zéresh. De ella, convertida en símbolo de la pureza, recibiría el más sagrado de los libros como un regalo de la familia, representativo del cariño y el respeto de todos sus miembros.

Elifaz pasó la mano por detrás de su hijo Yonatán para tocar el hombro de Ester, su mujer, que era la señal convenida. Ésta, con la excusa de limpiar los dedos de la pequeña, manchados de miel, membrillo y con abundantes migajas de la estrella adheridas a sus palmas, abandonó la estancia para regresar poco después acompañada de una Zéresh limpia y sonriente que portaba con visible esfuerzo el pesado objeto, envuelto en una rica tela. Nataniel reclamó silencio. La niña, despacio, como le habían ordenado, llegó al extremo donde se sentaba Ben Akiva, que la miraba intrigado. Dio dos sonoros besos al abuelo y cuando pudo zafarse del abrazo con que éste la acogió, dejó sobre su regazo el presente. El genearca dirigió una interrogativa mirada a sus hijos que, sin revelarle el misterio, le instaron a deshacer el paquete. Mientras lo hacía, Zéresh, en un rapto de euforia para el que no le hacía falta motivo alguno, besaba a toda la familia empezando por su padre para seguir con el resto: hermanos, madre, abuela, primo, etcétera, rodeando toda la mesa. Cuando llegó a Mukhtar se paró de improviso, mirándole fijamente un tanto azorada; pero fueron unos segundos, de inmediato decidió que el desconocido también merecía sus besos. Ciertamente, su espontaneidad ganaba el corazón ajeno.

173

El rabino deshizo los nudos del cordón trenzado de cuero que ceñía el pequeño fardo y desenvolvió la tela. La mesa entera se conservaba atenta a su reacción. La extensa sonrisa y, especialmente, la expresión demudada por el asombro ante la hermosura del trabajo realizado, emocionó a los presentes. Lo rodearon para ver de cerca el ejemplar. Mukhtar había visto antes labores parecidas, aunque en árabe, que circulaban por todo al-Ándalus. La iluminación andalusí era insuperable y más cuando se trataba de un texto sagrado. Entonces, el fervor piadoso aspiraba a conseguir que la simple visión del lenguaje escrito fuera, por bellísimo, un anticipo del sublime contenido, encumbrando su apariencia hasta cotas extraordinarias, de manera que el aspecto, en sí mismo, advirtiera lo venerable de la obra.

La cubierta de piel presentaba un rectángulo cuyo exterior, invadido de cíclicas formas vegetales, semejaba el característico dibujo de las alfombras. Inscrito en él, un óvalo decorado con figuras florales de filigrana finísima, salvo en su centro, ocupado por el título. Cuatro animales mitológicos, idénticos los diagonales, dominaban los márgenes configurados por el óvalo y el rectángulo. El colorido de la portada se repartía en exquisitos colores púrpura, marrón, azul y verde.

Apremiaron a Ben Akiva para que lo abriera. Ignoró las tres hojas de guarda y la del título y apareció el índice entre pilares profusamente decorados que sujetaban dos arcos, protectores de los nombres de los libros bíblicos y de los parasiyot. Continuó hasta el comienzo del texto, dividido en dos columnas. B'reshit... El rabino pasaba amorosamente las páginas, deteniéndose a observar la masora magna y la parva con letra microscópica. Una de ellas arrancó comentarios de admiración. Ascendía desde el margen inferior hasta poco más abajo del centro de las columnas de texto, formando con las diminutas letras, prácticamente ilegibles, la silueta de una Menorah. Reconoció el anciano, en la letra cuadrada, la mano de un copista sefardí haciendo uso de la caña, que marcaba por igual el grosor de las líneas verticales y horizontales de los caracteres. Buscó el final del libro y encontró el colofón: «Yo, Joseph Ben Elisafan, terminé de escribir este libro el día primero del mes de Av en el año 4962[15] de la Creación, en Wadi al-Hijarah».

La presencia de la pareja en el patio, entregados al trabajo, era la estampa cotidiana. Ya no causaba extrañeza a los servidores. Sabían que era una orden incuestionable del rabino y los veían sumidos en interminables conversaciones en las que Yael llevaba la iniciativa; mas las intervenciones del alumno se habían incrementado y abundaban, sobre todo, en calidad. De vez en cuando desenrollaban un perga-

15. 29 de julio de 1202

mino, lo consultaban, discutían su contenido... Mukhtar hacía preguntas o comentarios que, por las manifestaciones de Yael, debían de ser atinados. A veintinueve de Muharram[16], llevaba veinte días de intenso aprendizaje junto a la judía. No se habían interrumpido ni con ocasión de la fiesta de Pesaj, la celebración de la salida de los judíos de Egipto, que el día anterior, martes, había finalizado.

El ruido de la gruesa llave de hierro, en la puerta de entrada, les hizo levantar la cabeza. Era Nerías, que fue directamente hacia ellos. Tenía prisa y la preocupación que mostraba su semblante no presagiaba nada bueno.

—He puesto un pretexto —dijo, olvidando saludar— y he dejado al rabino en la sinagoga. Esta tarde nos ha llegado recado de tu hermano. Está en Undusar. Terminados no sé qué asuntos que le retienen allí, nos avisa que vendrá por ti, Yael. Tardará un par de días. He querido adelantarme a decíroslo porque sé que no os gustará separaros y no quiero que Rabí Akiva adivine en vuestros rostros lo que ya adiviné yo.

Las caras de Yael y Mukhtar pasaron del pálido al rojo. Nerías se sentó con ellos.

—¡Vamos, no os pongáis tristes! Un día u otro tenía que suceder. Ya sabíais que esto tendría fin, ¿no? No malgastéis estos dos días, disfrutadlos.

Mukhtar, negándose a un inútil disimulo, cogió la mano de Yael y la apretó cálidamente. La mujer pareció mirar fijamente la mesa y le cayeron dos gruesas lágrimas. Nerías, apoyadas las manos sobre sus propias rodillas, hizo palanca con ellas y se levantó para irse.

—El amor no sabe esconderse —dijo, como para sí, pareciendo responder a la muda pregunta de ellos, encaminándose de nuevo a la calle.

175

16. 10 de abril de 1252 y 23 de Nisan de 5012 de los calendarios cristiano y judío respectivamente

Evidentemente no eran tan comedidos como creían... o Nerías más sagaz de lo supuesto. Lo cierto es que habían sido descubiertos, lo que también revelaba que las primeras antipatías del sirviente se habían transformado en clara inclinación hacia ellos, hasta erigirse en protector. Pero eso ahora no importaba. No importaba nada. Sólo la inminente separación. El tiempo, a partir de ahora, correría más deprisa en su contra.

Yael se volvió hacia Mukhtar impetuosamente, en un arranque instintivo, conquistando con el violento impulso físico un instante de sinrazón, rechazando toda sensatez.

—¡Vente conmigo a Tulaytula! —rogó, con una chispa de esperanza sofocada aun antes de lograr encenderse.

—Tu dolor recrudece el mío. Haré lo que me pidas e iré donde quieras que vaya —dijo, reconociendo desolado las sombras agolpadas en el amado entrecejo.

176

—¡No, no...! Ha sido un momento de flaqueza, pero ya ha pasado. No tengo derecho a pedirte algo así —afirmó, recobrando la sonrisa—. En Tulaytula tampoco tendríamos un futuro venturoso. ¿Cuánto tiempo lograríamos escondernos? Debes seguir tu camino.

—Yael, sigamos el consejo de Nerías. No desperdiciemos el amor en amargura. Tú has sido mi maestra. Si el tiempo y el espacio son ilusiones, acojámonos a la sustancia del amor y nada podrá apartarnos, aunque nos separara el océano. Nos encontraremos siempre. Te veré en las espigas, dejándose mecer al viento; en la lluvia, fecundando la tierra; en un inesperado aroma de jazmines; en las estrellas de la noche; en otra mirada. Estaré atento al instante mismo en que un soplo de brisa agite el plumón de la tórtola y se arrebuje en el nido. No dejaré un resquicio para no hallarte.

Mukhtar hizo una pausa para besar la mano aún entrelazada a la suya y agregó:

—Frente a la escasez con que se nos ofrece el espejismo del tiempo, te propongo sumirnos en la delectación mutua y en la de las cosas que nos rodean, sin desesperación, pero con intensidad. Volvamos a Medina Azahara, a las faldas del ye-bel al-Arús, a las calles, a la mezquita aljama, a sus arcos, a sus columnas. No nos despidamos nunca. ¿De qué? Ven, va-yamos. Ya se agostaron los almendros... pero ha florecido el azahar.

Capítulo IV
Camino a Gharnata

*M*ukhtar descabalgó, asió las bridas y continuó a pie. No tenía prisa por llegar a su destino. Prefería postergar el encuentro con sus semejantes y gozar de la soledad con que le obsequiaba su particular éxodo, consagrándose a sus pensamientos. El caballo que había montado en Medina Azahara y que Ben Akiva había insistido en que se llevara, se acopló mansamente a su paso.

La brusca decisión de partir esa misma mañana desconcertó a todos, quizá salvo a Nerías, que habían tratado de disuadirlo inútilmente. Las emociones fueron agotadoras y la despedida concluyó con la solemne bendición del rabino con la mano posada sobre la frente del postrado musulmán, mientras musitaba en hebreo unas palabras que no necesitaban ser entendidas para presentir piedad y rogativas de buena fortuna. Pero no podía soportar más tiempo en una casa donde todo le recordaba a Yael. Sobre todo el patio y la llegada de la noche, cuando ella hacía aparición en su alcoba. Aquella casa le hacía sentir infinitamente solo porque estaba unida a su risa, a su mirada, a su olor. Esa misma noche se había encontrado oliendo el lecho, persiguiendo cualquier leve rastro de su aroma, y lo peor es que lo halló, para mortificarse más en el suplicio. Necesitaba huir de ella, para que el dolor fuera más tolerable, menos cruel.

Ahora caminaba hacia el sureste, pero ¡qué tentación volver y dirigirse hacia el norte!, ¡buscarla y vivir sólo para verla!

El animal le empujó en la espalda con su hocico, como si barruntara las vacilaciones que le asaltaban y quisiera instarle a continuar. Ibn Saleh le acarició la cabeza, entre las orejas, observó por un momento el paisaje de la llanura y se abismó otra vez en sus cavilaciones. Las imágenes de la despedida se sucedían, pero se alternaban con otras en las que se imponía el sonriente rostro de Yael, balsámico y sin embargo lacerante.

Como Eliam tenía previsto, horas antes del comienzo del Shabat del veinticinco de Nisan[17], llegó a Qurtuba escoltado por sus cuatro hombres de costumbre. Los distribuyó por entre las casas de sus primos y no abandonaron la población hasta la madrugada del domingo, para respetar la fiesta semanal hebrea.

En apenas tres jornadas, sin forzar la marcha de los caballos, entrarían en Tulaytula, a pesar de tener que atravesar los agrestes y estrechos desfiladeros pizarrosos de la sierra del norte de Yayyan, de roquedales oscuros, centenarias encinas cercadas de huellas y hozaduras de jabalíes, y fuerte aroma a tomillo. Más adelante, trasponiendo las extensas planicies, rodearían por el este los montes que protegen Tulaytula para encontrar la mágica ciudad al noroeste.

Ya, a cinco de Safar[18], Mukhtar calculó que la mujer aún cabalgaría, pero debía quedarle poca distancia que salvar para reunirse con su padre. En cambio, si bien él acababa de iniciar su viaje, a cada paso de ambos el espacio que les separaba era mayor, evidencia material del alejamiento de sus destinos. Ella al norte, él al sur.

Sin percatarse siquiera del esfuerzo, comenzó la cuesta arriba que le llevaría a franquear las colinas, tras las cuales

17. Viernes, 1 de Safar y 12 de abril de 1252 de los calendarios musulmán y cristiano respectivamente

18. Martes, 16 de abril

surge el valle por el que discurre el Wadi-al-Jubz. Desde lo más elevado del paraje se divisaban algunas alquerías aisladas, desafiantes de soledad, desamparadas, expuestas a su albur y a merced de las hambrunas de rapiña de las diferentes mesnadas, feroces todas, de almorávides, almohades o cristianos; pero aún perseverantes en su apartamiento. ¿Qué clase de seres elegían aquel desabrigo? ¿Qué les compensaba? ¿De qué autoridad se sentirían vasallos y de qué dios serían devotos?

No anduvo mucho al otro lado cuando el rumor de las aguas le anunció la presencia del río, oculto sólo en parte por la insuficiente arboleda de álamos y fresnos. El caballo dilató los ollares, olfateando el agua. Mukhtar lo condujo hasta la orilla y, junto a los arbustos de tarajes rojos, dejó que el animal se introdujera por entre las húmedas aneas para que abrevara a su gusto. Él no tenía sed. Mientras, paseó la vista por las lomas de suaves ondulaciones, manchadas de olivos, cereales, encinares, y las sinuosas curvas del río marcadas por el verde y blanco del álamo, el verde intenso del olmo y el verde oscuro del taraje, rasgando los mosaicos de colores de los cultivos.

El reiterado cabeceo produjo sonidos metálicos en el aparejo, indicando que la montura había saciado la sed. Con las botas embarradas de la arcillosa tierra, el viajero ascendió el pequeño talud y continuó el camino, antigua vía romana paralela al río, tras el soto.

Las patadas en el suelo, para librarse del barro, asustaron a una pareja de perdices rojas que, luego de su característico correteo, echaron a volar como en un gozoso pasatiempo del que hicieran involuntarios partícipes a los que por allí pasaran. Al ruido del batir de alas se fue sumando otro, en su arranque más apagado pero pronto más contundente, que hizo que Ibn Saleh se volviera a mirar hacia las colinas de donde venía. Dos jinetes se aproximaban a buen trote. Ya habría sido visto por ellos y sería sospechoso intentar ocultarse. No parecían soldados. Siguió andando con fingida naturalidad pero, instintivamente, buscó la daga con su mano y permaneció alerta. En unos instantes los escuchó aflojar la marcha hasta situarse a su altura.

Los hombres le saludaron con cierto recelo. Nunca se sabía a quién podía encontrar uno en el camino en tiempos tan agitados, pero les dio confianza ver a un viajero solitario y caminando, sin prisa, junto a su caballo. Mukhtar se mantenía en guardia, aunque tampoco muy preocupado. Parecían pacíficos. Especialmente el que dijo llamarse Fâris, de unos cincuenta años y aspecto más refinado que el otro que, por el contrario, era enorme y de ruda apariencia. Mâkin era herrero, cinco años menor que el primero y, aunque se dejaba la barba completa, como él, no tenía canas en ella y sólo era densa en el mentón. Al verlos juntos podría creerse que el herrero estaba a sueldo de Fâris, como protector o guardaespaldas, porque de aquellos hombros se esperaba que un golpe suyo derribara a un hombre de su caballo. Pero no era ésta su relación, ni tampoco una amistad directa, sino que el uno y el otro eran hijos de Bayyana, vivían en Qurtuba y se dirigían a Lawsa, a la boda del primogénito del hermano de Fâris. Éste y el herrero eran amigos desde la más tierna edad y, como relataba cuando cogió confianza, habían pescado de todo en el río, arrojado piedras a lo que se moviera y roto muchas veces los calzones jugando entre el taraje y los largos tallos del carrizo. No obstante, trataba al otro con el respeto, y un tanto de sumisión, con que suelen hacerlo los individuos fuertes cuando tienen la certeza de que quien les acompaña es de inteligencia muy superior a la suya.

Para cuando Mukhtar satisfizo la curiosidad de los viajeros acerca de su lugar de destino, los dos habían desmontado de sus respectivas yeguas y caminaban a su lado. Mâkin le-

182

vantaba casi una cuarta por encima de Ibn Saleh y de su paisano, de estaturas muy semejantes; pero las manos del aljarafeño, habituadas al cálamo, contrastaban con las de Fâris, más grandes y deformadas por su dedicación al oficio de maestro alarife, en el que no se limitaría a dirigir. Había intervenido en la construcción de edificios importantes en Qurtuba y, según dijo, en otras ciudades de al-Ándalus, así como en numerosas obras de menor envergadura, y en la reparación de murallas. Sabía leer, y su trato con hombres poderosos y cultos, cuyos proyectos le confiaban, le había procurado la instrucción que se descubría en sus maneras.

El camino era fácilmente transitable. El río se acercaba y se distanciaba en múltiples revueltas, a veces muy cerradas y de lecho más profundo, pero cuando se enderezaba se ampliaba generosamente su cauce. Mâkin contó que, a pesar de que en las fuertes riadas el agua fertilizaba los campos y las huertas contiguas, también había ahogado a muchos desprevenidos que dormían en las casuchas de sus huertecillas, con sus avenidas inesperadas en las que se salía de madre. Era, pues, un río de vida y de muerte.

Cuatro o cinco arroyos, tributarios del Wadi-al-Jubz, crecidos, señal de recientes lluvias, forzaron a los hombres a subir a los caballos para atravesarlos. Mâkin apuntó que, a juzgar por las marcas que habían dejado las aguas en sus cauces y lo que habían descendido éstas, debía de haber llovido con fuerza una semana atrás.

Ya no se bajaron de los animales, pues el río les obligaba a cruzarlo y pasar a su margen izquierda por el único vado accesible. Desde poco antes de llegar a él se distinguía el recinto amurallado de una antigua población, sobre una colina. Mukhtar mostró interés por aquel lugar y Fâris se dispuso a narrarle su historia:

—Las crónicas de esa ciudad, Ategua, se remontan a tiempos muy antiguos, cuando los romanos eran los señores de la península. Medio siglo antes del nacimiento de Isa —dijo, deteniéndose—, César estaba en guerra civil con Pompeyo y, a la muerte de éste, con sus hijos Sexto y Cneo.

Mâkin insinuaba una sonrisa neutra, con tintes de misterio y pretensiones de copartícipe de la sapiencia de su compañero; como si, por nacer en esos campos, automáticamente se obtuvieran.

El alarife se miraba el albornoz oscuro, por poco negro, para concentrarse más en sus palabras:

—César cercó Ategua; gentes, en su mayoría, partidarias de los pompeyanos. Para demostrar su fiereza, llegaron a arrojar por la muralla a los habitantes culpados de ser seguidores de César, una vez asesinados. Esperaban la ayuda de Cneo, pero como no se produjo, acabaron por rendirse a la superior fuerza del enemigo.

»El ejército cesáreo cruzó entonces por este mismo vado a la margen izquierda —dijo, señalándola—, buscando al contrario. Ambos se condujeron hacia el suroeste y sostuvieron algunas escaramuzas de las que los pompeyanos no salieron muy bien librados, gracias a la audacia del experto caudillo, pero sin grandes bajas.

»Más tarde, las tropas de César realizaron movimientos hacia el sur, dejando guarniciones bien pertrechadas, y regresaron a Bayyana, que había sido incendiada por ser su población enemiga de los de Cneo. Desde Bayyana partió Julio hacia los llanos cercanos a Munda Illa, donde asestó el golpe definitivo, con treinta mil muertos en las filas de los pompeyanos.

»Los almohades reconstruyeron sus defensas, pero ahora es una aldea cuya importancia ha quedado reducida a los hechos de su historia.

La yegua de Fâris, que no había dejado de piafar, inquieta, quiso torcer a su izquierda, pero el jinete, con un movimiento de sus rodillas, la encaminó a la derecha y entró en la corriente de aguas turbias. El último en seguirle fue Mukhtar, que todavía contemplaba los muros. Una bocanada de aire le golpeó en la cara. Mâkin, sin articular palabra, levantó un brazo al cielo mostrando a la rapaz. Ingrávida, un águila imperial se deslizaba por aquel corredor de viento y agua.

Los impetuosos cascos arrancaron salpicaduras como chispas cristalinas, rociando a los hombres. El estrépito del chapoteo se sumaba al del río, haciendo ensordecedor el paso, hasta que el agua cubrió parte de los antebrazos equinos. Uno de los hombres gritó algo, una advertencia o un jaleo a los animales, pero era inútil descifrarlo.

Cerca de la otra orilla se repitió el chapaleo; salieron y remontaron, con el súbito empuje con que suben los caballos el modesto repecho. Ahora se hallaban en la margen izquierda, desde la que enseguida vieron entre la azulada bruma que forma la lejanía, encaramada a la colina que domina el horizonte, la fortaleza de Al-Qalat con su torre central del homenaje y las casas arracimadas, prendidas a la ladera, en torno a ella y circundadas por la muralla.

En el camino hacia la localidad, fue Mukhtar quien rompió con su habitual reserva y se mostró más locuaz, acaso para aprovechar la compañía, ahuyentando la añoranza de Yael con su propia charla, favoreciendo con su palabrería el aturdimiento de la tristeza que, sin embargo, quedaba tenazmente agazapada en quién sabe qué hondura, esperando la oportunidad para emerger con la totalidad de su vigor intacto; advirtiendo entretanto, desde su sima, con un sentimiento sordo, aborrascado, que destruía las insensatas esperanzas de Ibn Saleh en cuanto a que, aturdido, se rindiera o se aplacara en alguna medida.

Sometido al torrente de verborrea, narró su odisea personal hurtando toda alusión al sublime aprendizaje místico y a la relación con la sobrina del rabino, sólo sus andanzas,

185

pero asaltado permanentemente por aquellos inolvidables ojos de corza, en tanto los suyos se perdían entre los acebuches.

Visto que no lo esperaba nadie, más que su suerte, Mâkin, al tiempo que le daba un amistoso manotazo en la espalda que lo sacudió de la silla, le propuso que les acompañara, que comiera y pasara la noche con ellos aunque eso le retrasara, pero ¿qué prisa tenía?

—Comeremos con mi tío, en Qastruh y probarás las mejores granadas de al-Ándalus, ¡que es como decir las mejores del mundo!

—Después —dijo Fâris, secundando a Mâkin—, cenaremos y dormiremos en mi casa de Bayyana y mañana, temprano, saldremos hacia Lawsa con los caballos, y nosotros mismos, descansados y bien alimentados.

—¡Vamos —insistió el grandullón—, deja tu barba en paz y no lo pienses más o te quedarás sin granadas! —dijo, festejando su ocurrencia con fuertes carcajadas.

—¿Por qué no? Será un placer acompañaros —respondió Mukhtar, contagiado de su entusiasmo.

—Detrás de aquellos álamos está la noria de mi tío, ¿ves la matrinche? —preguntó Mâkin.

Ibn Saleh buscó con la mirada entre el frondoso rincón del río, pues ya se aproximaban a Qastruh, y entrevió los pequeños arcos de donde arranca la acequia y que sostienen la matrinche, recogiendo el agua que los dos dornajos previos vierten en ella, recién cosechada de los arcaduces.

Levantó la vista a la altura de las copas de los árboles, mecidos por la brisa, y halló un trozo de la gran rueda que no ocultaba el ramaje.

—Está escondida, ¿eh? ¿No la estropeará la vegetación?

—No, se colocan a conciencia así, para que los árboles sean una barrera a las riadas y se dañen lo menos posible —explicó Mâkin.

Se acercaron. Gemía la noria con su sonido inconfundible.

—La que vi en Qurtuba es mucho más alta, pero ésta es grande también —dijo Mukhtar.

—Si te refieres a la de Abu-l-Afiyya, sí, es gigantesca. Ésta es normal —dijo Fâris—, todas miden entre doce y diecisiete codos.

—Mi tío, Burhan, es el aladrero —aclaró Mâkin—. Entre las que ha construido y las que reparó hay ahora más de veinte en la ribera. Ésta es nada más que de él; pero, en el caso de las demás, cada una es propiedad de varias familias que les reparan el encañado anualmente, por turno.

—Vamos, no perdamos más tiempo, se hace tarde —advirtió el bayyaní.

—¡Eso! —respondió Mâkin—, que ya tengo hambre. Si te gustan las norias, mi tío te explicará cuanto quieras.

Apresuraron a los caballos, al trote, por el camino empinado entre encinas y olivares de la campiña alta.

Solitarios majanos, a medias desmoronados, eran testigos del esfuerzo ímprobo de hombres de hacía siglos, que habían convertido el monte en terreno de cultivo, extrayendo pesados guijarros de la tierra con sus propias manos, grandes, recias, endurecidas, para dejar el paso franco a la reja del arado, amontonadas luego las piedras en graciosos promontorios, acreedores de culto, monumentos impensados de su abnegado trabajo.

Ráfagas de viento con suspiros de romero regalaban su paso por la senda.

Bab Qurtuba, al oeste de la villa, les aguardaba escoltada por sus dos torres rectangulares, vestigio de la época romana, amurallada desde entonces, tras ser fundada como importante campamento. La calzada seguía en pendiente, aun intramuros, siguiendo el decumano máximo de la ciudad.

Mukhtar se dejaba guiar por sus acompañantes, que penetraban en la población en dirección a la fortaleza, vecina a Bab Martus. Allí se configuraba un ensanche, con casas habitadas en su mayoría por militares, y la antigua mezquita, habilitada ya como iglesia, la de la Asunción, enfrente de la alcazaba. El aladrero era de los pocos civiles a los que les era permitido vivir en aquellas manzanas.

Antes de llegar al desnivel que descendía a la puerta oriental, doblaron la esquina, a la izquierda, y bajaron de los caballos delante de la segunda casa. Con las riendas en la mano llamaron al portón. Los soldados, avisados por el repiqueteo de los cascos y los golpes en la puerta, miraban curiosos desde sus puestos en las almenas.

Ibn Saleh también miraba, pero a la vieja mezquita, que fue ribat no para vigilar al enemigo, sino para doblegar a los mozárabes de la campiña, que eran considerablemente belicosos, además de ser una plaza estratégica por ser divisoria entre la cora de Qurtuba y la de Yayyan y que, hasta la llegada de los cristianos, perteneció a esta última. El propio Abderrahmán III tuvo que conquistarla en el 913 de las garras de aquel rebelde legendario, hijo de Bobastur: Ibn Hafsun, que tantos sinsabores proporcionó a los emires Omeyas.

Algunos pueblos o ciudades, a veces edificios, caen en las mismas paradojas que sufren los humanos, pareciendo cumplir un destino inmutable. Ahora, años más tarde, otros monjes-soldados se aposentaban en ella, esta vez cristianos.

Cargando todo el peso en una sola pierna cada vez, que parecía que se desplazaba a derecha e izquierda antes de avanzar, como indeciso o arrepentido de sus pasos, el grueso Burhan abrió el postigo a los viajeros. La redonda cara, de próspera sotabarba, exhibió la satisfacción de verles, especialmente a su sobrino, pero enseguida dedicó sus atenciones a Fâris, pronunciando su nombre con jocosa grandilocuencia al tiempo que daba manotazos cariñosos en el hombro de éste.

—¡Fâris ben Asad el bayyaní! —decía, terminando por reír.

El otro le respondió en el mismo tono y después presentó a Mukhtar.

—¿Te atreves a viajar con estos dos? —le preguntó a bocajarro, mirándolo con unos pícaros ojos azules de aspecto tan femenino que desentonaban en la cara de un hombre, y añadió:

—Esperad, abro el portón para que entren los animales.

Cerró el postigo y abrió el portón haciéndose a un lado. Pasaron los hombres con las bestias por un pasillo atestado de paletas, biergos y otros útiles del campo.

Al salir de la cuadra, Burhan los llevó a una habitación, algo escasa, donde se acomodaron entre cojines y en la que les sería servida la comida por las mujeres.

—Tendréis sed. Mi nieta, que ya es una mujercita —dijo, sin disfrazar su orgullo—, ha preparado zumo de limón para nosotros. ¡Naima! —llamó.

Pareció que la muchacha, que no tenía más de doce años, estaba esperando detrás de la puerta, pues al momento asomó portando una bandeja con una jarra y vasos de barro. Avanzó con tanta precaución y cuidados, que los hombres enmudecieron, pendientes de ella. Andaba despacio, fijándose en las viejas alfombras descoloridas que cubrían el suelo, desgastadas por tantos años de uso, para no tropezar con ningún pliegue inesperado o algún otro obstáculo. No quería defraudar a su abuelo. Al fin se agachó y dejó la bandeja con el contenido intacto, sin haber derramado ni una sola gota. Entonces se volvió hacia Burhan con una sonrisa que alumbró su rostro. Él le hizo una señal y ella saltó como una gacelilla de largas patas, arrebujándose entre los cojines y la abultada panza de él, mirando y sonriendo a todos. El cuer-

pecillo de la niña quedaba semiescondido, al lado del corpa-
chón del abuelo.

La limonada calmaba la sed. Ibn Saleh bebía con gusto.
Apuró la bebida y se sirvió de la jarra a una invitación de
Burhan, que le hizo un gesto mientras hablaba. Con el vaso
de nuevo en sus labios se fijó en Naima. Los almendrados
ojos risueños enmarcaban unas pupilas negras, brillantes,
minerales. La viva tintura rosa que coloreaba sus mejillas
sólo se ensombrecía en el secreto del hoyuelo formado por
su alegre expresión. La chiquilla se apercibió y lo miró a su
vez, ensanchando aún más la sonrisa.

El candor que irradiaba Naima movió en Mukhtar algo
que iba mucho más allá de la simpatía: el deseo irreprimi-
ble de abrazarla, de cuidarla, de criarla y hacer de ella una
mujer culta, como Zaynab, tal vez como Yael. Había estado
rodeado de niños, y se encariñó con muchos, pero no con
este amor paternal, que le enternecía y que, tan rápidamente había surgido, que lo asombraba. Se sintió impulsado a decir cualquier cosa, para que de su proceder, absolutamente puro pero fascinado en los ojos de la niña, no se
infirieran equívocos sobre su intención, sino mero afecto
por su gracia.

—¿Teñís las mejillas de Naima con la corteza de vuestras
famosas granadas? —dijo a Burhan, bromeando.

—Ya ves que no hace falta, pero si la hiciera tendríamos
que esperar a finales de Rajab[19], que es cuando se recogen.

La risa de Mâkin sonó como una explosión. Burhan sospechó la chanza.

—¡Le dije que comería granadas! —confesó divertido.

—¡Ahí lo tienes —dijo el aladrero—, tan grandullón y es
como un niño! En lo que no te ha engañado es en que son las
mejores, y no lo digo por ser de aquí, porque yo soy de Po-

190

19. Septiembre de 1252

ley. Dicen los viejos —añadió— que su buen sabor se debe al agua del Wadi-al-Jubz. Ven a verme en Rajab o en Sha'baan[20] y te hartarás de ellas; tengo un par de granados en la huerta.

—Hemos pasado por ella, nos acercamos a tu noria —intervino Fâris—. A Mukhtar le gustan.

—Aquí es costumbre llamarlas «ruedas» —puntualizó Burhan.

No volvieron más sobre el asunto, la conversación tomó muy diversos rumbos: las cosechas, los militares, la relevancia religiosa que había adquirido Qastruh al convertirse en arcedianato, con los inconvenientes que esto representaba para los musulmanes y, en general, los sucesos que habían acontecido en los últimos tiempos y cómo habían afectado en la vida de la villa. A Mukhtar le admiró saber que aquella vieja mezquita gozaba de un sabat subterráneo, ya en desuso, claro, para trasladarse el señor de la alcazaba hasta el templo, como hicieran Abd-Allah y los califas en Qurtuba. Pero más admirable era ver la cantidad de comida que le cabía al herrero que, más que comer, se atiborraba. De modo que, al terminar, echó el musculoso cuerpo hacia atrás y quedó entre los almohadones ahíto y feliz, mas incapaz de moverse. Su tío también había dado buena cuenta del almuerzo, como ya presagiaba su enorme barriga; sin embargo, se incorporó con energía e invitó a Mukhtar:

—Ven conmigo a la huerta, te enseñaré mi rueda.

—¡Yo también voy, abuelo! —dijo Naima, atrapando la mano del forastero.

Salieron los tres por Bab Martus y, del camino a la derecha, tomaron una senda que bajaba hacia el río. La angosta vereda se apretaba entre lindes. Cuando el espacio permitía que Mukhtar y la niña marcharan a la misma altura, ésta

191

20. Octubre de 1252

aprovechaba la fuerza de la mano del hombre para saltar juguetonamente las piedras o los hoyos del camino.

Pronto, el abuelo, que iba delante, se paró ante una empalizada que no superaba el nivel de su cintura, levantó el enganche, que consistía en un rústico arete oscuro y oxidado y que cerraba la portezuela de su huertecilla y continuaron a través de ella. El ruido de la noria se oía al fondo. Como ya había visto antes, la rueda se encontraba casi oculta entre los árboles, pero desde esta otra situación era fácil distinguirla.

Se detuvieron junto al armazón que sostiene a la noria, del lado de las berlingas sobre las cuales se coloca el dornajo, el cajón sobre el que cae el agua de los cangilones o arcaduces. Burhan, serio, transfigurado, recordaba a un arquitecto que explicara su obra:

—El cuerpo principal —decía—, sobre el que se basa la azuda, son los cuatro cuartos y el cuadrado central, el tabaque, en cuyo centro está la masa, que es de encina, por su dureza. A esos cuartos se les montan encima otros más cortos, para asegurarlos, las madrinas, y a ellas se les colocan cuñas para afianzarlas más y enderezar la noria. Si la rueda es muy grande, sujetamos los radios con tres aros; vueltas de cinta los llamamos, pero suelen bastar dos. En la última, la de fuera, van los álabes, estos maderos en los que ves encajados los arcaduces, las cántaras de barro. Y, por último, para aguantar los álabes, los encañamos con taraje negro cogido de nuestra ribera. El negro, que también lo hay rojo, es más flexible y se acopla mejor a la rueda. Lo demás ya lo hace el río.

—Ésta sólo se utiliza para sacar agua, no muele nunca, ¿verdad? —preguntó Mukhtar.

—No, ésas son las aceñas, que van unidas a los molinos —contestó el aladrero—. ¡Alguna he hecho también! —dijo, dándose importancia—. Las únicas que no he construido son las de sangre.

192

—¿Norias de sangre?

—Sí, las has tenido que ver alguna vez. Son las que mueven mulos o borricos.

—¡Ah!, claro que sí. Lo que ignoraba es que tuvieran un nombre tan apropiado —respondió el viajero.

Callaron. Mukhtar examinaba absorto el funcionamiento del ingenio hidráulico que, de jubiloso, pareciera tener alma.

La madera de los álabes penetra en el canal, llenándose sus arcaduces, rebosantes, eufóricos, tan plenos que aún lanzan el agua hacia lo alto, cargándose el aire de líquidas masas de traviesas formas, por inquietas, en las que baila el sol un instante, y cientos de gotas buscan el cielo, centelleantes, milagrosamente suspendidas, hasta dejarse caer para dar su turno a otras, en constante danza.

Los radios trazan en el espacio el círculo, tal vez nuevo, a cada vuelta y gime el eje ante la queja del tabaque, presionado sin piedad por las cuñas que empujan a las madrinas. Canta la noria, algarabía... zambra del agua.

Engranaje perfecto de madera, barro y agua, fundidos de tan íntimo modo que se enreda la causa en el efecto y vacilamos sobre quién establece el ritmo, si el río o la noria. La misma falacia que comete el hombre con la vida, quien siendo noria, cree ser el agua.

Giró la brisa, arrojándoles una andanada de gotas que mojó las caras de los tres, para jolgorio de Naima. Tras los pesados pasos de Burhan, regresaron a la casa.

Al bajar la cuesta de Bab Martus y alcanzar el llano, el soldado que casualmente iba delante de ellos pasó del trote al galope tendido. Por la soledad y conducta de éste, Fâris se atrevió a conjeturar que sería un correo con destino a Martus o quizá a Yayyan, que partía de Qurtuba. En Qastruh había un manzil desde tiempo inmemorial, y los correos tenían a su disposición caballos de refresco.

Los viajeros cogieron el camino de Bayyana. Mukhtar pensaba. Se sentía intrigado por la experiencia con la pequeña. ¿Qué emoción era aquella que hacía que, a sus años, echara de menos haber sido padre? ¿Jugaba Naima el papel de la hija que hubiera querido tener con Yael o, simplemente, era una jugarreta de la mente para no dejarle en paz, para estar continuamente arrepentido de su elección? Recordó la tarde en que, desde la ventana de Nerías, miraba el tejado, ocupado en las mismas disquisiciones. Entonces estuvo más seguro que ahora o ahora más debilitado que entonces, ¿quién sabe? Siempre el mar de dudas, para atormentarlo. Había que dejarse llevar, ¿no era eso?, y su espíritu se poblaría de vergeles, igual que aquellas tejas. Rota la noria de pensamientos, quedaría liberado como las nubes que se elevaban de la sierra sur de Yayyan, emancipadas por los vientos.

Al paso por los olivares, entre cuyas hileras se cultivaban cereales, el chasqueo embravecido de la abubilla atrajo las miradas. Posados en la gruesa rama de un olivo, dos machos luchaban, en pleno celo, por la posesión de un nido abandonado. Los curvados picos, las alas blanquinegras ahuecadas y erizadas las veintiocho plumas de puntas negras de la larga cresta, les conferían un porte amenazador. El que debía de ser más joven o más inexperto, no demoró su rendición y desapareció entre los árboles. El otro, complacido por su victoria, acicaló las plumas, estiró el cuello y balanceándose, lanzó al aire su canto, desafiante. Desde otro olivo, un zorzal indiscreto que había asistido a la disputa alzó el vuelo en busca de su alimento.

Bayyana, plaza fuerte desde antiguo, disponía de una muralla exterior que amparaba los barrios donde habitaba la población civil y, dentro de ésta, otra que rodeaba la fortaleza militar, construida sobre un cerro cónico, a manera de un fez coronado, semejando una ciudad-acrópolis. Más de cincuenta torres custodiaban la villa, contadas las de las murallas y las del castillo.

Llegaron por el noroeste, cuando declinó la tarde, pero bajaron hasta el sur siguiendo en paralelo la acequia, para pasar por el Molino de la Puerta y entrar por la que allí se ubicaba. Podían haber continuado en línea recta para entrar en la calle de Fâris directamente, pero embocaron una lateral porque éste prefería pasar desapercibido, aunque no necesitara ocultarse. No deseaba tener encuentro alguno con los hombres que, por orden de Fernando III, habían elegido Don Rodrigo Alfonso, hermano del rey, y Don Ferrand Ordonnez, Maestro de Calatrava. Aquéllos habían presentado a ambos, en Dhu al-Hijjah[21], los límites de Bayyana y Albeldín, entre otras villas, para más tarde ser aprobados por el rey, exactamente el diecisiete[22] de ese mismo mes.

El alarife explicó que los señoríos cristianos a los que se les habían otorgado las tierras conquistadas tenían disputas entre ellos por las demarcaciones, cuya exactitud ignoraban, sobre los términos de Bayyana, Lukk, Balkuna, al-Qabdaq y el que los cristianos llamaban Albeldín, más conocido por los naturales como Molino de Benifanin, donde la Orden tenía una de sus encomiendas.

Fâris metió la negruzca llave de hierro y abrió la casa. El muecín de una de las mezquitas respetadas por el monarca cristiano, próxima a la calle del bayyaní, hacía la llamada de Magreb. La del castillo, en cambio, había sido convertida en la iglesia de San Bartolomé.

195

21. Febrero de 1252
22. 29 de febrero de 1252

Poco después, el dueño de la casa reanudó su historia:

—El problema se originó sobre una finca de olivos que heredé de mi padre, y éste del suyo, que linda con los territorios de la Orden en Albeldín. Yuhanná, uno de los hombres escogidos para marcar los términos, tiene un cuñado que es el propietario de la finca del otro lado de la linde, establecida por el montículo de tierra que las atraviesa, que es lo común, y por la disposición de tres grandes piedras en línea recta con ella y perpendiculares a la linde de una tercera.

»El responsable de la demarcación hizo colocar dos de las tres piedras unos pasos hacia el interior de mi finca, con lo que se creó desde ellas el nuevo límite y benefició a su pariente con la superficie ganada a la mía, pero fui avisado y me presenté ante Don Ferrand el mismo día en que se hacía la aprobación, previa a la del rey. Elevé la protesta e hice valer mis razones hasta que no quedó más remedio, frente a las argumentaciones de ambas partes, que personarse en el terreno el propio Don Ferrand. El comisionado seguía protestando, pero yo señalé los antiguos puntos en que estaban situadas las piedras, cuyos huecos habían sido tapados con poco disimulo por los peones, confiados en mi ausencia y en la influencia del delegado. Mas las huellas de siglos de aquellas rocas afloraron en cuanto fueron levantadas las pobres capas de taramas y piedrecillas que las cubrían, quedando el asunto inmediatamente descubierto.

»El Maestro de Calatrava me garantizó que castigaría al tramposo, a la vez que me rogaba que todo ello quedara entre nosotros y no trascendiera hasta Su Majestad, por no quedar él mismo en evidencia. Consentí, me bastaba con recuperar mi propiedad íntegra, pero ni Yuhanná ni sus compañeros me lo han perdonado y Don Ferrand está incómodo al quedar en mis manos una historia que, de llegar al rey, desmerecería su confianza. Total que, por defender lo que era mío, me he granjeado las antipatías de unos cuantos.

—No es aconsejable que te vean, por lo que pueda pasar. Así evitarás darles oportunidades de desquite —dijo Mukhtar, al tiempo que Mâkin movía la cabeza asintiendo.

—Sí —respondió Fâris—, por el momento, como el altercado es reciente, creo que es mejor que mi estancia pase inadvertida mientras esté aquí; sin embargo, sí quiero que mañana o pasado sepan que he venido, para que no piensen que les temo y vean que vigilo de cerca mi hacienda. Pero de eso ya se encargará la mujer del vecino quien, por cierto, estaba avisada y debe de tener lista nuestra cena. Ella esperaba dos personas, pero la comida que hace es tan abundante que podremos repartirla entre los tres.

A continuación de la cena, se acostaron. Seguramente, Mukhtar fue el primero en dormirse. Estaba agotado. Había sido un día muy largo. La última oración, Icha, fue como un calmante para él, que se había obligado a rezar con toda la atención puesta en cada una de las cuatro rakaas. Pero cuando sucumbió al sueño, irrumpieron en tromba sus temores, enmascarados de risas; de Mustafá, de Târek, de Zaynab, de Yael y las de Zéresh y Naima, punteadas de timbres infantiles. Todas ellas, progresivamente, se apagaron, alejándose desbancadas por la acerba seguridad de no pertenecerle ninguna, de haberlas perdido para siempre en la oscuridad de una noche sin fin, arrasada de sombras. Los rostros fueron absorbidos, uno tras otro, en pos de un horizonte tenebroso que, súbitamente, se curvó hacia el cielo sin cerrarse. Se vio impulsado en su dirección mientras un punto, despedido del arco, avanzaba hacia Mukhtar a prodigiosa velocidad convertido en esfera luminosa. Ibn Saleh, a punto de chocar contra ella, quiso protegerse con sus brazos, instintivamente, pero la atravesó sin que sintiera el más leve dolor, sino un estremecimiento de dicha. Cuando reaccionó vio venir otra más luminosa o más pura que la primera y cuyo núcleo, al ser traspasado por su cuerpo, le transmitió la misma sensación que la anterior, ligeramente aumentada. Se sucedieron siete más, cada una más radiante, más pura que la precedente y más placentera. Por fin, la décima creció hasta coincidir su contorno con la curva del arco. Se hizo un vacío perceptible, como una pausa del tiempo en que todo quedara paralizado, y estalló o cambió de forma tan rápidamente que él no pudo distinguirlo. Diecinueve luces radiales que partían del arco hacia el exterior quedaron inmóviles, suspendidas, amortiguada su luz hasta extinguirse, para dejar en su lugar brillantes mosaicos que componían atauriques con fondos dorados. Lo reconoció. ¡Estaba de nuevo ante el mihrab de la gran mezquita de Qurtuba! Una mano tocó su hombro con impaciencia...

—¡Vamos, Mukhtar, despierta! —le insistía Mâkin.

Ibn Saleh se espabiló por la brusca llamada de Mâkin, pero conservaba vívido el recuerdo de sueño tan fantástico. Mientras preparaba a su caballo, descifraba en silencio las imágenes. Las esferas eran las emanaciones de la cábala, como le había enseñado Yael y como él mismo había visto hermosamente dibujadas en aquel manuscrito. Había ascendido desde la más terrenal hasta la penúltima, porque la última, Kether, se había fundido con el arco del mihrab, representativo, como le había dicho la judía, de la Unidad. Pero ¿había ascendido él o eran ellas las que le habían obligado a trasponerlas?

No habían hecho más que subir a sus monturas cuando cruzaron la muralla por Bab Ashshams, junto a la cuesta, para dirigirse al camino de Qabra. Estaba cerrada, pero una bolsa de monedas para los centinelas era la mejor llave.

El sol aún peregrinaba por tierras mucho más al este. En fila, con Fâris a la cabeza, los tres jinetes hendían al galope la oscuridad de la noche. Desde el otro lado de los árboles se les veía pasar como espectros cuyos ropajes ondearan tinieblas. Las uñas de los caballos percutían el camino, acallando los ruidos de las alimañas, escondidas a su paso. El aire de la madrugada atería la cara y los miembros de Mukhtar.

Mantuvieron la marcha hasta rebasada Zuhayra, que rodearon, con su fortaleza y sus casas enredadas a la falda de la peña, y se internaron en la sierra por trochas conocidas por el alarife cuando, en su niñez, pastoreaba cabras y que, pese a la poca claridad, recordaba a medida que avanzaban. Por la sierra no había peligro de fatídicos encuentros con soldados, a menudo bravucones ávidos de saqueo cuando no de sangre o de ambas cosas. Era más fatigoso andar por senderos de pastores, pero más seguro, si bien los amenazadores aullidos de los lobos no sólo alarmaban a los equinos que, atentos al peligro, giraban las orejas en la dirección de los aullidos, sino también a los viajeros, aunque rara vez atacaran a los hombres.

Los cuellos de los esforzados caballos, húmedos de caliente sudor, desprendían vahos en contraste con el frío del amanecer. Desde las rocas podían verse, hacinadas, las casas de Qabra, sobre las que destacaba la torre de la iglesia de la Asunción, doce años antes mezquita. En tanto abrevaban los animales en el arroyo de la sierra, afluente del wadi al-Qabra, Fâris resaltó la antigüedad de la villa, poderosa y próspera desde tiempos romanos y que éstos habían fortificado y hasta dotado de templo para el culto de sus dioses, Mitra entre ellos.

—Aquí nació —continuó el bayyaní— uno de los poetas más sobresalientes de al-Ándalus, que no fueron pocos, Muqaddam ben Muafá al-Qabrí, al que llamaban «el ciego». Mi madre, que las había aprendido de su abuela, me recitaba algunas poesías suyas, en las noches de verano, cuando yo era un niño. He olvidado la mayoría de ellas, pero recuerdo ésta:

«Ella era tan bella que si a la luna
le hubieran preguntado:
—¿Qué quieres, luna?
La luna hubiese contestado:
—Un destello de ella.»

Mukhtar sonrió. Los versos de «el ciego» de Qabra le evocaban el encanto de Yael, pero Fâris no le dio el respiro necesario, para recreo tan peligroso, espoleando a los cuadrúpedos. Continuaron ceñidos a la sierra de Qabra y más tarde a la de Bagu. De día no se oían lobos, sin embargo Mukhtar preguntó:

—¿En vuestros campos también hay lobos?

—Sí, bajan en manadas en invierno —contestó Fâris—. Los pastores tienen que vérselas con ellos cuando acuden hambrientos en busca de las ovejas y de las cabras que distraídamente se separan del rebaño. Conocí a un hombre de Molino de Benifanin —añadió—, al que lo salvó la llegada providencial de un par de pastores. Estaba con el rebaño en las proximidades de la vieja ermita, cuando le asaltaron hasta seis lobos que, a feroces dentelladas, degollaron a dos ovejas y al perro. Él se acercó a ellos dando grandes voces, mientras les lanzaba piedras con la honda y enarbolaba el cayado por encima de su cabeza, para amedrentarlos. Los lobos parecieron retirarse, pero son grandes cazadores y lo que perseguían era rodearlo. Sabían que, eliminado el amo de las ovejas, aquello sería un festín. Por suerte, otros dos pastores de las cercanías oyeron sus gritos y lo auxiliaron, usando las hondas y los perros. Sólo entonces desistieron las fieras. Si no llegan a estar cerca, habrían matado al pastor.

—En esa historia has mencionado una ermita y la has llamado «vieja». ¿Es anterior a la entrada de las tropas cristianas? —inquirió Ibn Saleh.

—Muy anterior —afirmó el alarife—. Es una ermita mozárabe dedicada a Mariam. Cuentan que tiene tanto tiempo, que en el siglo cuarto de los cristianos, un obispo que desde Qurtuba se dirigía a Medina Ilbira, junto a Gharnata, para reunirse en concilio con otros, se desvió de su camino para visitar la ermita, que ya se sabía que existía. Allí se arrodilló para rezar cuando, al momento, se sintió observado. Se volvió para ver quién era y se encontró con que otro obispo había tenido la misma idea que él. No habían acabado de saludarse y celebrarlo cuando se presentó otro y otro en seguida; así hasta formar un grupo de siete obispos que, asombrados por la coincidencia, concluyeron que era la madre de Isa quien los había congregado, por lo que consideraron el hecho de gran augurio para el concilio y determinaron orar juntos toda la noche.

—El primero que llegó —dijo Mukhtar—, si era de Qurtuba, pudo ser el célebre Osio, que asistió a ese concilio.

—Es posible, aunque no hay ninguna prueba de que el suceso ocurriera realmente. Puede ser una leyenda —puntualizó Fâris.

Mâkin no intervenía. Atento a los alrededores del camino para dar la alarma si veía o escuchaba a alguien, conservaba alerta los sentidos. Pronto se divisó la torre de vigilancia de Rut. Orillaron el picudo monte, base de la torre, y siguieron hacia Hisn Ashar. Se introducían en la difusa frontera con el reino nazarí de Gharnata. Si mantenían la marcha y no surgían contrariedades, Mâkin preveía que estarían en las puertas de Lawsa con el sol en el apogeo de su cenit. La ciudad, destruida y abandonada en una incursión del ejército de Fernando III, había sido reconstruida una vez fundado el reino nazarí.

Mukhtar pensó que si entraba con sus compañeros en Lawsa le exhortarían a que permaneciese con ellos en la boda, lo que, sin duda, le supondría un retraso de varios días pues, conocido el talante de sus nuevos amigos, no permitirían que se marchara hasta que finalizasen los esponsales. A ese trastorno de sus planes, Ibn Saleh sumaba otro: sabía que su corazón, conducido al principio por entre anchas, incluso candorosas, avenidas de la mente, derrotaría en inexplicables atajos que en último lugar desaguarían en tortuosas cañadas, incomparablemente más escabrosas que las recorridas por la sierra y cuyos lobos eran bastante menos perseverantes que estos otros, que jamás abandonaban a su presa hasta lograr que el dolor se posesionara del espíritu, para devenir en agonía. Sabía que terminaría por ver, en el de la novia, el rostro de Yael. Esto era lo que más pesaba en su ánimo, por encima de cualquier circunstancia que constituyera una simple demora de sus propósitos. Renunciaría a conocer Lawsa. Al fin y al cabo había aprendido a dejarse llevar, pero también a conocerse a sí mismo.

202   Con esta convicción como asidero, pudo resistir con amable firmeza la insistencia de Mâkin y Fâris, a quienes no estaba dispuesto a ofender. Como había previsto, intentaron persuadirle con toda clase de ruegos y argumentos, a los que tuvo que oponer razones que le exigieron llegar al límite de su elocuencia, sin descuidar la dosis suficiente de delicadeza como para que no se sintieran agraviados. No obstante, no quedaron satisfechos hasta arrancarle la promesa de que les visitaría si alguna vez volvía a Qurtuba.

A solas en el camino, observó que la sombra del saliente de una roca se proyectaba en clara vertical. Era mediodía. En cualquier momento los almuédanos atronarían el aire desde los cuatro puntos cardinales para convocar a los creyentes.

Capítulo V
Gharnata. Destino final

*E*ntre las alquerías de Wat y Tasar, Mukhtar se decidió por una casa situada al costado, al extremo de todas. Accedió por un amplio huerto en el que una tropilla de gallinas picoteaba el suelo afanosamente. Las aves se retiraban a su paso exhibiendo sus mejores espantadas, con esas alarmas perturbadoras, tan desproporcionadas, que Mukhtar las suponía fingidas.

Al escándalo de las gallinas, el hortelano, que estaba encorvado arrancando hierbas, se enderezó pausadamente con el almocafre en la mano y lo miró con curiosidad. Hasta entonces Ibn Saleh no había advertido su presencia, pero al distinguirlo de pie entre los matojos, descabalgó. No hacerlo y conversar con él desde la altura del caballo habría denotado una actitud altiva, la menos adecuada para conseguir comida, aunque fuese pagando, para su animal y para él.

El campesino, hombre sobrio al hablar, pero honesto y bondadoso con los viajeros, por una moderada suma le ofreció compartir unos trozos de gallina del día anterior, asada en su grasa y aderezada, con maestría, a base de pimienta, canela y jengibre.

Mukhtar agradeció la exigua locuacidad del lugareño, pues si bien ya contaba con la dicha de hallarse en tierras musulmanas y el descanso había sido beneficioso para hombre y caballo, estaba avisado por Fâris y confirmado por el hortelano, que aún le quedaban unas cuatro horas de viaje, por lo que reemprendió la marcha en cuanto terminó de comer.

La ruta hacia Gharnata surcaba la vega del Wadi al-Xennil. En el arranque del camino había árboles jóvenes, silvestres o plantados hacía pocos años, repuestos tras las talas que habían producido las batidas cristianas; pero el agua corría por las acequias, desbordadas del brote incesante de las alfaguaras, y el paisaje estaba profusamente salpicado de alquerías y almunias que, por la riqueza del regadío, más parecían exuberantes jardines que tierras de labor, como atestiguaban los cientos de norias y molinos allí construidos, y cuya visión excitaba la codicia del enemigo. A lo largo de todo el valle se sucedían bosques de chopos, encinares y abundantes moreras para alimentar a los gusanos de los que extraían la seda, con la que más tarde confeccionaban exquisitos atavíos. La vega estaba custodiada por torres de vigilancia que se alertaban, unas a otras, de la presencia de las huestes de sus adversarios con señales luminosas, por medio de espejos o de hogueras en la noche.

Cerca de la capital nazarí, los campos de lino dominaban el panorama, pero la atención de Mukhtar fue acaparada por la sierra cuyas nieves, que nunca habían contemplado sus ojos, guarnecían las altas montañas.

Considerada la blancura de los picos como un prodigio de la naturaleza, el aljarafeño entretuvo en ellos su mirada de tal manera, tan deslumbrado estaba, que su caballo se fundió con la muchedumbre que entraba y salía de Gharnata por Bab Ilbira, Bib Ilbira, como preferían llamarle los gharnatíes, sin reparar en que había llegado, por fin, a la urbe, al destino que tanto ansiaba. Ya podía considerarse vasallo de Muhammad I ben Yúsuf, el primer sultán y fundador de la dinastía nazarí.

El animal había seguido el único recorrido posible, pues, más angosto hacia la puerta, como un embudo, el carril estaba flanqueado por las murallas del cementerio, dividido en dos por el propio camino.

Bib Ilbira, como estructura militar, constaba de dos puertas acodadas y un patio central. De esta manera, si eran vencidos los de la primera puerta, la guarnición podía repeler el asalto desde la segunda, reforzando así la defensa de la ciudad. En la segunda de ellas, bajo el arco de medio punto, Mukhtar preguntó a uno de los guardias por una casa de hospedaje y éste lo envió, con indicaciones de cómo llegar, al Rabad Gelilis, muy próximo a la Gran Mezquita.

Como le había aconsejado el centinela, el viajero anduvo hasta el final de la larga y bulliciosa zanaqat Ilbira, que atravesaba sinuosa toda la ciudad, con sus numerosas callejas perpendiculares, muchas de ellas sin salida y con puertas propias, que cerraban por la noche los vecinos, y terminaba en la Rahbat al-Hattabin, junto al Wadi al-Hadarro.

Avanzar por una calle tan concurrida era una proeza, pero parar habría sido imposible. Mukhtar andaba delante de su montura, con las bridas en la mano, seguro de que si se detenía sería empujado y arrollado por la masa que hormigueaba sin cesar, desordenadamente. Tan pronto se encontraba en la orilla derecha, como en la izquierda o en el centro, apartado por la gente que venía en sentido contrario; alfareros, carpinteros, zapateros, curtidores... unos acarreando bultos sobre la cabeza o los hombros, otros con burros cargados de mercancías de todas clases, voceando sus productos inútilmente, y otros sin carga, que parecían errar, curiosos, sin destino alguno.

En la plaza giró a la derecha y se encaminó al barrio de los posaderos. No necesitó preguntar. Era una calle de la misma anchura que la de Ilbira, pero bastante más corta, aunque con un trasiego similar. Ocho o diez zagales jugaban correteando entre los mercaderes que deambulaban por fuera de las posadas, edificios de dimensiones más que respetables para acoger a aquel enjambre. Los posaderos se sentaban a las puertas o en los zaguanes para controlar el tropel de gente, de animales y sobre todo de mercancías que debían estar a salvo en sus almacenes, dando instrucciones a cada momento a sus cuadrillas de ayudantes. Mukhtar debió esperar a que el primero de ellos terminara de dar órdenes a uno de estos servidores, con respecto a un comerciante y su reata de mulas, para comprobar que ya no quedaba alojamiento para él.

Uno por uno, los hospederos le dieron idénticas noticias, había entrado tarde en Gharnata. Uno de los chicos, rezagado de los otros, observaba al recién llegado. Cuando, intranquilo por no hallar hospedaje, hablaba con el último de los posaderos, el arrapiezo se acercó a él, tiró de su manga y le espetó:

—Por una moneda puedo llevarte a una casa, donde seguro que hay sitio para ti.

El dueño de la alhóndiga le ofreció un lugar en la cuadra donde, en cambio, sí tenía espacio para su caballo.

—Así —agregó éste—, estarás más libre y te será más sencillo encontrar albergue en una casa.

Ibn Saleh también lo creyó así y aceptó la propuesta. El patrón no tuvo más que llamar a uno de sus subordinados, para que el animal fuera conducido a la caballeriza.

Antes de que el caballo terminara de cruzar la puerta, el muchacho agarró la mano del forastero. Juntos, regresaron por el camino que había hecho Mukhtar hasta el Qantara al-Hattabin. Allí, en lugar de girar a la izquierda para entrar de nuevo en zanaqat Ilbira, cruzaron la plaza pegados a la margen derecha del río, dejando atrás el Qantara al-Hawwatin, el Qantara al-Qadi y, rebasada por fuera la Bib al-Difaf, pasaron por alto la primera bocacalle y, esta vez, sí doblaron a la izquierda para subir por una estrecha callejuela. Emprendían el comienzo de las interminables cuestas del Rabad al-Baiyazin.

Algunas casas, por lo saliente de los miradores voladizos que poseían, angostaban la calle por encima de sus cabezas. A mitad de ella surgieron escalones; al principio había uno cada dos pasos, pero pronto disminuyó la profundidad y sólo cabía una zancada entre peldaños. Al final del callejón, la pendiente lo convertía en escalinata cuyo muro frontal, construido como protección contra las avenidas de agua, obligaba a la escalera a formar un recodo hacia la izquierda.

Acostumbrado a remontar aquellas cuestas, el muchacho se había adelantado a Ibn Saleh y había torcido a la derecha en cuanto alcanzó la travesía perpendicular, que constituía un descanso en sí misma, por cruzarse a la pendiente. Aun así escuchaba la respiración entrecortada a su espalda, pero sólo se volvió, divertido, cuando oyó un tropezón del adulto en el irregular empedrado.

207

El rapaz siguió adelante y desapareció por la primera calle a la izquierda, de amplitud todavía más reducida que la primera. Mukhtar lo secundó y lo vio llamar a la tercera casa situada a su diestra. La gruesa puerta de madera tachonada de grandes clavos negros no se abrió hasta que él estuvo a la altura del chico. Asomó un hombre añoso, pero de dudosa edad. Llevaba la cabeza descubierta, con el pelo muy corto, casi rapado, pero suficiente como para reconocer que la lucha entre el negro del cabello y el blanco de sus canas aún no estaba decidida a favor de ninguno de los contendientes, sino en razón de igualdad. Sin embargo, lo blanquecino de su barba declaraba en ella al vencedor. Los vivaces ojos miraron al muchacho y entre sus labios, abiertos por la sonrisa, aparecieron cinco dientes descarnados y dispersos.

—¡Ah! Eres tú, Jawhar. ¿Me traes a un forastero? —preguntó, sin apenas mirar a Ibn Saleh, y añadió—: Pues has acertado, ayer quedó libre la alcoba.

—Sí —asintió éste, al tiempo que ponía la mano abierta en espera de la moneda prometida.

Mukhtar recompensó al chiquillo que, nada más embolsársela, se precipitó calle abajo a todo correr, tan deprisa que no pudo detenerse ante la rolliza mujer que pasaba en ese momento por la esquina. La colisión, de lo violenta que fue, hizo tambalearse a la matrona que, a pesar de su corpulencia, exhibió una agilidad inusitada y le propinó un pescozón que hizo brotar las lágrimas de Jawhar y la risa de los hombres.

—Sigue a Nicolás —dijo de pronto el hombre, e hizo ademán de meterse en la casa.

—¿Quién es Nicolás? —le interrogó Mukhtar, reteniéndolo de un brazo.

—¡Pues yo!, ¿ves a otro? —contestó, y entró con decisión.

Mukhtar pasó bajo el arco formado por piedras de buen tamaño que enmarcaba la puerta y cerró tras de sí. El extraño individuo había continuado por el pasillo. Después de la sala, abierta, que era la primera habitación a la derecha, frente a la cocina, le señaló el cuarto inmediato a aquélla y explicó:

—Ahí podrás lavarte, pero primero subamos a la que será tu alcoba para que dejes el hatillo.

Ibn Saleh apretó el paso, se aproximó a Nicolás y pudo apreciar las cicatrices que decoraban la cabeza de éste. Las pequeñas calvas eran el recuerdo físico que habían dejado los juegos a pedradas e insinuaban una infancia revoltosa en la que las travesuras se sucederían. Eso encajaba con su expresión maliciosa, entre pícara y socarrona.

—Hacer suposiciones es entretenido, pero es mejor fijarse en los escalones —opinó, de improviso, el dueño de la casa.

Mukhtar calló, conturbado por el comentario del hombre, que parecía haberle leído el pensamiento.

En la planta de arriba sólo había dos habitaciones. La que primero se encontraba al subir resultó la destinada a los viajeros, pero la puerta no daba a la escalera, sino al comienzo del corredor formado entre la barandilla, por la que podía asomarse al patio, y los aposentos.

Una vez en la alcoba, el forastero quiso saber cuánto le costaría hospedarse.

—Dormir y comer te costará muy poco —replicó—, estáte tranquilo, pero lavarás tú mismo tu ropa. Por todo lo demás no te cobraré —y riéndose, abandonó la estancia sin esperar respuesta.

El nuevo inquilino, mientras se preguntaba el significado de aquellas palabras, inspeccionó el dormitorio de un vistazo. Estaba limpio. Tenía una ventanita baja, algo más abajo que la altura de su pecho. Veía la calle a través de la celosía, que permitía mirar sin ser visto. Junto al camastro, por encima de una mesita, estaba clavado un candil mohoso que sustentaba a otro dentro de sí, igualmente oxidado. De esta manera podía tomarse este último, si había que alumbrarse por la casa, y después volver a colocarlo o, si era necesario, usar los dos. No había tapices colgados ni ninguna otra clase de decoración, excepto algo que destacaba en el muro de la ventana, al otro extremo del paño: una estrella de ocho puntas cuyos lados no sobrepasaban cuatro dedos de longitud y que en su centro tenía una leyenda en árabe, «Sólo Alá es victorioso».

La estrella estaba pintada, solitaria en aquel muro; pero su soledad era un indicio de que no podía estar allí por azar. Cuando cruzaba la pieza hacia la puerta, muy próxima a la esquina contraria, descubrió otra semejante aunque más menuda.

Mukhtar había bajado pronto, pero se había detenido al pie de la escalera para ver el patio, donde en primer término rumoreaba una fuentecilla, hasta ahora el mayor lujo de la casa, en el ángulo opuesto al único árbol, un naranjo. En diagonal a la fuente, una pila de piedra evitaba la molestia de ir al río a lavar la ropa. En la sala, sentado sobre almohadones, le aguardaba Nicolás con un sabroso té de hierbabuena que comenzó a servir, en cuanto vio recortarse su figura bajo el dintel de la puerta, en tanto le hacía señas para que se acomodara a su lado.

—¡Bienvenido a casa de un cristiano! —declaró, ofreciéndole el vaso de té.

«¡Paradojas de la vida!, pensó Mukhtar. Vengo de lejos, al encuentro de un reino donde convivir entre musulmanes, y termino en el hogar de uno de los pocos cristianos que habrá en la ciudad.» Su nombre era, por cierto, una evidencia, si bien no del todo determinante, porque algunos conversos, pocos, mantenían su nombre cristiano; sin embargo, las estrellas con aquella frase sugerían que el morador de la casa era un seguidor del Islam.

En ese punto de sus pensamientos se fijó en la cruz de metal, colgada de la pared de su izquierda, que confirmaba lo dicho por Nicolás. Era de travesaños iguales, más estrechos en el centro que en las puntas, que remataban en forma cóncava.

—Te has quedado pensativo —dijo Nicolás—. ¿Es para ti un inconveniente que sea cristiano?

—Suele serlo para los cristianos, que admiten mal la coexistencia con miembros de otras creencias. Por eso estoy aquí, pero para mí como musulmán no supone un conflicto. Si he vivido entre judíos, y aprendido de ellos, ¿por qué no con un cristiano? En cambio, querría saber qué representan las dos estrellas que he visto en la alcoba, que hacen creer que se está en la casa de un musulmán.

—Esos cristianos que dices son francos o del norte de la península. Yo soy andalusí, como tú, y ésta es una tierra de tolerancia. Por esta razón y como quiera que mis huéspedes son, en su inmensa mayoría, musulmanes, mandé pintar esas estrellas para facilitarles sus rezos. Si te colocas entre la línea que podría trazarse de una a otra, y de frente a la menor, tendrás la dirección exacta de la quibla. Y ahora, si he dado respuesta a tu pregunta, dime tú: ¿Qué esperas encontrar aquí, en Gharnata?

Mukhtar tomó un sorbo de té antes de responder.

—Pues te diré que cuando comenzó mi viaje, mi deseo era únicamente encontrar la paz entre mis hermanos e instruir a los niños en la mezquita, como llevo haciendo desde hace tantos años, pero en poco tiempo han pasado muchas cosas. A veces he pensado que, tal vez, demasiadas. Pero no, han sido las justas y he aprendido de ellas a dejarme llevar. Continuaré en mi propósito, mas lo modificaré si es preciso para hallar mi puesto entre los hombres.

—Aún no sabes qué te espera, pero has madurado —afirmó Nicolás.

El musulmán inclinó el vaso sobre sus labios y apuró despacio el contenido sin dejar de observar a su interlocutor, que había atemperado el gesto socarrón.

—Desconozco cuál será mi ocupación —expuso—, pero desde cualquiera puede servirse a los demás. Sólo pido ser digno y estar preparado.

Hizo una breve pausa y aseveró sin rodeos:

—Intuyo que estás en mi camino.

—Vamos a cenar —contestó el cristiano.

Durante la cena, un sencillo guiso de lentejas, el diálogo se circunscribió a datos que Nicolás pedía sobre la vida en Sanlúcar del Alpechín o detalles sobre las peripecias del viaje de Mukhtar, que éste le refería en todos sus pormenores. Con los platos acabados, la narración había derivado por terrenos cada vez más personales. Seguramente lo que deseaba el gharnatí, que quería profundizar en las vivencias y en los consecuentes cambios experimentados por Ibn Saleh.

211

A Mukhtar le había gustado el plato de lentejas, pero asimismo le chocó que al rato de terminar no se sintiera pesado. Siempre le habían hecho sentirse así y se lo dijo a Nicolás.

—Eso se debe a que están condimentadas con azafrán, que es un digestivo, entre otras de sus muchas virtudes. Es una planta muy singular, que se convierte en especia de forma alquímica.

El viajero lo miró, animándole a proseguir.

—Podemos hacer una comparación entre el proceso por el que la planta resulta en una especia tan estimada y el camino y la actitud del hombre que busca el Conocimiento. Tú mismo, ¿no es así? —dijo, tras un corto silencio.

El aljarafeño sonrió, pero sin sorpresa, ya había presentido, y así lo había dicho antes, que aquel ser no era corriente. Nicolás continuó:

—La flor del azafrán hay que recogerla mucho antes de que el sol caliente, porque éste ajaría sus pétalos, y sólo las que están abiertas, de las que más tarde se utiliza una mínima parte: tres estambres. ¿Puede el hombre recorrer su senda espiritual sin haberse abierto al universo? ¿Qué avanza de él, sino su esencia? —El cristiano dejó que las palabras penetraran en Mukhtar y agregó—: Con posterioridad, se secan los filamentos arrimando un recipiente al calor de un brasero de ascuas sin llamas, para tostarlo lentamente. Cuando su color sea brillante y su aspecto rígido por la pérdida del agua, una quinta parte de lo que era, habremos obtenido la sustancia: el azafrán. El fuego ha transmutado unas hebras en la especia más valiosa. Debido a esta naturaleza esencial, se usaba como elemento purificador en el antiguo país del Nilo. Cuando el ser humano progresa por la vía de la perfección, ¿no es transformado por el fuego de los sentimientos, de las circunstancias que le obligan a aprender, a enfrentarse, a conocerse? ¿No se desprende de fútiles par-

212

tículas, de componentes innecesarios, del plomizo magma que entorpece su andadura? De rosa a esencia, de hombre a quintaesencia. Eso, Mukhtar, es alquimia espiritual.

—Sé de la existencia de los alquimistas, ¿eres uno de ellos?

—Lo fui. Animé el fuego de mi atanor muchos años, día tras día, sin que flaqueara mi voluntad, aun enfermo. No me desalentaron los múltiples fracasos. Mi primer objetivo era lograr la piedra de toque que cambiaría los metales viles en oro, porque sabía que a la par destilaba un agua, el Elixir de la Vida, que da la vida eterna. Me pasaba noches enteras pendiente del crisol, de la combinación de los tres principios: el Azufre, el Mercurio, la Sal. Apenas salía, apenas comí. Mis vecinos sospecharon que estaba loco o, peor, que era un brujo o estaba endemoniado y me repudiaron. Te repito que fueron muchos años de trabajo y soledad. Ante mis ojos el fuego forjaba su obra mientras yo meditaba. Pero llegó el día anhelado, mi triunfo. Fue entonces cuando supe que mi éxito no era trascender la materia, los metales, ni vencer a la enfermedad o incluso a la muerte. Lo que de verdad se había transmutado era la propia naturaleza de mi ser. No puedo decirte más, no se explica lo inefable. Tiré el horno, los utensilios, todo... ya no tenían objeto.

La espalda acusó la tensión de la postura, atenta, concentrada. No eran molestias por haber cabalgado todo el día. Se arrellanó para distender los dorsales, apoyó el codo en un cojín al tiempo que manoseaba su barba, como hacía con frecuencia, y preguntó:

—¿Qué hiciste después?

—Vendí mi casa para pagar deudas que había contraído, pero retuve el huerto gracias al cual sobrevivo, y me vine a vivir con mi hermano mayor, hasta su muerte. La gente creyó que por fin había recuperado la razón, pero no la de un hombre común. Me tienen por un excéntrico; sin embargo, me dejan vivir y en ocasiones vienen a contarme sus problemas, para que les aconseje. Aparte del huerto, como sabes, arriendo la habitación sobrante y, de cuando en cuando, viene alguien que, como tú, precisa ser orientado. Yo lo reconozco al instante y descubro su camino. Ésa es mi función.

—¿Conoces el mío? —inquirió Mukhtar, incorporado, tenso de nuevo.

—Conozco el final y lo que has venido a aprender aquí. No seas impaciente, mejor seguimos mañana, hay tiempo —dijo el mozárabe, mientras se levantaba para irse a su alcoba—. Pero —masculló—, no eres un viajero, sino un peregrino.

La luz, mitigada por el tamiz de la celosía, penetraba tímida en el aposento, toda vez que acababa de despuntar el día. Ibn Saleh dobló su alfombrilla. Había cumplido con el primer rezo, perfectamente orientado merced a las estrellas emplazadas por la cortesía de un discípulo de Isa. Volvió a bajar, pues ya lo había hecho antes para efectuar las abluciones en el lebrillo del aseo, y no encontró a nadie. Supuso que no sería un inconveniente pasar al salón, entró y se detuvo cara a la cruz de la pared. Estaba ensimismado inspeccionando los curiosos círculos inscritos en los extremos y en el centro, donde confluían las cuatro aspas, cuando oyó abrirse la puerta de la calle.

—¡Buenos días! —exclamó Nicolás, al verle—. Imaginé que estarías fatigado y te dejé dormir.

Mukhtar respondió al saludo y, simultáneamente, se llevó la mano al corazón.

El cristiano, entonces, se interesó por los planes del forastero, quien le informó que tenía pensado presentarse en la posada, pagar el albergue del caballo y venderlo a cualquier mercader, a los que siempre les venía bien una bestia más.

—No te deshagas de él —objetó éste—, todavía te tiene que servir. En esta casa no cabe, pero ya tengo un lugar para él. Vengo de acordar su alojamiento en la cuadra de un amigo. Fui temprano, antes de que se marchara a trabajar al huerto. No tendrás que pagar nada, excepto su comida. Iremos a recogerlo y lo dejaremos en su casa. Su hijo nos esperará. Pero desayunemos primero.

El musulmán, dadas las declaraciones escuchadas la noche anterior, no se opuso a nada. Seguiría punto por punto las disposiciones de su nuevo instructor al que, como tal, había tomado ya. Desayunaron y partieron hacia la alhóndiga.

Al sano hálito de la mañana gharnatí, contribuía el manso musitar de los caños de fuentes confinadas en umbrosos rincones, siempre húmedos, de las callejas que descendían el al-Baiyazin. Abajo, el Wadi al-Hadarro se precipitaba comedido al encuentro de su hermano, el Wadi al-Xennil, enhebrando los ojos de los puentes, asombrado de las bóvedas sorteadas por pajarillos, de descarada insolencia, en arrojado vuelo de saetas.

A la vuelta, en el estrecho laberinto retorcido de callejuelas empinadas e incontables recovecos, Mukhtar tuvo la seguridad de estar perdido, incapaz de encontrar la casa sin ayuda de Nicolás. Por lo que calculaba, pues habían tomado otras vías, debían andar por calles más arriba de la del cristiano.

—Había concebido la idea de visitar a los imanes de las mezquitas de la ciudad, por si pudieran interesarles mis servicios como maestro. ¿Consideras que debo hacerlo o, si voy a permanecer aquí por corto espacio, está de más? —deseó averiguar, en cuanto se alejaron de la cuadra del amigo del antiguo alquimista, no obstante la insensatez de la pregunta. Jamás creyó que podría hacer alguna semejante a nadie, pero ya estaba familiarizado con una realidad sobrepuesta, o paralela, quizás entretejida a la otra en la que sus congéneres, y él mismo, algo más de un mes atrás, ubicaban su existencia.

Nicolás parecía reflexionar mientras caminaba en dirección contraria a su vivienda. Persistió en el ascenso hasta un claro, un altozano desde el que se dominaba el barrio y parte de Gharnata. Ibn Saleh pudo constatar que el apiñamiento de las edificaciones era obvio, pero relativo. Muchas contaban con breves terrazas sobre bancales, donde crecían árboles, que enmendaban el efecto de aglomeración anárquica y les proveían de otra imagen de mayor holgura. El conjunto podría estar subordinado a la concepción idílica de un vasto jardín, donde cada casa fuera un pabellón o una glorieta.

—Contempla la fortaleza, Mukhtar. La llamamos «al-Hamrá» por el color de la tierra de la colina sobre la que está construida, la Assabica, y que se ha empleado en su fábrica. Por el momento es sólo una alcazaba, mas pronto se verá rodeada de unos palacios que serán admirados durante siglos, pues sobrevivirá al ocaso de este reino que, como todo lo material, está sujeto a la ley de los ciclos. Pero que no anide en ti el temor, se conservará, desde su inicio, más del doble de lo que duró el califato. Una reina, una mujer que pasará a la historia como ferviente cristiana, satisfará su desmedida ambición de poder, ninguna otra cosa, sometiéndolo por las armas y, con sus malas artes, firmará tratados para con el pueblo, de los que no cumplirá ni uno solo.

El hombre escrutó unos instantes el rostro de su acompañante para estudiar el efecto de sus anuncios, quedó conforme, y apostilló:

—Esos palacios ni siquiera son un proyecto, pese a lo cual has venido a aprender de ellos. Tú has tenido otros maestros, ¿verdad?

—Sí, mi primer encuentro con el Conocimiento me lo proporcionó un médico musulmán y más tarde un rabino y su sobrina. Faltaba un cristiano, ¿no es eso?

—Así es, las tres tradiciones místicas, los tres estambres de la flor del azafrán. Los tres dentro de la misma rosa. Además de instruirte en tu camino, debes conceder la misma importancia y respeto a los otros dos. Ten presente que de la flor surgen tres filamentos diferentes, aunque de una raíz común, pero acaban siendo la misma especia. Tres senderos distintos en una única dirección. Los palacios constituirán un homenaje a estos tres caminos.

—¿En qué modo lo serán? —interrumpió con interés.

—Por los símbolos. A veces insertos en sus muros, a veces en las poesías que recorrerán las estancias y, en ocasiones, por la proporción que poseerán éstas. Habrá símbolos hebreos, cristianos y, naturalmente, musulmanes.

—¿Estarán de acuerdo en ello el sultán o sultanes que los manden construir?

—No será idea de ellos —reconoció el mozárabe—, sino de sus consejeros o de sus poetas áulicos, pero les pasará desapercibida. Te pondré un ejemplo: en ciertas poesías que canten gestas o simples alabanzas, de las que tanto gustan a los monarcas, irán intercaladas frases de significado ambiguo, pero en las que alguien atento descubrirá el mensaje encubierto, sin dificultad. También habrá poemas más osados, que advertirán o directamente darán claves.

—¡Qué sabiduría! —encomió Mukhtar, recordando las frases de Târek cuando interpretaba para él los azulejos—. Éste es un procedimiento más seguro y más duradero que emplear libros o pergaminos, que pueden estropearse o sencillamente extraviarse.

—¡Exacto! La intención que les moverá es la que has descrito: procurar que los mensajes se conserven para los ojos de los hombres. Nada es perpetuo, pero resistirán el paso de muchos siglos. Ya que no podemos realizar viajes en el tiempo, para mostrarlos periódicamente, ¿qué nos impide invertir los términos y hacer que sea el tiempo el que viaje por esos muros que contienen los mensajes?

Nuevamente, Nicolás escudriñó la expresión de Ibn Saleh y aseguró:

—Es preferible que conversemos en la intimidad de la casa, vámonos.

Sin más dilación, bajaron el zigzagueante dédalo de pasajes y travesías y entraron en ella. El cristiano encendió el hogar y puso a calentar agua para hacer el té, que beberían en el salón. Sentados, uno frente al otro, el mentor tomó la palabra:

—Amigo musulmán —dijo, dejando caer su mano derecha, con afecto, sobre el hombro izquierdo de éste—, como te adelanté anoche, tenemos tiempo; pero necesitamos aprovecharlo con inteligencia. Por las mañanas escucharás lo que tengo que revelarte y por las tardes caminarás por la ciudad. Pasearás hasta que el sol decline, mas con el pensamiento ocupado, en lo que aquí oigas, únicamente cuando inicies el regreso cada día. Hasta entonces deja que tu mente divague, se refresque, observando a la gente, las calles o lo que llame tu atención. Quiero que lo que te cuente penetre tanto en tu cabeza como en tu corazón. Cuando demos por consumada la tarea, te irás de Gharnata. Yo te diré dónde, en ese momento.

—¿Cuánto nos llevará? Contaba con la suma que obtendría por la venta del caballo...

—Serán pocos días. Empezaremos ahora mismo —aclaró Nicolás, antes de que terminara la frase—. Por otro lado, a los que vienen a mi casa a aprender, sólo les hago pagar la comida, sin beneficio alguno para mí. Entiendo que no debo lucrarme con mi función.

El mozárabe enmudeció de repente. Los ojos cerrados, en actitud recogida. Al aljarafeño le pareció que rezaba una oración y no se atrevió a distraerle. Respiró varias veces, como Târek le había aleccionado.

—Aromas, luz, agua trocada en alma viva —recitó al fin, más que hablara—, se combinarán para exaltar la belleza de esos palacios, para enaltecer el extraordinario equilibrio de la arquitectura, para captar el espíritu humano. Nadie escapará a la atracción, por sus misterios, de su hermosura. Oscilarán arcos labrados a la luz que acudirá a lamerlos, reflejada en el agua de los estanques, acunada por la brisa. El ojo dudará si es más grácil el hueco o su contorno. El hombre, arrebatada el ánima, reverenciará los siete cielos de la cúpula del salón del trono, en cuya más profunda lectura hallará similitudes con el poder cósmico y con la evolución del ser, tras cumplir ciclos ideales. Las poesías de las tacas previas le avisarán del contenido, así como la estancia anterior al salón obrará como instrumento purificador de su paso, de las sombras de la ignorancia, a la luz del conocimiento, haciéndole beneficiario de su baraka.

219

Cada tarde, Mukhtar erraba por la ciudad. Entraba en los zocos, se detenía a regalarse la vista con el colorido de las frutas expuestas en insólitas pirámides, o se paraba ante la destreza con que los carniceros cortaban las piezas. El agua que derramaban sobre el pescado, para que brillaran las escamas y se mantuviera fresco, formaba charcos delante de los puestos, en los que se mojaban sus pies, distraído por el tumulto, por la algazara del mercado.

Por las mañanas se reanudaban las enseñanzas. Nicolás describía los patios y las salas que los rodearían. Incidía en el número de columnas y en la disposición engañosamente simétrica de éstas, como era el caso de aquel que contendría en su centro una fuente sostenida por doce animales solares, doce leones, ostensible vulneración del mandato coránico que prohíbe la reproducción de seres vivos. Cuatro de ellos, los orientados a los puntos cardinales, tendrían inscrito en su frente un triángulo con el vértice hacia arriba, símbolo del elemento fuego. De las bocas de los doce manaría su contrario, el agua.

Aposento por aposento, patio por patio, el cristiano recorrió los palacios. Bastaba la imaginación, por la prolijidad con que relataba cada detalle; sin embargo, a veces se ayudaba del cálamo para trazar un arco, delinear una forma o ubicar fielmente una imagen escondida.

La última de las estancias fue la secretamente llamada de la «Dualidad», pero que sería conocida por el más terrenal de «Dos Hermanas», gracias a los dos grandes mármoles rectangulares del suelo, junto a su fuentecilla. Del ápice de la cúpula hasta el pequeño surtidor, podía establecerse un eje vertical del que resultarían emanadas las dos losas. De que no era impensable que fuera una alegoría cabalística y, por tanto, el ápice Kether y las losas Chokmah y Binah, la dualidad, daría rendida cuenta la estrella de David de la celosía de su muro norte.[23]

El diecisiete de Safar, diez días después del inicio de las lecciones de Nicolás, éste llamó a la alcoba del musulmán más temprano de lo acostumbrado y lo aguardó, como de ordinario, en el salón. Esperó a que desayunara para decirle:

—Hoy, Mukhtar, es un largo día para ti. No tengo más que desvelarte. Partirás a la sierra de la Alhamilla, cerca de Bayyana. Allí enseñó Ibn al-'Arif, en la tariqa que fundó y

23. Actualmente se encuentra en el museo de la Alhambra.

que, mucho después de que muriera, visitó Ibn al-Arabí impresionado por su labor y por su libro *Mahasin al-Machalis*. La escuela continúa y tú formarás parte de ella, dedicado al Amor absoluto. Ése es tu destino. ¡Que Dios te guíe!

—¡Que Alá siga latiendo en tu pulso!

Ibn Saleh subió la escalera y, antes de terminar de hacer el hatillo, desdobló su alfombra. En la posición señalada por las estrellas de los muros, se encomendó al Misericordioso, al Clemente, que le invitaba a continuar, no obstante sentirse libre para no hacerlo; mas, esta vez, con una dirección marcada. Un punto final para un nuevo principio.

Abajo buscó a Nicolás, quien, acaso por no prolongar la despedida, se había marchado, pues no lo encontró ni en la cocina ni en la sala en la que, frente a la cruz mozárabe, esbozó un saludo de respeto al símbolo de Isa. Ahora estaba en paz con las tres religiones del Libro. Cerró con cuidado la puerta de la casa vacía y se encaminó a recoger su caballo.

Momentos después bajaba despacio las callejas de al-Baiyazin, a pie, precediendo al animal, temeroso de que éste resbalara. Siguió el Wadi al-Hadarro en contra de su curso y remontó las cuestas que llevaban a la muralla, en cuyo extremo norte se elevaba, dominante, Burj az-Zeituna. Un poco más al sur, por donde él se aproximaba, se situaba Bib al-Wadi As al-Ulya, que rebasó ya sobre su montura.

Sólo entonces, cuando cruzó el arco de la puerta, observó que el caballo había sido cuidado con esmero. Con el pensamiento ocupado en el viaje, y en su finalidad, no había reparado en que estaba limpio y cepillado, como revelaban las bien dispuestas crines, y que los músculos no los tenía agarrotados, sino elásticos y fuertes. Debían de haberlo sacado a hacer ejercicio con frecuencia, a juzgar por el vigor que confería a su paso, que había que retener continuamente.

Mukhtar sabía que un caballo árabe-beréber podía mantener una marcha ligera durante diecisiete horas, pero no quería forzarlo a pesar de que su jornada no superaría las seis horas y media hasta Finyana, donde harían noche, pues el terreno era accidentado y con abundantes cuestas y piedras. Sin embargo, transcurridas cinco horas, el equino no manifestaba cansancio alguno.

El jinete, mientras daba afectuosos golpecitos en el manchado cuello, contemplaba el cinturón de montañas escarpadas de Wadi As, esculpidas al capricho de un mar que las hubiera tallado y desaparecido de repente. Tras ellas, como gigantescos guardianes protectores, se alzaba Sierra Nevada, con tal majestad, que obligaba al silencio más cumplido.

Detrás de un campesino con una azada al hombro, atravesó la muralla por Bib Gharnata. Al pasar por una plazuela con un abrevadero adosado a un muro, el musulmán descabalgó y permitió que el animal bebiera. Sentados en el suelo, tres hombres observaban al visitante. De improviso sonó un laúd, al otro lado de la tapia, sin duda un jardín, y alguien entonó una canción:

«Al contemplar no vi a otro amado que a Ti.
Tan sólo a Ti se debe que al amante contente la dulzura de amar.»

Mukhtar se volvió, interrogante, a los tres hombres que, a su vez, lo miraron risueños. Uno de ellos le aclaró:

—Es al-Shushtari, que ha vuelto del Magreb antes de iniciar su viaje a La Meca.

—No sé quién es, pero me gusta su canto —respondió Ibn Saleh.

—Es de aquí y es conocido en todas partes —dijo otro, al mismo tiempo que se levantaba el grupo para acercarse al forastero y saciar su curiosidad.

—¿De dónde vienes tú, que no lo conoces? —preguntó el que aparentaba más edad.

La gesticulación despreocupada y pacífica de los individuos animó al viajero a contestarles. Dedujo que serían me-
nestrales, excepto el más joven, que no había intervenido,
como por cortesía hacia los otros. Trabajaría para uno de
ellos, pensó.

Una vez enterados del lugar de procedencia y de destino
de Mukhtar, le escoltaron hasta la posada, bastante próxima
a la mezquita mayor. Entretanto, le informaban, orgullosos,
de la antigüedad y la importancia de su población, determi-
nada por la altura de genio de los hijos de ésta. Así, no sólo
insistieron en alabar a al-Shushtari, como poeta reconocido
dentro y fuera de la península, si bien abusaba de expresiones más que indecorosas, sino que asimismo sacaron a relu-
cir a su personaje más brillante: el autor de *El Filósofo
Autodidacto*, Ibn Tufayl, que reunía, como otros sabios, muchos y muy diversos saberes, pues además de médico en la
corte almohade fue jurista, matemático y poeta.

El posadero había llenado generosamente la escudilla del
aljarafeño, presumiendo amistad entre sus convecinos y el
desconocido, de manera que el encuentro había sido beneficioso para éste, que obtuvo buena comida y mejor conversación, acompañado por aquéllos, mientras comía. Después,
sin prisas, porque hasta Finyana le quedaba poco más de una
hora, le señalaron la Bib al-Qalat, que se abría hacia levante
y daba paso al sur.

Las rojas tierras de Wadi As quedaban en el horizonte, a
su espalda, cuando divisó la fortaleza de Finyana. En la posada, los hombres le habían contado que había sido un reducto de Omar ben Hafsun, el rebelde que tuvo en jaque al
emir Abd-Allah, y que cometió la torpeza de renegar del Islam, perdiendo con ello las simpatías de muchos nobles. La
fortaleza que ahora veía fue sitiada por el califa Abderrahmán III, que impuso su férrea autoridad y que, a la muerte
de Omar, doblegó a sus hijos.

223

En la plaza había un numeroso grupo de mujeres. Ibn Saleh se dirigió a una anciana, quien le indicó dónde podría pasar la noche. Más tarde supo que todas aquellas mujeres, algunas venidas del campo y otras de la localidad, eran recolectoras de seda en plena campaña, que esperaban para entregar las madejas de seda cruda a los telares en los que se producirían, además de otros tejidos, bellísimos pañuelos multicolores cuya profusión de dibujos y motivos desafiaban la imaginación y hacían suspirar a las damas de los reinos francos, ansiosas por experimentar el tacto de uno de ellos sobre su piel y sentirse embellecidas por la riqueza de su colorido. Conocidos como «alfiniames», en el reino de León también eran muy deseados.

224 Sentada en el escalón de la puerta de la mezquita, la vieja sedera a la que, al llegar, preguntó por la hospedería, le hizo una señal de reconocimiento a la que el viajero correspondió con otra. Debía de haberse levantado al alba, como él, que le había despertado la impaciencia por reanudar su camino. No había nadie más en la plaza. En la mezquita, abierta, tampoco. Por la noche había entrado en ella. Era pequeña y parca en la ornamentación, como gustaba a los almohades, pero de pulcros arcos de herradura y rotundas columnas.

Cuando Mukhtar desapareció de la vista de la anciana, se abrieron los labios de ésta y gritó:

«Tu Señor te dará y quedarás satisfecho.
¿Acaso no te halló huérfano y te amparó?»[24]

Las palabras de la mujer no llegaron a los oídos del jinete, que había salido de la población y cabalgaba entre chapa-

24. Aleyas 5 y 6 de la sura XCIII

rros y encinas, salvando los desniveles propios de aquel enorme pasillo de sierras. A medida que avanzaba y se apartaba de la vega, el paisaje se modificaba y, para cuando el sol estuvo en su cenit, le pareció atravesar un desierto interminable, que se transformaba en áridas colinas con aislados arbustos de tomillo y de romero.

Algún tiempo después ascendió el estrecho sendero de una de estas lomas, hasta coronarla, y el cambio de panorama fue fulminante. Donde esperaba un pedregal, encontró un vasto jardín de palmeras. A su izquierda escuchó el borboteo de una fuente de aguas calientes y vio un camino que se adentraba en la espesura. Lo siguió hasta llegar a una plaza natural formada por las palmáceas. En el centro, un hombre hablaba a un numeroso grupo, que imaginó discípulos, todos sentados en el suelo, en semicírculo. Consideró que, por respeto, debía mantenerse a una distancia prudente. Ató las bridas a las ramas de la única higuera y se sentó también él. Y esperó.

A un gesto del maestro, se levantaron y, rodeando a éste, pasaron a su lado sin preocuparse de la presencia del recién llegado. Uno de ellos se separó del resto y se paró frente a él. Mukhtar se incorporó.

—Soy Hafid, ayudo al maestro Zuhayr. ¿Qué deseas?

Quien preguntaba no debía superar los treinta años. Era alto y tan magro, que la túnica de lana blanca parecía colgar de un gancho; pero la verde mirada era profunda e inteligente y, aunque escrutadora, no contenía rastros de animosidad o de recelo, antes bien, era pacífica, calmante. Podría decirse que en ella se concentraban la energía y la vida de aquel ser.

—Me llamo Mukhtar y, si esta es la antigua escuela de Ibn al-'Arif, he venido con la intención de quedarme, en caso de que me admitáis. Para siempre —añadió, revestido de un inexplicable aplomo.

225

—Ven conmigo, conocerás al maestro y él te dirá lo que has de hacer.

Hafid le condujo a un edificio. En el exterior charlaban o paseaban los discípulos. Dentro, de pie, el maestro consultaba un libro. El ayudante se acercó a éste, le susurró algo y se marchó, dejándolos solos.

Al contrario que el joven, el maestro era de corta estatura, pero proporcionado. A punto de cumplir los sesenta años, el rostro comunicaba confianza en lugar de severidad y las líneas que lo surcaban declaraban su tendencia a la risa franca. Se acarició la blanca y recortada barba y en un hilo de voz, que era su tono habitual, le interrogó:

—Bien, Mukhtar. ¿Quién eres? —dijo, con un chispeante brillo en las pupilas negras.

El candidato supo, en ese instante, que la pregunta iba más allá del mero interés por sus datos o su origen. Quería saber si conocía su verdadera identidad, la más profunda, la de aquella voz que surgía del interior y que había acallado tantas veces. Cerró los ojos y respiró hondo. La paz, la serenidad, moraron en él. La frase de Târek acudió a su mente: «En la permanencia de ese estado se encuentra la sabiduría».

—Zuhayr, maestro, en mi viaje hasta aquí he aprendido algunas cosas y he meditado, como me enseñaron. Ahora sé que soy, que fui y que seré. Sé que estoy en la cristalina melodía del agua... en el murmullo de las arenas... en el aullido del viento entre los bosques... en la desgarrada llamada del muecín... en la fuerza de la materia... en la inevitable, irresistible, atracción de la vida... Yo soy la hierba, y vosotros... la frescura del rocío.

La alfaguara de aguas termales vertía su caudal en medio de la tarde. Ibn Saleh erraba por el palmeral de la Alhamilla, fecundo oasis de paz, algunas noches azotado por vientos con sabores de marisma. Los troncos de las palmeras en trama inextricable, como el más oculto de los arcanos. Miró el sol, enseguida reclamarían su presencia.

—Maestro, han llegado nuevos discípulos —dijo el joven.

—Voy, Redwân —respondió Mukhtar. «¡Maestro!», pensó. Todo está tan lejos y ¡tan cerca!

Desde hacía veinte años, los que llevaba en la tariqa, había levantado sus ojos a la estrella de la mañana, como había prometido a Yael. Ella, en leal respuesta, había actuado a la par con él. Sus miradas, al alborear, se unían en Venus, desde donde se encontraban. La amada en Tulaytula, el amado en Bayyana. Cada mirada componía el costado de un triángulo; el tercer lado, el material, el de menor trascendencia... la tierra que los separaba.

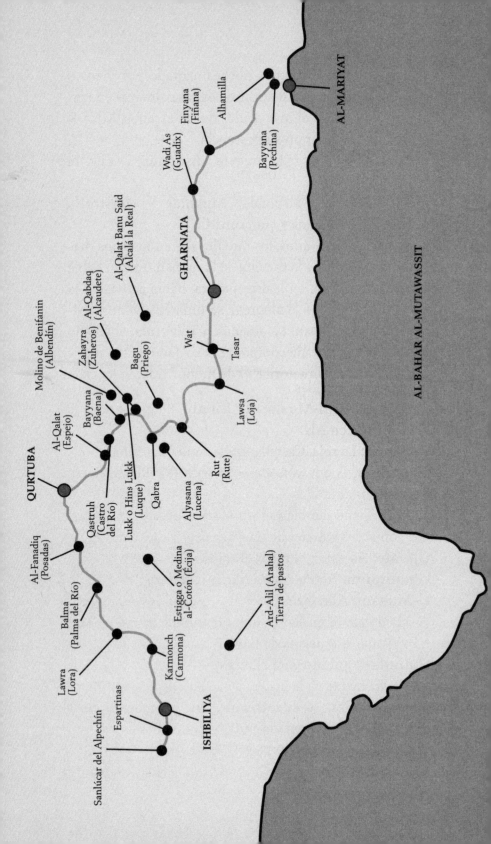

AL-MARIYAT

AL-BAHAR AL-MUTAWASSIT

Finyana (Fiñana)

Alhamilla

Wadi As (Guadix)

Bayyana (Pechina)

GHARNATA

Al-Qalat Banu Said (Alcalá la Real)

Al-Qabdaq (Alcaudete)

Molino de Benifanin (Albendín)

Zahayra (Zuheros)

Bagu (Priego)

Wat

Tasar

Al-Qalat (Espejo)

Bayyana (Baena)

QURTUBA

Lawsa (Loja)

Qastruh (Castro del Río)

Lukk o Hins Lukk (Luque)

Qabra

Alyasana (Lucena)

Rut (Rute)

Al-Fanadiq (Posadas)

Balma (Palma del Río)

Estigga o Medina al-Cotón (Écija)

Ard-Alil (Arahal) Tierra de pastos

Lawra (Lora)

Karmonch (Carmona)

Espartinas

ISHBILIYA

Sanlúcar del Alpechín

Glosario

Achura: Diez días después del año nuevo. Se celebra la Creación.

Ajarquía: Tierras del Este. Comarca de Málaga cuya capital es Vélez-Málaga.

Alarifes: Arquitectos.

Albeldín: Albendín.

Al-Fanadiq: Posadas.

Al-Hakém II al-Mustansir billah: El que busca la ayuda victoriosa en Alá.

Al-Hamrá: La roja. Castellanizada como «La Alhambra».

Alhóndiga: Fonda con almacén para las mercancías y espacio para los animales.

Aljama: Tiene también el significado de barrio judío si contaba con todas sus condiciones legales.

Aljarafe: As-saraf, el lugar elevado.

Almaliquim: Actual Santa María la Blanca.

Al-Mansur: Almanzor.

Al-Mariyya: Almería. El nombre completo era al-Mariyya Bayyana, «la marina de Bayyana».

Almimbar: Púlpito para el imán.

Alminar: Lugar de la luz.

Áloe socotrino (o sucotrino): Áloe procedente de la isla de Socotora en Yemen del Sur.

Al-Qabdaq: Alcaudete.

Al-Qalat: Espejo.

Al-Raqqaqin: De los pergamineros.

Alyasana: Lucena.

Al-Zahrawi: Abulcasis.

Azarah: Espacio de la sinagoga reservado a las mujeres.

Bab al-Chawz: Puerta del Nogal, actual Puerta de Almodóvar.

Bab al-Hadid: Puerta de Hierro.

Bab al-Majadat: Puerta Almofala o del Vado, actual Puerta Nueva.

Bab al-Yahud: Puerta de los judíos, actual Puerta de Cambrón.

Bab Ashshams: Puerta del Sol.

Bab Ilbira: Puerta de Elvira.

Bab Martus: Puerta de Martos, al este.

Bab Shakra: Puerta Bisagra.

Bagu: Priego de Córdoba.

Balkuna: Porcuna.

Balma: Palma del Río.

Baraka: Bendición, por extensión, iniciática.

Bayyana: Baena (Córdoba).

Bayyana, en la pág 220: Pechina (Almería).

Ben Daud: Probablemente Juan Hispalense.

Bib al-Difaf: Puerta de los Tableros.

Bib al-Qalat: Puerta de la Fortaleza.

Bib al-Wadi As al-Ulya: Puerta de Guadix Alta.

Bib Gharnata: Puerta de Granada.

Bobastur: Bobastro.

B' reshit: En el principio...

Burghush: Burgos.

Burj az-Zeituna: Torre del aceituno.

Codo: Medida lineal equivalente a unos 47 centímetros.

Cuartos: Radios principales de una noria.

Dar al-Imara: Casa del gobernador.

Dayán: Juez dependiente del rabino mayor.

Decumano máximo: En las ciudades o campamentos romanos, trazado este-oeste perpendicular al Cardo máximo.

Dirham: Unidad de peso equivalente a 2,9 gramos aproximadamente.

Finyana: Fiñana.

Fons Vitae: Fuente de la Vida.

Gharnata: Granada.

Halîl: Luna nueva.

Hejal: Frontal de la sinagoga detrás del cual se guardan los rollos de la Torá.

Hisn Ashar: Iznájar.

Ibn Rush: Averroes.

Isa: Jesús.

Ishbiliya: Sevilla.

Istiyya: Écija.

Karmonch: Carmona.

Kasr al-Muwarak: Palacio de la Bendición (Reales Alcázares).

Kippa: Bonete.

Kitab al-Wisad: Libro de la almohada.

Khul: Colirio de antinomio.

Laila: Noche.

Lawra: Lora del Río.

Lawsa: Loja.

Lukk: Luque.

Macsura: Espacio destinado al soberano, rodeado por una verja para seguridad de éste.

Maguén David: Estrella de seis puntas.

Manzil: Casa de postas. La de Castro del Río existía desde el siglo XI.

Masa: Eje de la noria.

Masora: Notas para guardar la tradición. Si es magna, está escrita en los márgenes superior e inferior. Si es parva, entre las columnas del texto.

Mayurqa: Mallorca.

Medina Ilbira: Ciudad de Elvira.

Menorah: Candelabro de bronce de siete brazos.

Mihrab: Arco en el muro de la quibla.

Munda Illa: Montilla.

Nagid: El nagid o gaón era la máxima autoridad judía espiritual, judicial y política. Maimónides ocupó esa dignidad suprema en Egipto.

Parasiyot: Partes del Pentateuco para ser leídas en las ceremonias de culto.

Poley: Aguilar de la Frontera.

Qabra: Cabra.

Qantara al-Hattabin: Puerta de los Leñadores.

Qantara al-Hawwatin: Puerta de los Pescadores.

Qantara al-Qadi: Puerta del Juez.

Qasr: Palacio, alcázar.

Qastruh: Castro del Río.

Quibla: Muro que señala la dirección de La Meca.

Qurtuba: Córdoba.

Rabad al-Baiyazin: Barrio del Albaicín.

Rabad Gelilis: Barrio de los posaderos.

Rahbat al-Hattabin: Plaza de los Leñadores, hoy Plaza Nueva.

Rakka: Unidad de la oración.

Rayya: Parte de la actual provincia de Málaga.

Rut: Rute.

Sabat: Pasadizo aéreo construido por el emir Abd Allah, abuelo de Abderramán III, y que unía la mezquita con el Qasr. Al ampliar al-Hakém II, construyó otro en sustitución del anterior.

Salat: La oración en el Islam.

Sanlúcar del Alpechín: Sanlúcar la Mayor.

Saraqusta: Zaragoza.

Sephirah: Singular de Sephiroth.

Suq al-dawabb: Mercado de las Bestias (actual Zocodover).

Tadjo: Río Tajo.

Tariqa: Escuela sufí.

Tío: Tratamiento dado a los hombres de edad.

Tiraz: Fábrica Real de Tejidos.

Tulaytula: Toledo.

Undusar: Andújar.

Wadi al-Hadarro: Río Darro.

Wadi al-Hijarah: Guadalajara.

Wadi al-Jubz: Guadajoz, Río del Pan.

Wadi al-Quebir: Guadalquivir, Río Grande.

Wadi al-Xennil: Río Genil.

Wadi As: Guadix.

Wat y Tasar: Wat y Tasar, por su proximidad, formaron un único núcleo que en la actualidad es Huétor-Tájar.

Xerixa: Jerez de los Caballeros.

Yayyan: Jaén.

Yebel al-Arús: Monte de la Novia.

Zaken: En hebreo, anciano y sabio.

Zanaqat Ilbira: Calle Elvira.

Zuhayra: Zuheros.

ESTE LIBRO UTILIZA EL TIPO ALDUS, QUE TOMA SU NOMBRE

DEL VANGUARDISTA IMPRESOR DEL RENACIMIENTO

ITALIANO ALDUS MANUTIUS. HERMANN ZAPF

DISEÑÓ EL TIPO ALDUS PARA LA IMPRENTA

STEMPEL EN 1954, COMO UNA RÉPLICA

MÁS LIGERA Y ELEGANTE DEL

POPULAR TIPO

PALATINO

* * *

* *

*

AZAFRÁN SE ACABÓ DE IMPRIMIR EN UN DÍA

DE PRIMAVERA DE 2005, EN LOS TALLERES

DE INDUSTRIA GRÁFICA DOMINGO,

CALLE INDUSTRIA, 1

SANT JOAN DESPÍ

(BARCELONA)

* * *

* *

*

al-Ándalus

Qurtuba

Al-Fanadiq
(Posadas)

Balma
(Palma del Río)

Al-Qala
(Espejo)

Lawra
(Lora)

Qastr
(Castro de

Estigga o Medina al-Cotón
(Écija)

Qab

Sanlúcar del Alpechín

Alyasana
(Lucena)

Karmonch
(Carmona)

Espartinas   Ishbiliya

Rut (

Ard-Alii (Arahal)
Tierra de pastos